义门秋雨

乔秀清 —— 著

中国言实出版社

图书在版编目（CIP）数据

义门秋雨 / 乔秀清著. -- 北京：中国言实出版社，
2024. 6. -- ISBN 978-7-5171-4846-3

I.267

中国国家版本馆 CIP 数据核字第 2024A9D570 号

义门秋雨

责任编辑：王蕙子
责任校对：张国旗

出版发行：中国言实出版社

地　　址：北京市朝阳区北苑路180号加利大厦5号楼105室

邮　　编：100101

编辑部：北京市海淀区花园北路35号院9号楼302室

邮　　编：100083

电　　话：010-64924853（总编室）　010-64924716（发行部）

网　　址：www.zgyscbs.cn　电子邮箱：zgyscbs@263.net

经　　销：新华书店

印　　刷：北京铭传印刷有限公司

版　　次：2024年9月第1版　2024年9月第1次印刷

规　　格：710毫米×1000毫米　1/16　14.75印张

字　　数：230千字

定　　价：56.00元

书　　号：ISBN 978-7-5171-4846-3

滹沱荷花有禅意（序一）

周明

　　以文学经典作品《荷花淀》著称于世的作家孙犁先生享誉文坛，以他为代表的荷花淀文学流派人才辈出，队伍不断扩大，其风格早已形成。纵览荷花淀派文学作品，语言朴实自然，意境清新隽永，字里行间蕴藏诗意，如含苞待放的荷花溢出淡淡清香。

　　摆放在我面前的散文集《义门秋雨》和诗集《滹沱帆影》书稿，是来自孙犁家乡的作者乔秀清近些年的新作。这应该是乔秀清继《柳笛》《彩雪》《洗脸盆里的荷花》之后，第四和第五部文学作品的结集了。

　　乔秀清出生于河北省安平县大子文镇张舍村。安平县古称博陵郡，自汉高祖置县，迄今已有近 2000 年的历史。安平位于广袤的冀中平原，地势平坦，土地肥沃，美丽的滹沱河从境内穿流而过，波光、桨声、帆影伴随着日出的壮美和日落的雄浑，度过了漫长的岁月。安平县人杰地灵，从古至今涌现出不少贤臣良相和文化名流。乔秀清的出生地张舍村与孙犁故里孙遥城村相距四华里，从中学时代开始，乔秀清就对孙犁十分崇敬，从名篇佳作《荷花淀》乃至《村歌》《铁木前传》《风云初记》，他都视为文化瑰宝，仔细品读，让作品中流露出来的醉人的荷香渗入血脉和灵魂。

　　我知道，乔秀清是怀揣作家梦想踏进军营的。他从当战士起，便追随孙犁的足迹，开始业余文学创作。即使走上领导岗位后，仍然在工作的夹缝中写诗歌和散文，辛勤耕耘，笔耕不辍，成为大家所关注的军旅诗人和散文作家。

故园是乔秀清文学创作的根基。深植在他心灵深处的村边的水井、门前的古槐、街旁的石碾，与他朝夕相处的奶奶、父母、姐姐，还有童年的伙伴、老师同学、复员军人、企业家，乃至美丽乡村、爱国教育基地等，都带着浓厚的乡土气息出现在他的散文作品里，几乎每一篇都有荷花淀派的韵味，难怪家乡的朋友们说他是"孙犁后来人"。县委县政府授予他"孙犁故里文学大使"称号，县长亲自给他颁发了荣誉证书。

乔秀清说过，参军远离故乡的他像一只飘飞的风筝，不论飞得多高多远，总是被乡思的线牵着。这位共和国的大校，几十年的军旅生涯，经常在梦中听到滹沱河的涛声，他把一缕缕乡思化作一篇篇情真意切的散文。没错，乔秀清从事散文创作恰逢改革开放的四十年，有人说他的散文蕴藏着真善美，像"出淤泥而不染，濯清涟而不妖"的荷花，清纯典雅，而且颇有禅意。

谈到乔秀清，人们自然会想起他的散文《古井》。1983年，乔秀清的处女作散文《古井》在《人民日报》副刊发表，据编辑说这篇不到千字的短文是从两麻袋来稿中挑选出来的。次年，《古井》被编入全日制小学五年级语文课本，而且列编课本长达三十余年，从十几岁的孩子到年逾花甲之人，一代代的小学生都从《古井》中汲取了清冽甘甜的井水般的文学营养。几十年过去了，如今年过七旬的乔秀清仍然可以一字不差地背诵《古井》。遗憾的是，课本从来没有署过乔秀清的名字，文字修改也未曾征求作者意见。这种侵犯著作权的行为当然引起作者不满，他聘请律师交涉，最终人民教育出版社派人对乔秀清当面道歉，并给予了经济赔偿。令人啼笑皆非的是，近些年来网络误传《古井》的作者是老舍，至今将错就错，仍在误导。事实不难澄清：乔秀清的《古井》写的是本村的真人真事，文章最后写道："我参军远离可爱的故乡已经17年了。我总想起故乡那口古井，它时时在启迪我怎样生活，怎样做人。"老舍生前长期居住北京，他怎么可能写出农村真人真事的散文呢？且他从来没有参军的经历吧？再者，《古井》在《人民日报》发表时，老舍早已去世多年了。

如果说散文《古井》是"小荷才露尖尖角"，那么，获得冰心散文奖的《洗脸盆里的荷花》这篇佳作，可谓"映日荷花别样红"。那是2009年夏天，乔秀清应邀参加中国—南戴河散文论坛暨全国散文名家"中华荷园"笔会。会议要求与会作者在参观荷园之后写一篇关于荷花的散文，准备结集出版。

来自祖国各地的散文作家徜徉在南戴河"中华荷园"，陶醉于荷花之美。此时的乔秀清没有全神贯注于"碧叶连天，万荷争艳"的美景，而是见荷思母，他想起参军就要告别家乡，母亲这位"小脚女人"、抗战时期的村妇救会主任，往返十多里路，从黄城村供销社买了一个搪瓷洗脸盆，这是母亲送儿参军的礼物。洗脸盆内是金鱼恋荷图，荷叶鲜活碧绿，粉红色的荷花雍容典雅，两条金鱼游弋于碧叶粉荷之间，相映成趣，生机无限。乔秀清携带着母亲买的洗脸盆，从家乡到首都北京，从大城市到河南的太行山中，然后又辗转到山西的崇山峻岭，洗脸盆朝夕陪伴着他。他明白了，那洗脸盆里的金鱼，正是他这个远方游子，而那粉红色的荷花，是深深关爱他的母亲。他坦言，"我心中有荷，荷中有我""我真想用心灵与荷花对话，用真情与荷花交汇，走进荷心深处，体味母亲的神圣与博大"。听说乔秀清在故乡河北省安平县第一中学作文学讲座，现场播放天津薇电台"美文美声"录制的《洗脸盆里的荷花》，到会的近千人鸦雀无声，好多师生被感动得流下眼泪。乔秀清认为，在文学的天空，如果把具备真善美的散文喻为会唱歌的百灵，那么，诗意和禅意，则是百灵鸟动听的歌喉和飞翔的翅膀。

在改革开放的大潮中，年逾古稀的乔秀清不知老之将至，他多次回故乡，参观美丽乡村，走访企业家，采访优秀共产党员、劳动模范和积德行善的好人，感受时代脉搏的跳动，把文学的触角伸向故乡最新最美的人和事。可以说，这是他散文创作由乡情亲情到更广阔天地的重要转折。于是，在他笔下便出现了赞颂美丽乡村杨屯的《故乡花海》，生产水苏糖的民营企业齐心创业的《地灵花》，带领全村人种植富硒麦走上致富路的《黑色诱惑》，叙述复员军人闫金虎数十年学雷锋做好事的《太阳的能量》，等等。收入散文集《义门秋雨》的五十多篇鼎力之作，是乔秀清描绘家乡清姿亮色生活的长卷，透露出浓厚的乡土气息。细心的读者不难发现，这些散文作品描写的都是家乡的平常人、平常事。然而，"平，非无波，不与波争流谓平；常，非凡俗，不与奇夺异谓常"。能把平常人平常事写得生动感人，那才是高手。

"半生戎马志未酬，报国随时可断头，虎啸龙吟笔作剑，不是将军也风流。醉蹚银河卧云汉，诗书无愧琴心楼，浮名浮利随云散，禅心悄然追月走"。这是共和国老兵乔秀清的一首抒怀诗。退休后，他不再为工作所累、生活所困，享受清静安逸的时光，专心于文学和书法。或许是因为心无挂碍，静如止水，才使他笔下的散文如山中明月、水上莲花那样熠熠生辉，淡淡飘香。无疑，

乔秀清是孙犁的追随者，他精心创作的数百篇散文，如同滹沱河畔的荷花，形成了一片纯净美丽的风景。那一朵朵荷花，透露出亲情乡情、哲理禅意，让人回味无穷！我相信，这本书一定会得到更多读者的喜爱！

2024 年 1 月 28 日芍药居

（作者系中国散文学会名誉会长、著名作家、文学编辑家）

让乡愁闪耀在文学艺术的长廊中（序二）

王彦博

　　从安平走出来的军旅作家乔秀清先生的散文精品，即将以《义门秋雨》为题结集出版，作为家乡的文化知音，我被乔秀清生生不息的文学创作热情感动，也被他的连篇佳作打动，对一名肩扛大校军衔的共和国卫士几十年从戎报国的文学努力深表敬仰。安平继文学大师孙犁之后，又出现了乔先生这样为党和人民奉献文学精品的滹沱骄子，让人深感骄傲与自豪。

　　相识贵交心。我自信与乔秀清先生可谓过心之交，但与其相识却属偶然。2001 年一个春日，我陪同县里主要领导进京办事，傍晚邀集在京的部分乡贤汇报家乡发展，鼻架琇琅镜、文质彬彬的乔秀清先生到场第一句话就说，家乡事谁不管谁就不是安平人，我第一个报名打先锋！说完立即用手机联系有关部门落实有关事项，这使我霎时想起了多次在《解放军报》《衡水日报》等媒体读过的乔秀清色彩斑斓的散文作品，其中诸如《丑姐》《滹沱河，故乡的河》等许多作品的华章锦句，自己还曾抄录背诵，只是感觉其作品细腻委婉的抒情笔调，与眼前这位军人的率真性情反差颇大。后来，乔秀清先生赠我诗集《柳笛》《彩雪》，随着展读的深入，我了解到他青葱年岁入伍，走出了一条从军队机关"报道组"，到工作之余坚持文学创作的成功之路。他曾赴戈壁滩挖掘"五彩石"，曾上昆仑山倚天抽宝剑，曾在流火七月"漫天飞雪"的磨砺中，勤奋笔耕，先后在《人民日报》《解放军报》发表了大量新闻稿件，并且徜徉文学领域，推出诸如《洗脸盆里的荷花》等获全国奖项的散文佳作。后来，我渐渐感到，乔秀清先生不仅是诗、书、绘画方面底

蕴深厚的多能作家、艺术家，更是可亲可敬的家乡亲人。

近十年来，我在县里负责文联工作，团结带领多个文艺家协会传递正能量，创新创作文艺精品。当我邀请乔秀清先生支持家乡文化建设时，他爽快地一口答应说，能与故园文艺界同仁相互交流，是每一个根植桑梓的在外游子义不容辞而又光荣的社会责任。从2013年起，乔秀清先生利用回乡时刻，先后为县作家协会、安平中学、县第二中学授课散文创作，送作品参加县里的书画展览，推荐引导具有散文写作能力的家乡作者加入中国散文学会，为家乡作者著书立说题字、作序，支持家乡文学刊物发展壮大，出席家乡文化活动，指导家乡文艺家协会组织建设，并最早在《解放军报》创作发表了《报春红梅第一枝》《站在汉白玉雕像前》等散文作品，把安平作为创建中共全国第一个农村支部的红色亮点，以文学形式推介全国，表现出一腔浓浓的赤子情、拳拳故园爱。这其中，令我难以忘怀的是，乔秀清先生不但为我的散文集《故园如歌》写出热情洋溢的序文，还为我主编的《博陵古韵》出版发行专致贺词，就我拟出版的散文新著《滹沱骄子》的选文排序，提出中肯、极富见地的指导意见。

文学大师孙犁说过，凡是伟大的作家，都是伟大的人道主义者，而人道主义者，必须具有浓厚的故园情结，并为之呼唤心灵的呐喊。展读乔秀清先生的《义门秋雨》，总列近六十篇的散文作品，有几乎一半的篇目，讲述自己的乡愁故事。在乔秀清先生心中，故乡是一首永远流淌在心底的诗韵，村里的石碾、古井、一草一木，无不孕育着文学元素的生命律动，滹沱河乡韵、原野、果园亦都是乡愁梦中的主角，故园中的人与事，更是寓满乡愁的文学载体。《母亲嫁妆瓷水瓶》《六棵白菜》《村口雪人》《冬阳味道》《兵屋》等，无不浸润着壮怀激烈的乡愁韵味。《又想起那口古井》中的《古井》，原作为一篇散文，曾于1983年发表在《人民日报》，据说是编辑从两麻袋来稿中偶然选中，翌年被全国教育委员会以"该文真实地叙述了村庄的古井，表达了作者浓浓的乡情"为由，选入了全日制小学五年级课本。在文中，乔秀清先生感叹："那口古井给人们出了多少力气，可它从来没有跟人们要过报酬，虽然我已经参军远离故乡，但想起故乡那口古井，它时时启迪着我怎样生活，怎样做人……"《太阳的能量》的成功推出，缘于我向乔秀清先生推介的一则故事，他后来以文学的讲解方式，发表在了国家级报刊。那天，60年学习雷锋如一日、从儿童时代到古稀之年为社会做好事上万件的普通农民闫金虎，身着戴有党徽的家制布衣，在我的引导下与乔先生见面，霎时引起了乔先生的注意。后来问之《太阳的能量》中"太阳"的含义，乔秀清先生淡淡一笑说，作为一名共产党员，闫金虎时刻把党徽戴在胸前，就如同《东方红》一歌中所唱的"共产党像太阳，照到哪里哪里亮"。正是有闫金虎这样的千万个共产党员，像太阳一样喷发着正能量，我们这个社会才和谐幸福。

安平有一位名叫刘影的农村党支部书记，上任几年，彻底改变了原来的落后面貌，不但以引种油菜花开路，推动打造出连村周围数万亩油菜花开的金黄灿烂，而且倚之又开发出油菜花茶、蜜、油、饮料等系列产品。经过仔细采访，乔秀清先生分别以《故乡花海》《金色的菜花茶》为题，在国家级报刊先后分享。前不久，该村被国家有关部门命名为"中国美丽休闲乡村"；《近水远山》《黑色的梦》两篇作品的主人公，是安平县曾任农村干部的共产党员王建杰，就是这样一个老革命的后代，十几年时间往返于"近水"安平与新疆"远山"之间，义务资助四名新疆少数民族贫困儿童读书学习，无私奉献了民族团结一家亲的关爱。不但如此，年近古稀的他，近几年还引导村民种植人称"黑麦子"的富硒小麦，全村 1700 亩每年生产出的几十万斤富硒面粉，既助力了农民增收，还通过食用富硒小麦面粉，使村里干部群众的健康指标都有了不同程度的改善。乔秀清先生敏锐捕捉到这种社会的正能量，迅速以《黑色的梦》为题，创作散文作品，发表于国家和省市媒体。此后，乔秀清先生又推出《地灵花》一文，记载农民李海燕以特色种植、生产国家级科技农产品，助推全民健康做的新贡献，这些浓浓乡愁的文学表现，将永久闪光在社会的档案中。在乔先生创作发表的精品散文中，许多文章讴歌家乡风物，不遗余力地为之唱赞。《滹沱河上的帆》《滹沱河，桥流水不流》《滹沱芦花》《滹沱夕照》《滹沱河放歌》《义门秋雨》等作品，虽然作者无意为之，但发表后却自组合为乔秀清滹沱河系列散文，成为安平县选定的爱祖国、爱家乡教育的阅读教材，使广大青少年爱看爱读。一批又一批生于安平、长于滹沱河两岸的莘莘学子，虽然也对家乡文史粗知一二，但对以滹沱河为地域标志的家乡的过往与旧事，却普遍缺乏深度的理解与认知。在我组织举办的"荷韵新歌"乔秀清散文作品讲读会上，河北安平中学、安平县第二中学的学生们纷纷表示，乔老师的每一篇作品，都如同诗文一般，鼓舞着我们好好学习，将来建设祖国，回报家乡。

应该说，在乔秀清先生心中，乡愁有着广义的概念与内容，故园的人和

事是乡愁的起点，而广袤的中华大地都是中国人民的乡愁载体与广阔舞台。乔秀清先生在《太行笛韵》《舞动夕阳》《生命阳光》《风雪夜归路》《走进刘胡兰家》《莲花桥听箫》《入党誓词压涛声》《春上茶山》《大茂山我想对你说》《手里攥着太行山》《白色的海鸥》《月牙湾赏月》《走进鲁班故里》《依依遐思随梦飞》《雨中那香海》《远方的蔚蓝》等散文佳作中，都玲珑剔透地跃动出祖国大地上一处又一处、一折又一折美丽乡愁的鲜活画面，存刻下一幅幅中华民族先进文化风光绮丽、秀雅时代的文学画图。我曾多次自问或请教周围，乔秀清先生并非专业文学工作者，他有自己的戎马生涯，他毕生从事的始终是与军队、军事、军人的交集、交流，何以能写出一篇篇生动感人的文学作品，并且赢得诸如"冰心散文赛获奖者""解放军后勤部军事文学创作奖""中国人口文化奖""孙犁故里文学大使"多种荣誉？答案应该是乔秀清先生有三个方面值得我们学习：一是敏锐的观察思考，二是勤奋不懈的努力，三是广泛的学习、吸收。

（作者系中国散文学会会员、河北省作家协会会员、

河北省安平县文联主席）

目录

一 溏沱春韵

故乡花海

顾城诗云："你不愿意种花，你说，我不愿意看见它一点点凋落。是的，为了避免结束，你避免了一切开始。"（《避免》）这是诗人的感慨，而河北省安平县最先发起种油菜花的刘影，短短几年就带领杨屯村群众播种了万亩花海。他说，振兴乡村，这仅仅是开始。

刘影带领群众播种万亩花海，是冀中平原首开先例的尝试，是乡村振兴战略连续剧的一个序幕，引起了家乡人民的广泛关注。县、市乃至省领导先后来杨屯考察，对这个创新性的开始给予了充分肯定。恰逢"安平县第三届油菜花文化旅游节"，我从京城回到故乡，走进美丽乡村杨屯，观赏金色花海，采访花海播种人刘影。

四月的风，柔柔的，润润的，爽爽的，吻醒了滹沱河畔冬眠的田野，油菜花冷不丁地悄然绽开了，一簇簇，一片片，杨屯的万亩油菜花，汇成了金色花海，芬芳花海，醉美花海。在安平县文联主席王彦博和诗人企业家李海燕的陪同下，我在花的海洋里踏浪，让春天的美点点滴滴渗透我的血脉和灵魂。

蜜蜂飞来了，嗡嗡为油菜花吟诗；彩蝶飞来了，展开双翅为油菜花伴舞。

我与来自全国的数万游客一起观赏花海美景，真想拥抱花海，亲吻花海。我甚至想变成一只小蜜蜂，钻进油菜花的花蕊里，细细品味油菜花的香味，化解共和国老兵魂牵梦萦的乡愁。

出发前，我特意给杨屯村党支部书记刘影写了一幅书法作品，内容是清代乾隆皇帝写的一首诗《菜花》：黄萼裳裳绿叶稠，千村欣卜榨新油，爱他生计资民用，不是闲花野草流。刘影很喜欢这幅书法作品，他没想到乾隆皇帝如此赞赏油菜花。刘影对我说：我一定把这幅书法作品裱好，挂在大厅里展出。我对刘影说，唐代诗人刘禹锡也有一首描写油菜花的诗：百亩庭中半是苔，桃花净尽菜花开，种桃道士归何处，前度刘郎今又来。看来，姓刘的与油菜花缘分很深，你就是播种万亩花海的刘郎呀！话音刚落，在座的朋友不禁哑然失笑。

刘影自从 2015 年当选为杨屯村党支部书记以来，他带领群众脱贫致富，仅用了四年时间，就使全县最贫穷的村庄变成了享誉全省的美丽乡村。四年前的杨屯，房屋破旧，街道狭窄，村外的田野杂草丛生，垃圾遍地，因这一带地下水过分开采，县政府下令不允许这一带村庄种庄稼，农民靠每年每亩地补贴五百元过日子。刘影家因丝网企业成为全村首先富裕起来的"小康人家"，当选为村支书后，刘影自己掏腰包，拿出四十万元为本村修理拓宽街道。村里土地荒芜，杨影突发奇想，不让种庄稼，咱能不能种油菜花？油菜花不用地下水浇灌呀！村里穷，没有钱，刘影又自掏腰包，拿出一万五千元买油菜籽试种。因缺乏经验，他特地从省城请来专家指导，还到外省油菜花产地参观取经。当年试种成功，然后不断扩大种植规模，影响和带动了周围的村庄，形成了三万亩花海。这种集农业、工业（榨菜籽油）、旅游业三业一体的乡村振兴之路，无疑是一种有益的尝试。

当回忆起播种花海的创业历程，刘影的脸上流露出成功的喜悦。刘影对我说：昨天，安平县第三届油菜花文化旅游节开幕，我从早晨忙碌到夜晚，一天走了三万多步，忙得我脚跟打后脑勺儿，能坐下来和你聊个把钟头，真不容易。

我说：理解，不想占用你更多宝贵时间，简要说一说下一步的打算吧。

刘影告诉我：乡村振兴是一个系统工程，播种花海的成功，可以说是开了一个好头。目前，我们杨屯正在建设"动植物科普园"。现在的小学生、中学生乃至大学生，对动植物缺乏认知，动植物科普园的建成，将吸引周边大批师生来参观，这既是科普教育的需要，也为乡村振兴开辟可观的经济资源。

同刘影一席谈，我仿佛看到了杨屯更加美好的远景。

刘影不仅着力抓杨屯的经济建设，也下大气力抓文化建设。记得，去年初次来杨屯，正赶上村文艺宣传队演练戏剧，陪同我一起到杨屯的县文联主席王彦博当场演唱戏剧片段，又拉起京胡，其多才多艺获得众人喝彩。王彦博是杨屯的常客，他听刘影说安平县第三届油菜花文化旅游节开幕那天，村

文艺宣传队演出非常成功，特别是文艺宣传队自编自演的小品《三个妯娌》，受到观众的热烈称赞。王彦博说，我一定抽时间再次来杨屯，看看小品《三个妯娌》。

日渐中午，阳光给杨屯洒下一片片碎金，而那流金溢彩的万亩花海，犹如大海腾起万顷金浪，也恰似金色的雾、金色的云。此时此刻，我的心展开翅膀，在金色花海里飞翔，我想，乡村振兴，这绝非是一个梦，而是一条广阔的金光大道，大道无尽头，远方的风景无限美好。

刘影因事情繁多，无暇陪我们长谈，我在王彦博和李海燕陪同下，步入杨屯的文化广场。游客正聚集在广场，咏春感怀，抒情言志，宽阔的文化广场成了欢乐的海洋。

告别杨屯，在返回县城的途中，我想起了一个关于油菜花的神话故事：那是很久很久以前，以砍柴为生的农村青年阿鲁多次路过村边小河旁，常常见到一个年轻美丽的少女在河边浣纱。阿鲁每次都会偷偷多看少女几眼。一日，阿鲁砍柴归来，忽见少女跌落河中，不顾一切跳入急流将少女救起。少女为报答阿鲁救命之恩，自愿以身相许。阿鲁考虑自己家境贫寒，婉言谢绝了少女。当少女告知阿鲁实情，她本天上仙女下凡，阿鲁勤劳善良，便产生爱慕之情，因想嫁给阿鲁，故意落水让阿鲁救她。阿鲁知道她是仙女，更不愿意娶她，因为不想让她和自己一起过穷日子。后来，阿鲁又从河边经过，从天宫返回的仙女与阿鲁相见，随身带来天上的星星，她让阿鲁把星星种在土里，告诉阿鲁等到来年地里开满小黄花，人们过上幸福的生活，再到河边去找她。第二年春天，阿鲁的家乡漫山遍野的油菜花开了，他和乡亲们从此过上了富裕的生活。又是一年春来到，呈现在阿鲁面前的是金色花海，他用小黄花做成花轿到河旁将少女娶进家门，一对年轻夫妻开始美满幸福的生活。

这个美丽的神话故事使我产生了丰富的想象。我想，那位以打柴为生的阿鲁，靠油菜花由穷变富，得到仙女的许配，而当今的刘影，也正是靠油菜花使杨屯走上致富之路，得到了各级领导和平原农民的赞誉。

这是一个成功的开始！

这是一个灿烂的开始！

这是一个芬芳的开始！

眼前，一望无际的金色花海，色彩缤纷，金波荡漾，蜜蜂彩蝶在花丛中飞舞，和煦的微风吹来浓郁的花香。来自四面八方的游客，漫步在田间小径，徜徉在花丛之中，老人观赏花海寻找失去的流金岁月，儿童在花丛中与蜜蜂彩蝶共舞。此情此景，使我想起唐代杨万里那首脍炙人口的小诗：

篱落疏疏一径深，树头花落未成荫。
儿童急走追黄蝶，飞入菜花无处寻。

原载 2019 年 8 月 14 日《中国文化报》，
后学习强国转载，2021 年 1 月《神剑》转载

金黄色的菜花茶

　　多亏昨夜下了一场雨，不然的话，正值小暑的冀中平原也不可能逃避"上蒸下煮"的炎热。雨后，碧空如洗，空气清新爽朗，田野里的庄稼绿悠悠的，显得格外鲜亮有精神。安平县城通往全国美丽乡村"杨屯"的路，给我的感觉就像雨后的彩虹，情系家国，一路芬芳。

　　我知道，安平县委、县政府连续四年在杨屯举办"安平县油菜花文化旅游节"，每年，来自四面八方的几万名游客经过这条路，到杨屯观赏万亩花海。去年四月，从京城回到故乡的我，也正是经过这条路到杨屯参观采风，写出了散文《故乡花海》，刊登在《中国文化报》，之后被中宣部"学习强国"转载。今天，由王彦博等几位朋友陪同，我又踏上了这条路，再访美丽乡村杨屯。

　　出发前，我给杨屯写好了两幅书法作品，内容是两首古诗，一首是唐代诗人刘禹锡的《再游玄都观》："百亩庭中半是苔，桃花净尽菜花开，种桃道士归何处，前度刘郎今又来。"我想，杨屯党支部书记刘影，带领村民脱贫致富，把因为地下水开采过度而不得已闲置的土地变成了万亩油菜花的海洋，使一个贫穷的古老村庄走上富裕之路，成为全国美丽乡村，看来，这个刘影与唐代诗人刘禹锡都跟油菜花有缘。我书写这首诗，就是想送给刘影一个幽默，唤他一声"刘郎"。

　　县文联主席王彦博观看了我给杨屯赠送的杜甫《春日喜雨》这幅书法作品，似乎看出了我的用意，对我说："杜甫这首诗赠送给杨屯太合适啦，开头两句'好雨知时节，当春乃发生'，我理解是我国进入了建设有中国特色社会主义的新时代，习近平总书记提出乡村振兴战略，杨屯在这个时节遇上了好雨，播种万亩花海。杜诗最后两句，'晓看红湿处，花重锦官城'，用来形容杨屯那金色云锦般的油菜花也是恰当。"

我带着这两幅书法作品到达了杨屯，献给了杨屯党支部书记刘影。刘影很高兴，脸上洋溢着灿烂的笑容，他和我手持书法作品一起合影留念。

我和朋友们面对刘影，围坐在偌大的会议桌前，听这位美丽乡村的党支部书记讲最新最美的故事。

刘影告诉我们，他刚刚到省城参加省委召开的纪念建党九十九周年座谈会，给他一个突出的印象是，与会代表除了省领导，都是来自各条战线做出显著成绩的同志，分别代表某个集体来参加座谈会，到会的没有一个有钱的私人企业经营者。这就给我们传递了一个重要信息：集体化道路是社会主义的必由之路。

是的，以刘影为带头人的杨屯，走的正是集体致富的道路，如今，经县委县政府批准，组建了以杨屯为表率的乡村振兴示范区，涵盖周围十个村庄，要不了多久，人们将在这里看到十万亩油菜花的金色花海。

我为之惊叹，为之兴奋，为之欣喜，仿佛看到家乡广阔的地平线上鲜红的太阳喷薄而出，云霞似锦，故乡人迎来了清姿亮色、有滋有味的好日子。

刘影给我们每人端来一碗茶，那小瓷碗里的茶水金灿灿的，溢出淡淡清香。

我问刘影："这是什么茶？"

刘影微微笑了笑，对我说："你先品尝一下，我再告诉你。"

我用双手捧起小瓷碗，喝了一口茶水，哦，年逾古稀的我，少说也有几十年喝茶的历史了，普洱、大红袍、铁观音、苦丁茶、茉莉花茶等等，天南海北的茶大都品尝过，而今日在故乡的杨屯，第一次喝这金黄色的茶，香甜可口，清爽宜人。

刘影问我："怎么样，好喝吗？"

我连声称赞："好喝，好喝。"

刘影说："咱们喝的是油菜花茶。"

我惊愕了！怎么也没想到油菜花也能当茶喝，而且如此甘甜可口，清香典雅。

刘影告诉我，油菜花性凉味甘，含有植物生长素、微量元素和八种氨基酸，因此，油菜花茶具有降血脂、降血压、防癌的作用，尤其对前列腺作用特别显著，所以是男子养生的最佳选择。

我问刘影："用油菜花制作茶叶复杂吗？"

刘影说："不复杂，挑选无虫害的油菜花，特别是花蕊和花骨朵，摊放、筛分、揉捻、烘干，便可做茶用了。"

我想，以杨屯为代表的乡村振兴示范区，不久将播种十万亩油菜花，除了观赏，还有巨大的经济价值，可以养蜂、榨油，制作油菜花茶。说到制作油菜花茶，十万亩花海是取之不尽用之不竭的源泉呵。

油菜花茶不同于名贵之茶，或采自高山云雾之中、悬崖峭壁之上、深谷野壑之处，它取材于山野平原，湖边河畔，说白了，有土地的地方就可以种植油菜花。没错，油菜花茶确实是最平常最普通的茶了。但有道是平中见奇，常中见色。平，非无波，不与波争流谓平；常，非凡俗，不与奇夺异谓常。

我喜欢故乡的油菜花茶，它平淡无奇，取材广泛，制作方便，效果颇佳，最适合进入寻常百姓家，有了它，生活嚼得有滋有味，日子过得活色生香。为什么？因为油菜花茶不仅蕴含天地之灵气，日月之精华，而且凝聚了故乡人振兴乡村、勤劳致富的愿景。

常言道：壶中乾坤，茶中人生。品茶就是品味人生。那么，品尝故乡的油菜花茶，不就是品尝故乡人有滋有味、多彩多姿的现实生活吗？这不仅仅靠嘴巴，还要有一颗凝聚着浓浓乡愁的心呵。

亲爱的朋友们，请你们明年春天到我的故乡来，观赏金色花海，品尝油菜花茶，也许你们会在杨屯见到我这个深爱着故乡的共和国老兵。

原载 2021 年 1 月《神剑》、2021 年第 1 期《昌平文艺》

地灵花

地灵，有古老而神奇的传说。从地灵提取的水苏糖，被世界许多国家定为益寿延年的健康食品。中国不仅如此，还把水苏糖作为航天食品。从神五开始，水苏糖伴随航天员，一次次到达浩瀚的太空……

——题记

潇沱河的秋天，被田野里庄稼的葱绿、五谷的芳香，浸润得丰盈灵秀且富有生气。汽车在潇沱河大堤的林荫道上穿行，我和老伴以及小孙女神情专注地望着车窗外的风景，美丽的潇沱河似一条银色的飘带，那跳跃的浪花像缀在飘带上的宝石，闪闪发亮；道路两旁是挺拔的白杨树，绿叶在风中摇曳着，好像在欢迎从远方归来的游子；堤畔田野里的高粱、玉米、白嘴山药等农作物，似乎在秋风里低吟浅唱，演奏丰收的乐章。

汽车在路边停了下来。故乡好友、诗人企业家李海燕从驾驶座上扭过身来，对我说，眼前就是我们河北省健宝生物科技有限公司的地灵种植基地，咱们下车吧。我说，好的。

这次，我应邀从京城回到故乡，参观李海燕与儿女亲家张海超合伙创办的健康企业。在改革开放的大潮中，海燕、海超这两个乡村农民走进县城，一个经营丝网，一个制造门窗，数年之后，他俩成为古城安平县颇有名气的企业家。家底儿厚实了，他们都想做一点对社会对人民有益的事情。海燕和海超都明白，党中央已把提高全国人民的健康水平，放在优先发展的战略地位。于是，他俩萌生了兴办健康产业的念头。真是天助人愿！一次偶然的机会，他们有幸认识了中国食品研究院的专家、中国水苏糖研制发明人何龙工程师。

三年前，海燕、海超、何龙三人合伙投资，成立了种植、科研、生产、销售"一体化"的生物科技公司，皓康倍健水苏糖是他们的主打品牌。海燕的堂兄海民、海超的胞兄海峰也参与其中，四海一龙在水苏糖健康产业中各显其能。

海燕知道我近日受腰疾困扰，行动不便，他先下车，拉开副驾驶座位旁边的车门，把我搀扶到地头路边。他用手指了指绿叶紫花纷纭交错的地灵种植基地，对我说，这片地灵，有一百多亩，我们公司在咱安平县租地达两千余亩，在滹沱河边建立了地灵种植基地。用浪漫的词语说，那就是：滹沱翻金波，河畔地灵多，紫花似落霞，笑迎还乡客！

我情不自禁地翘起拇指点赞：好诗，无愧诗人企业家。

海燕有点不好意思，腼腆地笑了笑，对我说，过奖了。说实话，我真想写一百首甚至一千首赞美地灵的诗，可惜的是，有此雅兴而无其才气。

我说，莫笑我孤陋寡闻，年逾古稀的我，第一次听说地灵这种植物。

海燕告诉我，说起地灵，有一个神奇的传说。作为健康长寿、长生不老的蔬菜地灵，原栽种于玉皇大帝的御菜园，称"天灵"，是专供玉皇大帝和王母娘娘食用的宫廷御菜。有一位御厨看到民间生活困难，生命苦短，突发善心，偷偷将此菜赠与屈支国山民，并教其种植。玉皇大帝发现此事后，将御厨打入天牢。屈支老百姓为了纪念这位御厨，特将此菜称作"地灵"。当时，玄奘师徒去西天取经，途经屈支国（龟兹），得知地灵具有益寿延年的功效，遂将地灵菜种带回长安，并向唐太宗请假一个月，回原籍偃师，教同乡种植地灵。一年后，玄奘家乡偃师，那生长茂盛、绿叶荡翠、紫花绣锦、根茎洁白如银的地灵，成了进贡朝廷的贡品。唐太宗吃后龙颜大悦，将此菜封为专用贡菜，特派专人种植。民间也有少数人私种，老百姓把地灵称为长生不老的"唐僧肉"。后来，经科学家研究，地灵之所以能让人健康长寿，根本原因是地灵含有大量的水苏糖，而水苏糖是益生菌最好的食物，因此是改善人们肠道功能的健康之宝。

听着海燕的侃侃而谈，我被地灵神奇美妙的传说所陶醉。站在路边，举目眺望，地灵种植基地苍苍茫茫，郁郁葱葱，地灵花悄然绽放，一朵朵，一串串，一簇簇，一片片，汇成了紫色的云锦、紫色的烟霞。眼前这美丽壮观的景象，使我想起一位同乡人——著名文学大师孙犁，他所描绘的白洋淀的荷花美到极致，而我和他共同的家乡滹沱河畔的地灵花，可以说别有韵味，独具姿色，使河北安平自汉代刘邦设郡的古博陵，享誉世界的丝网之都，增添了一道新的景观。地灵花，分明象征时代之花、科技之花、幸福之花，怎能不让人美醉呢！

　　滹沱河边的风徐徐吹来，感觉好爽。天空像海一样碧蓝，阳光很灿烂，把开阔的河滩映照得清晰明亮。阳光下的地灵花，姹紫嫣红，如霞似锦，演绎成了一首气势恢宏、美轮美奂的赞美诗，那是对改革开放的赞美，对乡村振兴的赞美，对全民健康的赞美！绿叶花丛中，有不知名的小鸟蹦蹦跳跳，是在觅食，还是在赏花？鸟儿们全然不顾路边的来客又说又笑，一任秋风梳理着它们的羽毛，品尝着风中弥漫的花香。这滹沱河边的风景，使我想起王维那一首脍炙人口、耐人寻味的五言绝句：远看山有色，近听水无声，春去花还在，人来鸟不惊。

　　海燕弯腰掐了一枝地灵茎叶，采了一朵地灵花，递给我，笑着说，你仔细看看，还认得不，这就是咱们家乡好多农户栽种过的"地挂拉"。哦，"地挂拉"！我想起来了，小时候，我经常跟随父亲到自家的菜园，看父亲下种、栽秧、施肥、浇水，眼瞅着褐色的菜地变成一片翠绿。时至深秋，父亲将菜园里沉甸甸的白菜、圆滚滚的茄子、胖乎乎的白萝卜、一捆捆的紫皮大蒜，还有，一小篮不起眼的"地挂拉"运回家。那"地挂拉"，状似海螺，洁白如玉，晶莹透明，母亲将这些小家伙放入瓷坛，用盐和醋腌成咸菜，就是这俗名土得掉渣的"地挂拉"，成了农家餐桌上不可或缺的美味佳肴。我特别喜欢吃腌好的"地挂拉"，用筷子夹入口中，一咬，嘎嘣脆，清甜爽口。

　　参军远离故乡，我已经半个世纪没吃到"地挂拉"了，父亲栽种、母亲腌制的"地挂拉"，深深留在我遥远的记忆里，凝聚着我魂牵梦绕的乡愁。

　　海燕打断了我的沉思，对我说，咱们家乡安平，历史悠久，人杰地灵。仅崔氏家族，就出了几十个宰相。汉代大书法家崔瑗有"天下第一座右铭"，唐代崔护的《人面桃花》和近代文学大师孙犁的《荷花淀》，都出自古博陵、今安平这块宝地，堪称中华文化的瑰宝，这是咱们家乡人的骄傲。这滹沱河边烂漫的地灵花，别有一番寓意和情趣，能引发人们无限的遐想。

　　我很佩服海燕对故乡的历史文化有深厚的认知，对他说，我头脑里开始酝酿一篇散文，题目就是《地灵花》。

　　海燕说，好呵，地灵花值得赞扬，虽然花色并不俏丽，花朵也不够硕大，但是，地灵花呈现出吉祥的紫气，给人们带来好运。而地灵的根茎，隐藏着看不见的美、广阔无边的美、价值非凡的美。

我感慨地说，对了，人世间看不见的美，往往比看见的美不知要美多少倍。而看到的美，总是引导我们去发现看不到的美。地灵花，应该说是开启我们探索认识地灵根茎的金钥匙。

海燕抑制不住内心的喜悦，告诉我：从地灵根茎提取的水苏糖，被世界许多国家定为益寿延年的健康食品，中国不仅如此，还把水苏糖作为航天食品，从神五开始，水苏糖伴随航天员一次次到达浩瀚的太空，这是不容置疑的事实。

噢，从昔日的"地挂拉"，到如今的水苏糖，这是一个伟大的飞跃！滹沱河千年流淌，历经沧桑，朝迎旭日，暮送晚霞，多少风雨岁月，日日夜夜，终于迎来了地灵花遍地开放，紫气遮天，祥云盖地，一片生机勃勃、富贵繁华的景象。这里生产的水苏糖，比国外的同类产品质量高，价格低。我相信，家乡物美价廉的水苏糖，就像滹沱河美丽的浪花，随着奔腾的河水流向远方，远方有多远？远得超出人们的想象。

我将手中一朵紫红色的地灵花插在小孙女的头上，风儿轻轻吹来，那地灵花的花瓣微微抖动，花色映衬着小孙女那红扑扑的脸蛋，我从来没有感觉到她是如此朴实的美、亲切的美，难道小孙女是我期盼的漫漫人生中的一朵地灵花吗？

小孙女兴奋地告诉我：爷爷，我要把头上的地灵花带回北京，让老师和同学们看一看，我家乡的地灵花有多美。

家乡，地灵花一样美的家乡，你是否记得半个世纪前穿上绿军装走进军营的年轻战士？你是否记得那位日夜思念和眷恋故土的共和国老兵？你是否记得军人的子孙后代一次次踏上故乡的土地，去寻找须臾不可忘记的根和魂？

海燕开车送我们返回寓所的途中，一路上和我唠嗑，彼此津津有味地谈着文学。

他说，文化是企业的灵魂。作为公司负责人之一，我要不断提高自己的文化素质。

我说，不仅仅你一个，整个中华民族都要不断提高文化素质呀！

他说，我不仅喜欢你的散文，也喜欢你的诗歌。你信不信，我能背诵你的诗词歌赋。

我问：真的？

海燕说，你参加五台山笔会，当场写了这样一首气势豪迈的诗：笔扫太行云，诗惊黄河浪，五台迎狂客，满纸现佛光。你夏天去武汉，写了一首格调浪漫的《江城赋》：雾锁江城，不见琼楼玉阁，何处寻黄鹤？只见高柳鸣蝉，绿叶粉荷，三镇灯火；月下东湖，睡美人，江城，千载悠悠，怀抱玉琵琶，弹奏一江雪浪花。

我真的没想到，海燕这位整日忙碌的企业家，竟然能背诵我多年前写的诗！

我对海燕说：我也能背诵你写的诗。

海燕问：哪一首？

我回答：地灵花，那是你在故乡大地上写的诗；而水苏糖，是诗中的诗，也是你的杰作。

海燕看着我，会意地笑了。

原载《中国财经报》、2023 年第 3 期《神剑》

报春红梅第一枝

秋天的冀中平原浸润在浓浓的绿色中，而我一回到故乡就被浓浓的乡情所包围。在安平县城寓所，每天从早到晚来访者络绎不绝。或许是因为我也算得上是一位军旅诗人、散文作家、书法家，朋友们便纷纷登门索字。走向富裕的家乡人民、对诗书画如此青睐，这无疑是农村文化兴盛的一个标志。

我实在有点招架不住了，但无论如何，我不能拒绝一位名叫杨洪涛的朋友的恳求：为台城村党支部——全国第一个农村党支部题词献诗，赠送书法作品。他告诉我，台城党支部换届选举刚刚结束，他的哥哥杨玉卿被选为党支部书记了。是激动，兴奋，还是自豪？杨洪涛为之彻夜未眠！我被真情所打动，只好欣然答应了。

对于台城，我并不陌生，这个村子与我的出生地张舍村相距八华里。上世纪 60 年代初，我读中学时经常路过台城，台城党支部有着光荣的历史。1921 年中国共产党诞生后，代表党中央指导北方党的工作的李大钊同志，十分重视在知识分子中发展党员，以及在农村建立壮大党组织。早在"五四运动"以前就开始在北京接受和研究马列主义的安平县任庄村的李锡九、台城村的弓仲韬，前后结识了李大钊，并分别于 1922 年和 1923 年，由李大钊介绍加入了中国共产党。随后受李大钊派遣，相继回到了安平进行革命活动，发展党的组织，从而点燃了冀中革命的烈火。

弓仲韬回家后，遵照李大钊指示，首先在村里创建了平民夜校，宣传马列主义，然后筹建了农会，培养党的知识分子。自此，中国第一个农村党支部诞生了。1924 年初，安平北关高小、敬思村也先后建立了党支部，全县党员发展到 20 名。1924 年 8 月 15 日，台城、敬思村、北关高小三个党支部各派代表在敬思村召开了安平县第一次党代会，建立河北省第一个县委——中共安平县委，弓仲韬当选县委书记，县委机关和台城支部都设在弓仲韬家里。在李大钊等老一辈革命家的亲切关怀和中国共产党的正确领导下，安平县的党组织和人民群众保持了光荣传统和革命信念。1938年4月，第一次冀中党代表会议在安平召开，冀中区党委也就是这次会议选举成立，冀中军区司令部、冀中行政公署和各抗日团体，也是在安平建立起来的。在抗日战争时期，安平成为冀中平原抗日根据地。

党旗，鲜红的党旗映红了中国的天空和大地，镰刀切断千年铁锁链，斧头砸碎整个旧世界。全国第一个农村党支部暨河北省第一个县委的革命历程和业绩已载入中国共产党的史册！

为全国第一个农村党支部题词献诗，这的确是一件庄重严肃的事情。经过反复斟酌，我挥毫书写了两幅长卷，一幅是用榜书写的横幅："报春红梅第一枝"，另一幅是用狂草写的一首诗《雪中梅》："满天飞雪舞翩跹，冰崖红梅傲奇寒；我爱北国雪狂舞，更喜梅花俏大千。雪花梅中舞彩蝶，春风柳上吹玉笛，且问争春第一枝，留住春光有几许。"

我带上写好的两幅书法作品，随杨洪涛等来到台城，黄城乡党委郭书记和刚上任的台城村党支部杨玉卿书记热情迎候，陪我参观全国第一个农村党支部暨河北省第一个县委纪念馆。

站在弓仲韬的照片前，敬仰之情油然而生。就是这位由李大钊介绍入党的革命前辈，创建了全国第一个农村党支部，犹如寒冬绽放一枝红梅报知春天即将来临；是他，曾经卖掉自己几十间房产来支援革命，敌人凶残地杀死他的儿子，都丝毫没有动摇他坚定的革命信念。即使敌人害得他双目失明，他依然跟着党走，从黑暗走向光明。

在全国第一个农村党支部暨河北省第一个县委的诞生地台城，2002年兴建了"两个第一"纪念馆，被命名为市级爱国主义教育基地。党和国家机关领导及省市领导都莅临指导。据悉，仅今年"七一"期间，纪念馆接待来自衡水市内外的党员干部、各界群众参观考察共计47批4600人次。

红梅花开，香飘万里。我相信，凡是来过台城的人都不会忘记"报春红梅第一枝"吧。

原载 2007 年 10 月 24 日《解放军报》

汉白玉雕像前

清晨，瑟瑟秋风，吹散了天空湿漉漉的雾气，滹沱河哗啦哗啦的流水声，唤醒了熟睡的太阳，一轮红日好似燃烧的火球，赫然出现在东方天际，喷发出无尽的光焰。安平古城，浸润在玫瑰色的阳光里。

汽车从安平县城出发，沿宽阔的公路向西行驶，眨眼工夫便到达全国第一个农村党支部诞生地——台城村。这个原本偏僻贫穷、沉默闭塞的小村庄，被考察认定为中国农村第一面党旗升起的地方，从此日趋火爆，据说每年来自全国各地的访问参观者数以万计。祖国大地蓬勃兴起的爱党爱国热潮，令我兴奋不已。在纪念中国共产党成立100周年的重要节点，我这个入党54年的老党员、安平籍共和国老兵，从京城回到故乡，走访红色台城，聆听红色故事，了解中共第一个农村党支部的诞生和发展历程，让红色基因渗透灵魂，永葆共产党人本色。

我出生的张舍村，距离台城村只有七华里。二十世纪60年代初，我在县重点中学读书，几乎每个星期天都要回一趟家，台城是我往返的必经之地。那时，这个村子发生的革命故事，鲜为人知，因其贫穷偏僻、孤寂闭塞，人们不屑一顾，几乎被世界所遗忘。我参军远离故乡数十载，记忆中的台城村在我脑海里早已淡出。而今，当我踏上这片土地，很想把遥远的印象在岁月的长河里拽回来，再现台城半个世纪以前的模样。

此时此刻，我下车站在了台城村口，一面镶嵌着金黄色镰刀斧头的红墙，映入眼帘，那分明是巨大的党旗，巍巍然耸立村边。举目望去，一条宽阔的仲韬大道穿过村中央，街道两侧是非常漂亮的建筑设施，村委会、书店、饭店、学校、展览馆、工厂和农家小院错落有致，风格典雅，彰显着现代气息。眼前，这清新美丽的乡村风貌，与多年前留在我记忆中的台城，真是有天壤之别。

迎接我的是一位充满朝气的年轻人，他从仲韬大道走过来，紧紧握住我的手说：我叫杨新杰，是台城村第23任党支部书记。

我对他说：我知道，你父辈兄弟七个，你父亲排行老七，你六伯是前任党支部书记。

杨新杰点了点头，对我说：我知道你是我父亲和六伯的朋友，十年前，你为我们村题写了"报春红梅第一枝"的匾额，还写了一篇宣传我们村党支部的散文，发表在《解放军报》，谢谢你。走，我陪你参观全国第一个农村党支部纪念馆。

行至村中心，一幢庄重典雅的平顶式建筑赫然在目，这便是全国第一个农村党支部纪念馆。在明媚的阳光照耀下，纪念馆高大的红色石柱上，一团火焰燃烧不息，让人想象到，革命火焰照亮了苍茫大地。走进纪念馆大厅，李大钊和弓仲韬握手的汉白玉雕像映入眼帘，让我凝目深思。

瞧那汉白玉雕像，李大钊戴着眼镜，留着八字胡，面容坚定刚毅，使人一望而生仰慕之情。这位中国早期马克思主义传播者、共产党创始人之一，"铁肩担道义，妙手著文章"，在刑场上慷慨就义，给革命后来者留下无尽的怀念和崇高的敬意。

见我在汉白玉雕像前不肯离开，村支书杨新杰用手指了一下，对我说：和李大钊握手的就是中共第一个农村党支部创始人弓仲韬，他是俺们台城村人，1886年出生在拥有300亩土地、雇着8名长工的富庶人家。他不愿意过"大少爷"的生活，30岁考入北京法政专门学校，求学期间，参加了"五四运动"，结识了李大钊，并经李大钊介绍加入中国共产党。受李大钊委派，弓仲韬回到家乡安平县台城村，点燃革命火种，创办平民夜校、筹备农会、开办毛巾厂、搭起施粥棚，吸引先进青年，进行革命思想启蒙教育，发展骨干分子入党。1923年8月的一个夜晚，弓仲韬和弓凤州、弓成山三人在弓家的厢房内举行了简单而庄严的入党仪式，经中共北京区委批准，在李大钊的关心指导下，中国第一个农村党支部台城特别支部诞生了。星星之火，蔓延到冀中平原和中国广大农村。

仰望着汉白玉雕像，听着杨新杰侃侃而谈，我的思绪飞到风云激荡的年代。我觉得，李大钊和弓仲韬紧紧握手，象征着农村风起云涌的革命运动即将到来，革命者向旧世界宣战如"寂无声处听惊雷"！

汉白玉雕像放射出的光芒，浸入我的灵魂，融入我周身的血液，使我产生无限的遐想。

　　纪念馆墙壁上张贴的一幅幅照片，馆内陈列的一件件实物，解说员叙述的一个个生动故事，使我见证了李大钊、弓仲韬等革命先驱在上世纪 20 年代，创建中共第一个农村党支部——台城特别支部的历史过程，看到了波澜壮阔的历史画卷，以及建国以来台城党支部"敢为人先，勇于奉献"、带领群众艰苦创业的显著成就。参观完纪念馆，杨新杰带领我到了弓仲韬创办的平民夜校、农会、毛巾厂和施粥棚旧址。推门走进平民夜校，这简陋的平房内，是台城特别支部成立的地方。98 年前 8 月的那个夜晚，浩瀚的夜空月光如银，台城平民夜校油灯闪亮，弓仲韬等三人成立的特别支部，选举弓仲韬为支部书记，弓凤洲为组织委员，弓成山为宣传委员。这是中国农村前所未有的一件大事，如燎原星火，燃烧不息。我想，如果当年李大钊得知此事，不知道会高兴成什么样子。

　　告别台城时，村支部书记杨新杰和纪念馆馆长赠给我两件礼物：一本纪实文学《特别支部》和一件精致的铜铸肖像，那正是李大钊和弓仲韬握手的汉白玉雕像的缩影。

　　我手捧着这两件礼物，感觉是那么珍贵，那么沉重！

原载 2021 年 11 月 3 日《中国艺术报》

近水远山

　　这里所说的近水，是穿越冀中平原安平县全境的滹沱河；远山，说的是新疆若羌县境内的阿尔金山。要问，你为什么把滹沱河与相距遥远的阿尔金山扯在一起？因为我采访的对象河北安平县徘徊村原支书王建杰，抚养了六个孤儿，滹沱河边的徘徊村两个，新疆阿尔金山脚下的若羌县四个。爱心如日，灿然明照，光若金辉，爱的阳光洒在滹沱河，也洒在阿尔金山，由此，使人想到大爱无疆！

　　去年夏天，我回故乡河北安平采访一家民营企业，撰写并发表了散文《地灵花》，备受关注。家乡好友物流中心总经理赵世威对我说：咱们县有一个人，也值得写一写，他的事迹很感人。

　　我问：是哪一位？

　　赵世威告诉我，他叫王建杰，徘徊村原支书，是老八路的后代，担任村支书将近30年。他带领村民种富硒麦，俗称黑小麦，种出了好日子，听说他先后抚养了六个孤儿。他少言寡语，做了很多好事，却很少从牙缝里露出来。

　　我对赵世威说，这个王建杰，虽说是个普通农民，一人抚养六个孤儿，真让我肃然起敬，咱可以去拜访他吗？

　　赵世威说：当然可以，明天咱们就去徘徊村。

　　汽车沿着滹沱河北大堤上的柏油路行驶，从车窗望去，美丽的滹沱河像一条银色的飘带，在大地上蜿蜒伸展。呵，我熟悉的母亲河，载着冀中平原日出的壮美和日落的雄浑，日夜流淌，流向比遥远还远的远方。阳光下的河面，浪花跳跃着，闪烁着，那么耀眼，那么快活，那么灵动，我相信，每一朵浪花都映着一个小太阳。

　　我与王建杰未曾谋面，但我认定他有一颗爱心。

到了徘徊村，王建杰热情迎接我们。这个枕着滹沱河涛声长大、与土坷垃打了几十年交道的农村人，不像土里土气的农民，很像一位教书先生。他戴着一副眼镜，目光流露出诚实和善良，那张饱经风霜的脸，微带红润，憨厚的嘴唇紧闭着，没错，确实是一个沉默寡言的人。初次见面，他给我最突出的印象是，稳重睿智。

我握着他的手说：听说你抚养了六个孤儿，令人敬佩！

王建杰腼腆地笑了笑，说：咱做的这点事儿，比起你熟悉的安平县企业家魏志民给县中学捐款 1000 万，咱真是马尾提豆腐，提不起来。

我说，不能这样比，人家魏总是全国人大代表、著名的大企业家，你是个普通农民呀。不过，你们有一个共同点，那就是积德行善，乐于奉献。

王建杰坦诚地告诉我：说实在的，这十来年，俺们徘徊村也有了很大变化，从种黑小麦开始，村民们的腰包越来越鼓起来了。去年，全村增加收入近 50 万元。村里成立了格润种植专业合作社，如今，全村种黑小麦 1700 多亩，黑小麦和富硒面粉、富硒挂面畅销到大江南北。今年新年伊始，来自保定的客商向合作社购买 500 斤黑小麦，迎来了一个开门红。你说，咱日子好过了，不应该做一点慈善事业，帮一帮需要帮助的人吗？

我点了点头，觉得，生活富裕起来的农民，灵魂开始觉醒！

在王建杰的引领下，我和随行的朋友一起参观徘徊村的磨房。

这是一间简陋的房子，房内那盘石磨，和我记忆中自家的石磨简直一模一样：两个磨扇，一个磨盘，只是没有推磨和拉磨的木柄。

磨房里的村民告诉我，这石磨是王建杰书记当年找人专门建造的，利用传统工艺磨富硒面，一开电门就转动起来，不需要人推牲畜拉。为了不损害富硒面的质量，磨扇不能转动得太快。

话音刚落，那个村民拉动电门，石磨慢慢转动起来。咕噜咕噜的石磨声，使我回想起已经逝去的漫长岁月，耳边响起改革开放的时代强音。我的思绪随着黑小麦在石磨里的破碎声中升腾着，拓展着，感觉徘徊村这个古老的村庄正在致富的道路上疾速奔跑，而领头人正是抚养着六个孤儿的王建杰。

在磨房旁边一间简陋的会客室，徘徊村的几个村民，向我介绍了王建杰带领村民探索特色产业发展之路的经历。徘徊村地处滹沱河北部，是一个以种地为生的传统农业村，七八年前，村民年人均收入几千元，只好勒紧裤腰带过紧日子，村集体收入几乎为零。时任村党支部书记的王建杰，带领村"两委"班子成员和群众，积极探索乡村振兴致富之路，先后种植药材、发展苗木，部分村民增加了收入。后来，王建杰多方搜寻信息，听说中国农科院航天育种中心经过多年研究试验，新培育出一种富硒黑小麦，每公斤黑小麦硒含量能达到1600微克，是有机认证产品，有助于人们提高免疫力，对高血压、高血脂、冠心病有一定食疗效果，特别是里面的微量元素硒，对癌症有一定程度的预防作用，顺应了群众养生保健需求。王建杰辗转奔波，找到中国农科院有关负责人，争取到150斤黑小麦种子，带领村民成立格润种植专业合作社，聘请中国农大专家担任技术顾问，实行科学种植管理，不断扩大种植规模，村里采用传统石磨加工工艺，生产了富硒黑小麦全粉、黑小麦挂面等产品，村民过上了吃饭讲营养、挣钱有奔头的好日子。

告别徘徊村时，王建杰送我几盒富硒面尝尝。他说晚上在县城与我共进晚餐，我没有拒绝，因为我还没有打开他的话匣子，听他讲抚养六个孤儿的故事。

晚宴，应赵世威和王建杰的邀请，来了五六位做丝网生意的企业家。我们安平县是全国丝网之都，在丝网行业真是异军突起，群雄争霸，成功的企业家不乏其人，而这些企业家都和县物流中心有密切联系。赵世威向酒桌旁的朋友介绍，乔秀清是军旅诗人、散文作家、书法家，他心系故乡，多次回到安平采风，撰写了好多篇散文发表，被县委县政府授予"孙犁故里文学大使"，今天，他特意采访抚养六个孤儿的王建杰，大家欢迎。

朋友们频频举杯敬酒，我有点受宠若惊的感觉。我和王建杰坐在一起，想听他讲述抚养六个孤儿的故事，却没有机会。采访没有完成，我因故返回北京，等待时机再回故乡，继续采访王建杰。因新冠病毒肆虐，时隔八个月，我跟随春天的脚步回到故乡。

疫情过后的安平，春意盎然，映入我眼帘的景物实在太美了，竟让我这个共和国老兵着了迷，诗兴像滹沱河的浪花跳跃飞溅，一首描写平原春景的小诗，自然而然地从心底流淌出来：

杜宇啼春泪打梦，燕子归来春已醒，河岸柳丝垂翠绿，垅上桃花笑嫣红。杏花坠玉香满地，梨花堆雪映碧空。风雨过后春韵娇，最解老兵思乡情。

这天上午，我和县文联主席王彦博一起采访王建杰，听他讲抚养孤儿的故事。他讲的故事是真实的，如泣如歌，悲喜交加。

徘徊村有一个名叫靳悦悦的女孩，六七岁时，其父因过量饮酒身亡，母

亲带着小悦悦的姐姐改嫁到别的村庄，小悦悦跟着爷爷奶奶一起生活。可没多久，爷爷病故了，小悦悦和身患残疾的奶奶艰难度日，生活苦不堪言。身为村支书的王建杰可怜苦命的小悦悦，决定资助抚养这个失去父母的孤儿，每个月把至少200元的抚养费送上门，一直坚持了10年之久。如今，悦悦已经年满十八岁，高中毕业的她可以自食其力，开始新的生活。

五年前的冬天，是徘徊村农民靳云光最难熬的日子，他刚30岁，患胰腺癌，已到晚期。他的儿子才出生七个月，年轻的妻子田海梅望着病危的丈夫，心快要碎了。

靳云光在弥留之际，握住了妻子的手，断断续续地说：海梅，我就要走了，你要答应我一件事，等咱们的儿子稍大一点，你再改嫁，行呗？

田海梅眼眶里的泪水流了下来，她朝向丈夫点了点头，没言语，转过身把儿子抱到丈夫跟前，想让丈夫再看看他疼爱的小宝宝……靳云光熬到春节后的正月溘然去世。出殡那天，滹沱河的风呼呼地吹过来，吹乱了田海梅的头发，却吹不干她脸上的泪水，她和送殡的乡亲们颠颠簸簸走到坟地，眼瞅着乡亲们把自己的丈夫安葬好，她才在乡亲搀扶下回到家。

村支书王建杰就在送殡的人群里，事毕返回家中，他召集两个儿子一起开会，研究决定，每个月给靳云光的儿子200元抚养费，一直要抚养到十八岁。为了给田海梅解除后顾之忧，王建杰自己掏钱给田海梅买了一台缝纫机，安排她在丝网公司上班，从事包装袋加工活计，保障她每个月有一定的收入。自靳云光病故后，妻子田海梅和儿子度过了五个春秋，她至今守寡没有改嫁，用心血浇灌着与丈夫共同培育的一棵幼苗。

采访中，我问王建杰：听说你在新疆若羌县还资助抚养了四个维吾尔族孤儿，是真的吗？

王建杰笑了笑说：是真的。

河北安平县人怎么抚养新疆孤儿呢？这简直让人好奇，我问：究竟是怎么回事，给我们讲一讲。

王建杰给我和王彦博沏好了茶，我一边品茶，一边听王建杰讲述鲜为人知的故事，让思绪飞向新疆的阿尔金山，飞向浩瀚的大戈壁，飞向神奇的古楼兰。

真是机缘巧合！在安平县代职的一位副县长来自新疆若羌县，由他牵线，两个县建立了"结亲"关系，他还帮助王建杰与若羌县中学取得联系，接受了正在读小学的四个维族孤儿的抚养义务。这四个维族孤儿，两个男孩，两个女孩，年龄在七岁到十岁之间。王建杰每个月的十五日，给四个维族孤儿分别发去抚养费，300 元至 500 元。若羌县中学将四个维族孤儿每个学期的学习成绩表，通过微信发给王建杰。十年来，王建杰曾两次飞往新疆，到若羌县去见他牵挂的四个维族孤儿，他下榻的地方叫做楼兰宾馆。

我对王建杰说：楼兰古城就在若羌县境内，你去了没有？

王建杰摇了摇头说：没有。

我说：那里有全国著名的楼兰博物馆，馆内陈列着挖掘出土至今保存完好的两千年前的楼兰美女，你肯定没顾上去参观。

王建杰说：是的，新疆之行，目的是为了见到那四个维族孤儿，他们在我心里的分量很重。

我开玩笑地对王建杰说：我明白了，你喜欢孤儿，不喜欢美女。

话音刚落，在座的三人都哈哈大笑起来。

我手机里收藏着云朵演唱的歌曲《我的楼兰》，那浪漫的歌词和优美的旋律，真让人惊艳无比，回味悠长！"你总是随手把银簪插在太阳上面，万道光芒蓬松你长发的波澜，我闻着芬芳跋涉着无限远，只为看清你的容颜。你总不小心把倩影靠在月亮上面，万顷月光舞动着你优美的梦幻，我闻着芬芳跋涉着无限远，只为看清你的容颜。谁与美人共浴沙河互为一天地，谁与美人共枕夕阳长醉两千年，从未说出我是你的尘埃，但你却是我的楼兰……"

我想把这首歌转发给王建杰，对他说：你若再去新疆若羌县，一定要去看一看楼兰古城，还有那沉睡两千年的楼兰美女，感受一下我们这个文明古国历史的悠久和文化的沉淀。我把王昌龄的诗句改一个字送给你，不见（破）楼兰终不还。

王建杰说，好呵，咱们一起去可以吗？

我说：如今我年迈，身体欠佳，恐怕是去不成了。50 年前，我作为中国人民解放军总后勤部机关的年轻军人，奉命赴新疆伊吾军马场采访，撰写一位拦截惊马抢救群众的牧马工人的英雄事迹，那次，我见到了天山，头顶雪冠；见到了巴里坤草原，绿色望不到边；品尝了醇香的牛奶茶，还骑马在草原驰骋。特别是观看一位维族女中学生的歌舞，留下了难忘的记忆。她人美歌美舞美，我使劲给她鼓掌，她走到我跟前，说"谢谢解放军哥哥"！那时我刚 21 岁，长得又年轻，人家不好意思喊我"解放军叔叔"。

王建杰打断了我的话语，他插话说：我正在抚养的若羌县中学一位孤儿，就是维族女孩，名字叫卡德也芽生，跟着奶奶生活。这个女孩眼睛大大的，头上扎着好多条辫子，身材窈窕，能歌善舞，还特别懂事，她见到我，紧紧攥着我的手，眼睛泪汪汪的。她对我说：我知道，你家乡有一条滹沱河，我家乡有一条孔雀河，这两条河虽然隔着几千里，但是，都沐浴着同一个太阳的光辉。她还高兴地跳起舞来，舞姿优美曼妙。她一边跳，一边唱："我们新疆好地方呵，天山南北好牧场……"我觉得眼前这位维族小姑娘就像一只美丽的孔雀……

我庆幸终于打开了王建杰的话匣子，对他说：你抚养了四个维族孤儿，刚才讲到一个女孩，再给我们讲一个男孩的具体情况。

王建杰喝了几口茶水，思索了片刻，说：我抚养的若羌县孤儿，有一个10岁的维族男孩，名叫库尔班江吐尔逊，母亲是他唯一的亲人，是一位清洁工。他和母亲住在若羌县吾塔木乡尤勒滚艾日克村。那次我到村里去见孤儿库尔班江吐尔逊，村支书库尔班江吾斯曼设宴招待我，那个年轻人身体很棒，饮酒如喝水，眼瞅着他喝了一瓶白酒，真把我惊呆了，人家却泰然自若，谈笑风生。他说，我看人不会错，库尔班江吐尔逊这孩子有出息，要好好培养。真让那位村支书说对了，我第二次去新疆若羌县见孤儿，正在乌鲁木齐读警官大学的库尔班江吐尔逊特地赶来，陪同他母亲一起来见我，我们三人还合了个影。我相信，这位大学生将来肯定是一位人民的好警察。他母亲对我说，这些年多亏了你的资助抚养，你是我家的大恩人。我亲身体验到，资助抚养新疆孤儿，涓涓之水，浇灌的是汉族和维族的友谊之花。

那天上午九点钟，王建杰开车到安平县城蓝湾国际生活小区寓所来接我，他要和我一起到滹沱河边的小张庄，瞻仰抗战时期县游击大队长王东沧等革命先烈英勇就义的地方。我欣然同意，因为和他在一起，就有采访的机会。彼此一见面，我将早晨特意写好的一副对联送给了王建杰，内容是：清风明月本无价，近水远山皆有情。王建杰非常高兴，他让我解释一下这副对联的寓意。我说，这是苏州名园沧浪亭上的一副对联，属于集句联，上句来自北宋欧阳修的《沧浪亭》，"清风明月本无价，可惜只卖四万钱"；下句来自北宋苏舜钦的《过苏州》诗，"绿柳白鹭俱自得，近水远山皆有情"。我送你这副对联，上句象征你积德行善，奉献爱心，这是不能用价格来衡量的；下句象征家乡的滹沱河和新疆若羌县境内的阿尔金山，你抚养孤儿在这两地都注入了感情。王建杰对我煞费苦心写的这副对联深表谢意。

为什么王建杰执意陪我到滹沱河边的小张庄缅怀抗战英雄呢？汽车行进途中，王建杰对我说，这是一次洗涤灵魂的活动，咱们不能忘记革命先烈们。俺出身革命家庭，父亲王志根是一九三八年参军的老八路，三五九旅王震的部下。他在一次战斗中负伤，子弹射穿了他的腹部。抢救时，需要一种特效药，按照当时的规定，这种药只有团以上领导干部才可以使用，俺父亲是营级干部，不够条件，咋办？没有上级领导批准，卫生队的医生不敢擅自使用此药。营教导员杨一青当场质问医生，生命重要还是规定的条件重要？先用药，然后我再向上级领导汇报，如果有问题，我来担当。教导员下了死命令，医生不敢不听，那种药用上后，经过抢救，父亲脱险了。应该说，教导员是我父亲的救命恩人。全国解放后，杨一青留在新疆工作，后来担任新疆人大主任。那年他到北京参加会议，父亲带着我从五百里外的家乡赶到北京，约定在宾馆见面，两个老八路久别重逢，紧紧抱住哭了。要说我对新疆有特殊的感情，甘心情愿抚养那里的孤儿，做一点贡献，其中之意，也包含对长期在新疆任职的老教导员杨一青报恩，老话说，有恩不报非君子！

一席话，让我茅塞顿开。我领悟了，人生最大的财富，不是腰缠万贯、豪华住宅、名牌汽车、古董珠宝什么的，而是灵魂的觉醒和人格的魅力！

王建杰告诉我：古丝绸之路必经之地新疆若羌县，是全国面积最大的一个县，也是全国著名的红枣之乡。我抚养的若羌县四个维族孤儿，都知恩报恩，每年秋天给我寄来红枣。若羌红枣又称楼兰红枣，是中国独一无二树上吊干的红枣，个大饱满，肉质细腻，清甜浓香，不仅好吃，而且营养丰富。我琢磨，为什么若羌红枣那么红润，那么清甜，那么浓香，是阿尔金山上的太阳照的，还是塔克拉玛干沙漠的热风吹的？

我接着王建杰的话茬说：是，也不全是，或许是包括你在内的全国各地的援疆人，一颗颗爱心映的吧！

王建杰笑着对我说：你不愧是一位军旅诗人！

进入小张庄村口，王建杰的汽车开得很慢，他被这个美丽的乡村震惊了，那宽广平坦的街道，道路两旁排列整齐、青砖红瓦、漂亮雅致的农舍，真让人流连忘返。曾多年担任村支书的王建杰自言自语地说道，这个村的党支部书记是谁？让人佩服！他刚说完，一位五十多岁的人风尘仆仆赶来，他满脸堆笑，拉开车门，紧紧握住我的手：大哥，我是玉虎，姓张，村支书，赵世威打电话告诉我，说你和徘徊村的原支书来这里，我在街旁恭候你们好久了。我说，给你添麻烦了，多谢，多谢！

玉虎兄弟把我们领进他家里，在宽敞明亮的客厅里坐下来，刚坐下，家乡好友物流中心总经理赵世威和诗人企业家李海燕也赶到了。我们一边喝茶，一边聊天。

我对玉虎说，我这次回家乡，主要目的是采访王建杰，十多年来，他先后抚养了六个孤儿，知道的人少之又少。我的采访快完成了，一定尽全力把他抚养孤儿的事迹写出来，见诸报端，给社会传播正能量，让那些信仰缺失、私欲膨胀、不肯施舍的人，灵魂受到触动。今儿个，王建杰和我一起来建小张庄，缅怀王东沧等抗日先烈，建杰说是给灵魂洗个澡，我认为此话寓意颇深，韵味悠长。

玉虎知道了我们的来意，他满怀对抗日英雄的崇敬之情，讲述当年县游击大队长王东沧带领游击健儿与日伪军生死搏斗、英勇突围的经历。那是一九四四年二月初，滹沱河两岸还结着厚厚的冰凌，河中间漂浮着大大小小的冰块，顺流而下。县游击队大队长王东沧带领三十多名游击队员，与日伪军进行了数次生死搏斗，重创敌人之后，乘船来到小张庄，选择一家农户的高房固守。因汉奸告密，日伪军以20倍的兵力猛扑过来，用轻重机枪、迫击炮、掷弹筒、燃烧弹，还使用了毒瓦斯，把游击队包围在高房之上，欲全部歼灭。激战进行了一天，太阳落山了，王东沧大队长带领大家利用天黑突围。本来，王东沧带领队员们已经突围出去，他听说还有一位同志仍被围困，便带领机枪手返回营救。

王建杰插话说，那个机枪手是俺们村的，战斗结束后，说他牺牲了，烈士纪念碑上还有他的名字靳红科，其实他还活着，解放后还当过俺们村的党支部书记。

玉虎说，在突围中，王东沧大队长等九名同志壮烈牺牲了，生命诚可贵，正义高于天，抗日英雄永远活在我们心里。走，咱们去看看王东沧大队长牺牲的地方。

在玉虎带领下，我们来到滹沱河边，河水滚滚向东流去。玉虎用手指了指河对岸那百亩空地，告诉我们，那就是小张庄旧址，也就是王东沧大队长带领队员们突围的地方。因小张庄原址地势低洼，如今，全村农民都搬迁到河对岸地势较高的地方。

王建杰对我说，你仔细看看小张庄旧址，看到了什么？

我说：只看到河对岸那片空旷的河滩，芳草萋萋，几只水鸟凌空飞翔。此刻，我想起唐代诗人崔颢的诗句："昔人已乘黄鹤去，此地空余黄鹤楼，黄鹤一去不复返，白云千载空悠悠……"

王建杰说，我看到对岸仿佛矗立着一座英雄纪念碑，那几只自由自在飞翔的水鸟，让我想到自己抚养的几个孤儿。王东沧大队长等抗日英雄，为人民献出了宝贵生命，咱们帮助需要帮助的人，做点善事，是完全应该的。

说得多好呀！王建杰这个老八路的后代，传承着抗日英雄们的红色血脉。

此时，太阳当空照着，眼前的滹沱河金波荡漾。王建杰说，他想起了新疆若羌县维族孤儿卡德也芽生说过的话，她说咱家乡的滹沱河和她家乡的孔雀河沐浴着同一个太阳的光辉。

我对王建杰说，那是她对太阳的赞美，也是对爱心的讴歌！我想起了一首歌，献给你，帕瓦罗蒂的《我的太阳》：啊，多么辉煌灿烂的阳光，暴风雨过后天空多晴朗，清新的空气令人精神爽朗。啊，多么辉煌灿烂的阳光，还有个太阳比这更美，啊，太阳，那就是你……

爱心，不正是美丽的太阳吗？她把阳光洒满人间，用温馨抚慰人们的灵魂。如果每个人都像王建杰一样，有一颗好善乐施的爱心，这个世界将是何等美丽！

原载 2023 年 6 月 5 日《中国财经报》

黑色的梦

在五彩缤纷的世界里，黑色是人们常见的颜色。中国古代文化早已阐明黑色的寓意和象征，那就是高雅、热情、信心、神秘、权力和力量。黑色在文化层面上被称为"宇宙的底色"，是一种很强大的色彩，其中蕴含增强财运之意。因此，黑色是中国古典和现代诗词中的绝美颜色。"旦辞黄河去，暮至黑山头"（南北朝佚名《木兰诗／木兰辞》），"俄顷风定云墨色，秋天漠漠向昏黑"（唐代杜甫《茅屋为秋风所破歌》），"守着窗儿，独自怎生得黑"（宋代李清照《声声慢·寻寻觅觅》），"黑夜给了我黑色的眼睛，我却用它寻找光明"（朦胧诗人代表顾城《一代人》）。这些诗句开启我的心灵，引发我对黑色的幽思。弄清了黑色的寓意和象征，我才明白了革命军人的后代、农村党支部书记王建杰为什么痴迷黑色，在黑色中孜孜以求地探索。

夏日的阳光，金灿灿地照在满眼葱绿的翼中平原，也照在碧波荡漾的滹沱河上。在家乡几位朋友的陪同下，我来到滹沱河边的小村庄徘徊村。这个古老的村庄，犹如一块璞玉，镶嵌在滹沱河这条长长的银链上。在乡村振兴的大潮中，徘徊村不再徘徊，毅然决然地选择了种植黑小麦这条致富之路，成为全县乃至全省种植黑小麦即富硒麦的示范村。

在徘徊村黑小麦种植合作社的磨房门口，王建杰迎接我的到来。他得知我从京城赶来，特意采访徘徊村种植黑小麦、走上致富路时，紧握住我的手说：你年过七旬，专门从北京回到故乡采访，辛苦了。我说，不辛苦，我是共和国老兵，光荣在党五十年的老党员，要老有所为嘛。

据家乡的朋友介绍，王建杰是革命军人的后代，他的父亲王志根一九三八年参加八路军，是三五九旅王震的部下，担任连长时在一次战斗中负重伤，复员回到家乡担任徘徊村党支部书记。在父亲的教诲下长大成人的王建杰，被村民们称赞有"三爱"，即"爱帮助人，爱做好事，爱吃亏让人"。他先后当选为团支书、村委会主任、党支部书记、县人大代表。因年龄原因刚刚卸任村支书的王建杰，仍然是全村种植、生产、销售黑小麦的"总舵主"，村民对他信得过、靠得住、离不开。

在王建杰的带领下，我和随行的朋友一起参观徘徊村的磨房。这是一间简陋的房子，房内的石磨有上下两个磨扇、一个磨盘，只是没有推拉石磨的木柄，因为这是电动石磨。磨房里的村民告诉我，这石磨是王建杰找人专门建造的，利用传统工艺磨富硒面，一开电门就转动起来，为了保证富硒面的质量，磨扇不能转动得太快。话音刚落，那个村民拉动电门，石磨慢慢转动起来。咕噜噜咕噜噜的石磨声，使乡村长大的我听起来是那么熟悉，那么遥远，因为半个世纪以前我这个农民的儿子，隔三岔五地推石磨，听着石磨声度过了难忘的岁月。我感觉，石磨声既是乡村久远的记忆，又是乡村崭新的开始！

在磨房旁边的会客室，王建杰和几个村民介绍了他们种植黑小麦、探索特色产业发展之路的经历。

徘徊村地处滹沱河北部，是一个以种地为生的传统农业村，10年前村民年人均收入只有几千元，村集体收入几乎为零。随着改革大潮风起云涌，乡村振兴千帆竞渡，滹沱河边古老的徘徊村不再徘徊，而是顺势而为，在致富的道路上做出了坚定的选择。那是七八年前，时任村党支部书记的王建杰，多方搜寻信息，得知中国农科院航天育种中心经过多年研究试验，新培育出一种富硒黑小麦，每公斤黑小麦硒含量能达到1600微克，是有机认证产品，有助于人们提高免疫力，顺应了群众养生保健需求，更重要的是，为广阔的农村提供了致富的机会。这个消息对王建杰来说是个特大喜讯，他兴奋得彻夜难眠。

那个深夜，王建杰躺在床上翻来覆去睡不着，半夜醒来的妻子听见建杰偷偷地笑出声，嗔怪地问：

"这是怎么了，你疯啦？"

"你瞎说什么哩，我是高兴呵！"

"啥事让你高兴得睡不着觉？"

"是黑小麦！"

"你瞎说吧，小麦还有黑色的？别忽悠俺这个乡村妇女。"

"没忽悠你，真的有黑小麦，也就是富硒麦，是一种新的科研成果。我琢磨着，这黑小麦可能让咱徘徊村富起来。"

"你不是做梦吧？"

"是做梦，黑色的梦，我要让梦变成现实！明儿个，我就去北京寻找黑小麦种子。"

聊到这，王建杰的老伴也来了兴致，她拉开了电灯，对丈夫说：

"天快亮了，你要去北京，俺替你准备一下。"

"离天亮还早呢，关灯，让我在黑暗中多想一想。"

"你这个人有点怪，喜欢黑。"

"算你说对了，我听人讲过，被称为中华文化源头的易经中，黑色代表天。各个卦象都有各自的颜色作为代表，其中坎卦的卦画图形符号表现为：中间的阳爻被两边的阴爻所包围，寓意是光明陷于黑暗之中。"

"听你这么说，俺开窍了，黑暗中隐藏着光明，穷日子过够了，就该过富日子呗！"

"对，咱们村早就该过上富日子，就是我这个带头人没选好致富路。这次，咱要从种黑小麦开始，闯出一条致富的新路子。"

翌日清晨，王建杰急忙扒拉了几口早饭，便动身赶往北京。他辗转找到中国农科院相关负责人，争取到1500公斤黑小麦种子，回村后，组织村民成立格润种植专业合作社，在村南流转的100多亩肥沃土地播下了种子。这是科学的种子、希望的种子、致富的种子！伴随着滹沱河哗啦哗啦的流水声，以及日出的壮美和日落的雄浑，黑小麦种子发芽了！这使王建杰多年来雨雾迷蒙的心头，飞出了七色的彩虹。

为确保黑小麦种植、生长、收成达到满意效果，合作社聘请中国农大专家担任技术顾问，定期举办技术讲座，师傅带徒弟，手把手培养出6名当地技术骨干。为加强种植户的管理和指导，根据王建杰的建议，党支部委员"分片包干"，每人包10个种植户。在专家指导下，实施科学种植，苗期入冬前使用现代喷灌技术喷洒越冬水，开春后进行返青喷灌和人工除草，抽穗灌浆期还要合理使用有机产品"苦参碱"。此外，每亩小麦施用5立方米农家肥、80公斤豆饼及400公斤有机肥料，保证富硒黑小麦符合国家认证机构的检验标准。王建杰和村民们一起，秋冬春夏，风里来雨里去，在田间忙碌，他身上的风尘和腿上的泥巴一点也不比乡亲们少。

　　王建杰黑色的梦变成了现实！黑小麦上市后，很受青睐，每亩地比普通小麦多收入 300 元。全村种植黑小麦的规模不断扩大，已经达到 1700 多亩，每年增加收入 50 万元，并示范带动起辽宁、邢台、柏乡等地纷至取经。徘徊人种植的是黑小麦，他们都有一颗热爱祖国、乐于奉献的红心。近日，王建杰作出决定，由格润农业种植合作社向全县父老乡亲捐赠 10 万斤富硒黑小麦，让科学、富裕、健康之光，点亮滹沱河两岸的千家万户。

　　这天上午，趁采访间隙，我和王建杰一起来到母亲河——滹沱河边，缅怀抗战时期在滹沱河边与日寇血战、英勇牺牲的革命先烈。望着浪花飞溅、滚滚东流的河水，王建杰问我：你听见了什么？我说：涛声，滹沱河哗啦哗啦的涛声。建杰说：那是母亲的叮咛，让我们不要忘记滹沱河两岸的老百姓。我暗自琢磨着建杰颇有深意的话，想起了抗日期间担任村干部的父母，再看看眼前的滹沱河，浪花中仿佛有父母的影子。建杰又问我：你知道滹沱河水流到哪里？我说，流到很远的地方，比遥远还远。建杰说：流到大海。滹沱河是咱家乡，大海是咱中国。一席话，我明白了，王建杰这个老八路的后代，心里装着老百姓，装着咱们的大中国呀！此刻，滹沱河的风吹来了，我闻到了河对岸飘来的醉心的麦香……

原载 2023 年 8 月 22 日《中国财经报》

荣获乡村振兴全国散文大赛三等奖

太阳的能量

　　盛夏的傍晚，落日熔金，晚霞欲燃，冀中平原浸润在橘红色的夕照里，滹沱河像一条金色的飘带伸展向远方。远方有多远？滹沱河里的浪花知道。

　　当我应安平县文联主席王彦博之邀来到"农家老味道"餐馆，朋友们都坐在一个简陋的房间里等我共进晚餐。王彦博主席向我逐个介绍在座的各位来宾，除了作家、诗人、教师、企业家之外，有一位是地地道道的农民，他是王彦博特地请来的客人。

　　王彦博对我说："他是安平好人闫金虎，东黄城乡南侯疃村的老党员。他当过兵，立过功，复员回乡当过村主任、党支部书记。如今，他已经是44年党龄的老共产党员，从入党那天起，他就暗下决心每天做一件好事，以入党为荣，为党增光。几十年来，他恪守承诺，坚持做好人、办好事，不夸张地说，他做的好事已达上万件，是名副其实的活雷锋，多次被评为市县先进人物。"

　　看得出，王彦博对闫金虎相当了解。闫金虎中等身材，肤色稍黑，衣着朴素，从他身上还依稀看到军人所特有的自信、刚毅、朴实、坦诚的气质。他憨笑着，两只炯炯有神的眼睛不时地打量我这个来自北京回家探亲的共和国老兵。

　　我起身走近闫金虎，紧紧握住他的手说："我也是共和国老兵，认识你真高兴。"

　　两只握过钢枪的手久久地握在一起，仿佛一下子把我俩牵回沸腾的军营，置身于火热的军旅生活。蓦地，我发现闫金虎胸前戴着一枚红彤彤、金灿灿的党徽，中心红色标志是镰刀斧头，周围那烫金的十个字清晰可见：安平县共产党员志愿者。闫金虎告诉我，这枚党徽是县委宣传部颁发给他的，他每天都戴在胸前，感觉党就在心中，那是一轮能量无尽的太阳。

话刚至此，我惊异地发现这小饭馆豁然明亮起来。餐罢，彦博对我说："我知道你研习书法几十年了，今天机会难得，想请你给朋友们写几幅书法作品。跟我来，那边房间里已准备好笔墨纸张。"

家乡的朋友们都知道，我退休 16 年来，每年回到故乡，都要给朋友们留下墨迹，这些年估计给家乡的朋友写了几百幅书法作品。我得知，王主席今天邀我来，主要目的是请我为好人闫金虎写一幅书法作品，内容他早已考虑好了，四个大字：德行天下。

我借酒兴，欣然命笔，很快就写成了一幅六尺的书法作品。在场的朋友都称赞这幅书法作品神重气足，苍劲潇洒。

最高兴的莫过于闫金虎了，他对我说："字写得太好啦，我一定裱好挂在家里的墙壁上，作为座右铭。谢谢你，老班长。"

"老班长"！多么亲切的称呼呀！记得我刚参军那几年，见到比我参军早的战友都喊"老班长"。此刻，67 岁的复员军人闫金虎面对我这个 70 岁的共和国老兵喊了一声"老班长"，使我心里热乎乎的。

几天之后一个阳光明媚的上午，闫金虎登门找我聊天。他带来了厚厚的一本资料，这是县委宣传部收集装订的《闫金虎个人事迹新闻集锦》，我翻开浏览了一遍，里面全是省市县主流媒体刊发的新闻原文，介绍闫金虎助人为乐、好善乐施的善行义举。几十年来，闫金虎经常主动上门，为四乡八里的军烈属、残疾军人、老党员、孤寡老人、特困家庭等义务服务。每年进夏入冬，闫金虎还会到光荣院、敬老院对纱窗、玻璃进行修换，分文不取。河北省道德模范王小芬的孤儿收养院，闫金虎也是每年必到，窗纱该修换的自不必说，中秋、春节还会给孤儿们买礼物、送食品。

这一桩桩、一件件似乎平凡的小事，袒露出老党员、复员军人宽广的胸怀和博大的爱心。

聊天中，闫金虎发现我的目光不时地凝聚在他胸前那枚党徽上，便会意地告诉我："我母亲是解放前入党的老党员，常教育我不要给党丢脸。我每天做好事，就是为党争光，让党徽永远像太阳一样，每天都是鲜红鲜红的。"

我对闫金虎说："你说得对，党是我们心中的太阳，太阳的能量是无法估量的。"

"是的，没有太阳，这个世界就没有光明，没有共产党，就没有新中国。

共产党是为大多数人谋利益的，如果咱不为群众做好事，就不配一名共产党员。"

"老闫，你几十年坚持做好事，家人支持吗？"

"当然啦，我母亲、老伴、女儿、儿子、孙子都支持。到哪天我干不了，马上就成为预备党员的儿子连同十多岁的孙子接着干，助人为乐永远在路上，为老百姓办好事党员责任薪火相传。"

"多么好的一个家庭呀！"

"对啦老乔，我今个找你，想求你给我写一幅书法作品，四个字：和谐之家。"

我爽快地答应了，随即带闫金虎走进书房，让他在旁边亲自观看，完成了这幅书法作品。闫金虎很满意，咧嘴笑个不停。

我们正饶有兴味地侃侃而谈，突然，闫金虎的手机响了，他接完电话对我说："今儿个咱俩就聊到这，改日我再来拜访你。一位90多岁的女共产党员在家等我见面，我登门看望她老人家，看看有啥事需要我帮忙。真是呀，想做好事，好事做不完，我整天忙得脚跟打后脑勺儿。"

我望着闫金虎那乐呵呵的样子说："欢迎你再来，和正能量的人在一起，舒服，痛快。"

我把闫金虎送出门，他骑上电动三轮摩托车出发了。此时，日近中午，盛夏的太阳当空照着，整个大地沐浴在炽热的阳光里，我相信万物都能感受到太阳的能量。

原载《中国财经报》《长城》

滹沱夕照

　　下午五时许，复员军人闫金虎陪我来到滹沱河边。正值"布谷唱，麦梢黄"的时节，天黑得晚，此时，西斜的太阳在云层里时隐时现，鸡冠花似的晚霞给滹沱河镀了一层金红，河水变成了流动的胭脂，远望，夕阳下的滹沱河像一条彩带在平原上伸展飘动着。

　　我和闫金虎都是年逾古稀的共和国老兵，上世纪60年代我俩先后应征入伍，都是身穿绿军装的安平人，军营里响当当的男子汉。这次我回到故乡，和闫金虎约好了，一起到滹沱河边看看。因为我听说治理疏通滹沱河河道的工程已经开始，地处行洪区低洼河道的10多个村庄正在拆除，投资20多亿的滹河新城也在规划和建设中，这无疑是家乡的一件大事。我和闫金虎都是滹沱河畔长大的，心系家乡，关注滹沱河，甘愿做滹沱河的一朵浪花，滋润家乡的土地，也期待滹沱河两岸的风景更加迷人。

　　我知道，家乡人称滹沱河为葡萄河，这名字真是太美啦！不知道最初是谁想出来的。葡萄河发源于山西繁峙，经太行山进入河北，穿越冀中平原，从我的家乡安平县境内流过。这条古老的河是母亲河，家乡广袤的大地因她而肥沃，世世代代的农民在河的两岸繁衍生息。

　　我出生的张舍村离葡萄河只有七八里远，虽然白天看不到葡萄河的白帆，夜晚听不见葡萄河的涛声，但隔三岔五便能听到黎明卖鱼人的吆喝声："新鲜鱼，葡萄河的鱼，可好吃哩，快来买吧，来晚了就没啦！"

　　"娘，俺想吃鱼。"小时候我是个馋嘴的孩子，隔些时日就央求母亲买鱼。

　　"走，咱买几条新鲜的活鱼，煎好了，再烙几张秫面饼，裹着吃，给你们解解馋。"母亲衣兜里揣了钱，领着我到小街上去买鱼。

　　卖鱼人全身湿漉漉的，衣服上沾着葡萄河的浪花。他推着一辆自行车，

车后座内侧挂着一个竹篓。他从竹篓里抓了几条鱼放在秤盘里，嗬，眼瞅着那几条鱼乱蹦乱跳，好不容易才安静下来。

那时的我，感觉葡萄河的浪花浸湿了我们那个村庄，而乡村的早晨，还有孩子们的梦，都是被鱼儿吵醒的。

买了鱼，我跟随母亲回到家。母亲开始煎鱼，她在大铁锅里放了油，让我给灶膛里生火，拉风箱。我坐在小板凳上，用手推拉着风箱的把柄，眼睛盯着大铁锅里翻上翻下的鱼，只觉得一股浓浓的香味扑面而来。葡萄河的鱼，一下锅就让人流口水。

望着河对岸的钓鱼人，我想起小时候跟着父亲一起捕鱼的情景。

我对闫金虎说，参军前，我在家乡经历了两次葡萄河发大水，一次是1956年，一次是1963年。

是的，我眼睁睁地看着洪水冲垮了房屋，淹没了庄稼，听村里人抱怨和诅咒葡萄河。这能怪罪葡萄河吗？是因为天降大雨，河水暴涨决堤呀。我至今还清晰记得，家乡那两次闹洪水，我都跟随父亲到村外捕鱼。父亲用扁担挑着两只水桶，手里拎着一个洗脸盆。我扛着两把铁锹，蹚着没膝深的水，同父亲一起来到被洪水淹没的田野。我俩先用铁锹挖泥，堆起堤埝，圈好一片水域，然后用水桶和脸盆往外淘水。当围起的水快淘干时，只见大大小小的鱼儿噗噗啦啦地乱窜，阳光下，那跳跃的鱼白花花地刺眼。父亲和我弯下腰抓鱼，身上和脸上都是泥点子。两个水桶都装满了鱼，足够我们一家人吃好几天呢。

我与葡萄河感情至深，参军离开故乡50余载，每次归来途经葡萄河大桥，我都要观望葡萄河，寻找逝去的岁月。

闫金虎朝河对岸的钓鱼人喊道："喂，钓到鱼没有？"

钓鱼人回答："钓到不少鱼，每次来河边钓鱼，葡萄河都不会让我空手而归。"

闫金虎说："河知你的心，你知河的情。"

钓鱼人说："其实，能不能钓到鱼，没关系，我钓的是岁月，是清欢，是一种宁静。"

我忍不住笑了，对闫金虎说："那钓鱼的是诗人。"

闫金虎没有诗人的浪漫，他是一个很务实的人。这位老共产党员、复员军人，四十年坚持学雷锋做好事，从村党支部书记卸职后，他以修窗纱、换门窗为生计，让人敬佩的是，他免费为光荣院、敬老院、孤儿院、老党员、困难户、残废军人换窗纱、修门窗，十多年间，共免去服务对象几十万元的费用。我曾写过一篇散文《太阳的能量》，记述的是闫金虎的事迹，这篇文章发表在大型文学期刊《长城》和《中国财经报》，在家乡引起很大反响。今天，我约闫金虎一起来到河边，抱着一个共同的愿望，观赏滹沱夕照，因为我俩都是共和国老兵，老人喜欢夕阳红。

西沉的太阳落在了滹沱河面，仿佛被浪花托住了，久久不下坠，我感觉那是夕阳送给滹沱河的一个吻。知情的滹沱河激动万分，浪花跳跃着，那朵朵浪花恰似熟透了的葡萄，莫非，葡萄河由此而得名？

黄昏告诉我：太阳累了，睡一觉继续燃烧；葡萄河累了，睡一觉继续奔流；我和闫金虎两位老人也累了，睡一觉起来还能做好事。我突然禅悟，黄昏是黎明的前奏！记得叶剑英元帅有这样两句诗：老夫喜作黄昏颂，满目青山夕照明！此时此刻，我觉得这滹沱夕照是家乡一道绝美的景观，美丽、壮观、生动，给我们共和国老兵以无限的遐想。

望着葡萄河大桥下清澈的河水，我想起了家乡广为流传的一个美丽故事：两千年前，汉王刘秀被王莽追杀，行至博陵郡（现安平县）葡萄河边，人困马乏，寻水解渴。河边洗衣的郝氏女提了一桶水，让刘秀和他的官兵们喝，没想到，一桶水上万官兵饮而不减。郝氏女被誉为圣姑，古老的圣姑庙经过翻修，像亭亭玉立的淑女望着她身边的葡萄河，河水依然潺潺东流，遗憾的是，早已作古的汉王刘秀不可能再喝一口家乡小河的水了。葡萄河美丽的传说很多，就像河里的浪花数不清。抗日战争年代，葡萄河两岸的群众与穷凶极恶的日寇在河上周旋搏斗，游击队员的小船出没在风浪中，黎明惊醒沉睡的太阳，夜晚载回寂寞的月亮，度过了难忘的战斗岁月。长篇小说《风云初记》《战斗在滹沱河上》描述的故事生动感人。我上次回到故乡，还特地去了葡萄河南岸的小张庄村，县游击大队的大队长、抗战英雄王东沧当年带领游击队员与日本鬼子血战，突围时牺牲在小张庄村。八年抗战，葡萄河流淌着安平县人民的血和泪，因此成为一条英雄的河。

冥冥之中，我觉得葡萄河是有灵魂的，她藏着日出，藏着日落，藏着云霭，藏着雨痕，唱着一支古老的歌谣，伴随我们度过了悠悠岁月。波光，是她生命的色彩；帆影，是她理想的羽翼；桨声，是她远航的弦歌。我爱葡萄河，因为她是一位圣洁而伟大的母亲！

夕阳的余晖照射着葡萄河，狭长而清澈的河水缓缓东流。我和闫金虎站在芦草丛生、凸凹不平的河道里，望着西天的落日，彼此都在期待着葡萄河的明天。

闫金虎告诉我：整治疏通葡萄河河道，这场绿水青山的战略工程已经在安平开始。葡萄河河道长期被沙土覆盖，为遏制河道风沙，县政府实施河道生态治理方案，种植30多种牧草，派专人养护，不久的将来，葡萄河水面宽阔，碧水长流，两岸鲜花绿草，成为人们游览观光的长廊。

我为之惊愕，古老的葡萄河要换上新妆，美人似的，向冀中平原的人民展示她的芳容吗？此刻，我耳边响起那首百听不厌的歌《家乡的小河》："……我的家乡有一条小河，有一条小河，在我亲人门前静静流过，静静地流过，每当我披着月色来到河边，来到河边，她滋润歌喉为我唱歌，为我唱歌。啊，小河，家乡的河，喝一口清水甜在心窝，胸中盛开理想的花朵，流吧流吧，家乡的小河，家乡的小河。"

落日熔金，云霞斑斓，晚风吹皱河水中的夕阳，河面荡起层层涟漪，我在浪花中寻找童年的影子。哗啦啦的流水声启迪我："老有所养，老有所乐，老有所为。"无疑是至理名言，但我不愿意谈老字，我觉得只要不忘初心，快乐地生活着，辛勤地忙碌着，你永远是一个心存美好的翩翩少年！

原载 2020 年 9 月《安平文学》

2021 年 1 月《神剑》

2021 年 4 月 25 日《中国财经报》

二 岁月箫声

遥望孙犁

　　小时候，刚谙人世，我听说家乡出了一位鼎鼎有名的大作家，他的名字叫孙犁，孙辽城村人。孙辽城（后改名孙遥城）与生我养我的张舍村相距四华里，同属于大子文镇。从少年时代直到古稀之年，我一直等待机会见到使我引为自豪的家乡名人、文学大师孙犁，半个多世纪过去了，我仰望着，守望着，遥望着，却只能读到他的作品，没见过他本人，对我来说，成了终生憾事。

　　很喜欢顾城的一首小诗《远和近》：

你

一会看我

一会看云

我觉得

你看我时很远

我看云时很近

　　每当品读这首诗，心里升起一种感觉：我家离孙犁故里很近，孙犁大师却离我很远。参军远离家乡，有时思乡心切便阅读孙犁的作品，感觉回到了故乡，又走进孙遥城，听孙犁讲滹沱河边的故事。远了又近，近了又远，心中的感觉就这样奇妙地交替着。

　　从我们村朝西北方向走，穿过一片芦苇丛生的低洼地带，不一会儿便到了滹沱河南岸的孙遥城。在我心目中，孙遥城人杰地灵，因为那个村子出了大作家孙犁，所以让我很仰慕，似乎成了我心中的一处圣地。

　　十三岁我迈进中学门槛，认识了孙遥城的同学李秋扣，彼此志同道合，都喜欢文学，聊天时自然少不了谈起孙犁，特别是孙犁的名篇《荷花淀》，让人拍手叫绝，叹为观止！假日里，李秋扣多次约我去他家玩，我好几双鞋子都是往返于张舍村与孙遥城的路上磨破的。李秋扣经常听长辈们讲孙犁的故事，他也不厌其烦地讲给我听，我觉得孙犁的故事就像家乡滹沱河的浪花，怎么数也数不清。李秋扣指着孙犁故居的旧址对我说，村里的大人们都念叨，在《天津日报》工作的孙犁将自家闲置的房屋捐献，拆掉后的木材砖瓦用于修建本村小学，我上小学的美好时光正是受孙犁的恩泽度过的。我感觉李秋扣与孙犁就是一家人，一见李秋扣，就想起孙犁。

忘不了，那是一九六三年夏天，中考刚刚结束，一场百年不遇的特大洪水袭来，我家用土坯盖的磨房因洪水浸泡倒塌了，形成了一个很大的土堆，我和弟弟将自家的梢门扇卸下来，平放在大土堆上，又抬来一张木床，木床四条腿绑了竹竿，搭起了一个简易的塑料篷，我在四面透风的塑料篷下，听着风声雨声，整整度过了六天六夜。

太阳终于从云层里钻出来，地上水势渐缓，但依然是一片汪洋。我万万没想到，同学李秋扣拄着一根木棍，蹚着水从孙遥城赶来，问我：你接到高中录取通知书了吗？

我说：没有。

他告诉我：有好几个熟悉的同学已经接到安平县高中的录取通知书了，我和你至今没有音讯，不知咋回事？

我说：论学习成绩，你在咱们班排名第一，铁准是考到省重点深县高中了。

他眉宇间露出一丝自信的眼神，微笑着说：你也是咱们班的优秀生，名列前茅，我寻思着你考上高中十拿九稳，这样吧，咱们一起到母校后张庄中学去问个究竟。

我从家里找到一根竹竿，与李秋扣一起蹚水，赶到二十里外的后张庄中学。老师欣喜地告诉我俩，你们都考取了省重点深县高中。

开学报到那天，李秋扣的父亲送我们去深县中学。当我们坐船横渡护城河时，我发现河水荡起粼粼波光，芦苇丛中时而有鱼儿腾空跃起，联想到船上来自孙犁故里的父子，怎能不让人回味孙犁的《荷花淀》和《芦苇荡》？船夫摇着小船，双桨摇碎了护城河水中的太阳，而我藏在心底的对孙犁大师的仰慕之情，也似乎被摇起。

那是一九六四年，在深县中学高二读书的我，抱着当孙犁那样的作家之

梦报名参军，有幸应征入伍了。

几十年的军旅生涯，我始终没有放弃对文学的爱好，在工作夹缝中坚持业余文学创作。我知道，文学是一条崎岖的山路，没有终点，每攀登一步，就可能采到俏丽的山花，或摘到甜蜜的山果。二十世纪90年代初，我的第一本散文集《柳笛》出版，当时很想请仰慕已久的孙犁大师写序，因没有联系妥只好另求其他作家赐文了。而我的第二本散文集《洗脸盆里的荷花》出版后，安平县文联以"孙犁故里文学新韵"为主题举办了作品推介会，县文联主席王彦博还亲自陪同我到孙遥城，为修建好的孙犁故居赠书。

我晓得，王彦博是研究孙犁作品的专家，撰写了数万字的论文，并收集和记述了孙犁在家乡许多真实的故事，这无疑是宝贵的文化财产。彦博主席陪同我瞻仰孙犁故居，一起在孙犁铜像前合影，并参观传播孙犁文化的书画作品，让我感叹不已。走进孙犁读书写作的简陋书房，望着墙壁上悬挂的孙犁亲笔写的横幅"大道低回"，四个大字遒劲有力，让人回味无穷。我坐在孙犁读书写作的藤椅上，思绪万千，心里默默背诵着酝酿成的一首诗：

仰慕

我仰慕高山的巍峨

但高山不是我

我只是一颗石子

蕴藏着大山的本色

我仰慕大海的磅礴

但大海不是我

我只是一滴水珠

能把阳光折射

我仰慕森林的苍郁

但森林不是我

我只是一棵小树

投下绿荫一抹

我仰慕草原的辽阔

但草原不是我

我只是一棵小草

报知春的喜悦

　　倍感欣慰的是，《孙犁全集》一出版，我的侄女婿也是我的文学知音买了一套赠送给我，真是如获至宝，其中许多作品在青少年时期读过，而今重读，感受不同。孙犁的《荷花淀》曾受到毛泽东主席的赞赏，真的百读不厌，这篇文章的风格被荷花淀派文学群体所传承。作为一个追随者，我也去过白洋淀，在获得冰心散文奖的《洗脸盆里的荷花》中描述了白洋淀的荷花，记得写这篇散文时，脑海里不断出现我所崇拜的文学大师孙犁。其实，何止于此，我早就暗自加入以孙犁为代表的荷花淀文学群体，把荷香荷韵融入自己的灵魂和血脉。发表在《人民日报》而后被编入全国小学五年级语文课的《古井》，发表在《解放军报》的《小街》《滹沱河，故乡的河》《月光下的小路》《甜》《谁在唤我旧时名》，发表在《中国文化报》而后被中宣部"学习强国"网站转载的《故乡花海》，刊登在《散文百家》而后被《读者》转载的《六棵白菜》，以及在《中国财经报》发表的《石碾》《滹河芦花》《岁月中的古井》《彩虹桥·彩虹门》等诸篇散文，写作时都想到孙犁，或多或少、或浓或淡溢出荷花派的韵味。在文学园地里，我不是雍容华贵的荷花，而是花色并不俏丽的苦菜花，但它毕竟扎根于故乡的泥土，沐浴着滹沱河畔的阳光。

　　去年阳春三月，我又回到滹沱河畔的故乡，参加第二届孙犁散文奖颁奖典礼。这个季节，故乡平原的风景很美，河水解冻了，柳丝荡翠，桃花欲燃，梨花堆雪，小风柔柔地吹过来，带着泥土的芬芳，我真想亲亲故乡的泥土。作为共和国的老兵，离乡数十载一直情系故土，故乡对远方的游子更是一往情深。鉴于我多年来以文学大师孙犁为典范，坚持文学创作，以赤子情怀热情讴歌故乡，写了一百余篇散文和五百多首诗歌赞美家乡，发表在报刊上，经县党委、县政府研究同意，授予我"孙犁故里文学大使"称号。在第二届孙犁散文奖颁奖典礼上，时任县长范庆法为我颁发了荣誉证书。我不会为自己在文学创作上取得的一点成绩而沾沾自喜，值得欣慰的是，从此我与文学大师孙犁的名字联系在一起了。当日中午，王彦博带领数名文学爱好者与我聚会，表示祝贺，让我感激不尽。

我很快将获得荣誉称号的消息告诉了孙遥城的同学李秋扣，他也是共和国老兵，曾担任河北省正定县武装部政委，后来转业到省城工作，他为传播孙犁文化做了不懈的努力。我、李秋扣、王彦博，还有家乡许许多多文学爱好者，都仰慕孙犁，崇拜孙犁，紧紧追随着大师的足迹……

今年初夏，正当榆钱摇曳、榴花喷火的时节，我又回到故乡，因为县文联正在筹备以"放歌故园"为主题的本人的诗文朗诵会，希望我助力。我欣然应允，接连不断与家乡的文友交往，穿行在县城的孙犁大道，徜徉在孙犁广场，参观孙犁图书馆，再次瞻仰孙犁故居，感觉孙犁就像一片云，在故乡的天空弥漫。我又想起顾城那首小诗《远和近》，是的，我的故园离孙犁故居很近，但我的文学成就距孙犁的文学艺术高峰相差甚远；孙犁大师已驾鹤西去，远离我们，但孙犁文化正在家乡人民心中扎根，成为不是荷花、胜似荷花的文化美景。

原载 2020 年 9 月《安平文学》

2021 年 4 月 15 日《财经文学》

彩虹桥·彩虹门

因为新冠病毒肆虐，今年清明节我没有回故乡为父亲扫墓，甚为遗憾。前些天，北京下了一场雨，雨后天空出现了彩虹。望着美丽的彩虹，乡思如云，乡情如雨，我想起了父亲和千年古镇上的小小书店……

——题记

出了村，朝西南方向走，穿过两个村庄便到了十二里外的"角邱古镇"。小时候，我感觉经常往返的这条十二里的乡间小路，是横跨平原的一座彩虹桥，桥上留下我童年斑斑驳驳的足印。

说角邱是河北省安平县一座古镇，此言不虚。汉刘邦统一天下后曾在这里设县，东汉晚期农民起义领袖张角在行军途中病死葬于此地，故取名角丘，后改为角邱。据载，角邱历史上出了不少名人，其中有三位举人，还有一位"管子大师"，可谓人杰地灵。上世纪五十年代末，我父亲由农民被选到角邱新华书店工作，此后，那里让我心驰神往，千年古镇，街边的书店，店里的父亲，若是多日不见，心里便空落落的，去了，见了，总是流连忘返。

初次光临角邱古镇，我还是个刚满十一岁的孩子，正读小学五年级。那是个礼拜天，恰逢集日，古镇甚是热闹，街道两旁的小摊上，有卖烧饼、油饼、肉包子的，还有卖芝麻糖、花生米、葵花籽、糖葫芦的，等等。父亲知道我是班里数一数二的优秀生，但毕竟也是一个馋嘴的毛孩子，他拉着我的手，到街上要给我买好吃的东西。

父亲问我："你想吃啥，爹给你买。"

我回答："爹，我什么也不想吃，我想买一本书。"

"哦，乖儿子，要买什么书？"

"《苦菜花》。有同学读过了，说可好哩。"

"咱书店里有，除了《苦菜花》，还有《林海雪原》《烈火金刚》《红岩》《红旗谱》《黎明的河边》《战斗的青春》，小说真不少，先买一本看，看完了再买。走，咱们回书店。"

父亲一席话，暖心窝，高兴得我蹦了起来。

我跟随父亲踏进角邱新华书店的门槛，出乎意料的是，这小得不能再小的书店，只有两间低矮简陋的房子，外间屋靠墙壁的书架上摆满了各类图书，里间屋是父亲的卧室。父亲告诉我，虽说是一个人管理的小小的书店，的确是古镇最火爆的一个景点，每天店门一打开，顾客便络绎不绝地赶来，每逢礼拜天或节假日，人们更是蜂拥而至，简直要把小店挤垮。来者多半是小学生和中学生，买书的是少数，多数是站着翻书看，因为衣兜里没揣着几块钱，那年代基本上都是穷学生。这，父亲比谁都明白！

那天中午，父亲在书店亲手为我做了炸酱面，并为我买了一本《苦菜花》，用塑料布包得严严实实，然后送我踏上归程。没想到，途中遇到一场大暴雨，我怀揣着那本《苦菜花》，行进在白茫茫的雨雾中。天，灰沉沉的，路，朦胧难寻；雨，瓢泼般倾泻而下，我全身湿淋淋的，只有塑料布包裹的那本书《苦菜花》，在我怀中安然无损。黄昏时分，我终于到家了，随便扒拉了几口晚饭，便在小油灯下看《苦菜花》，一直到深夜。

翌日中午，我放学回家，母亲正在做饭，她让我拉风箱。我坐在一个木凳上，把《苦菜花》放在膝盖上，一边拉风箱，一边看书。没承想，大铁锅的油突然着火了，啪，母亲朝我头上忽闪了一巴掌，骂我"书痴"，既然惹祸了，我能说什么呢？其实，母亲是最支持我读书的人，我炕头红漆柜橱上的小油灯，灯油都是母亲灌进去的，玫瑰花瓣似的红烛夜夜闪亮。

是的，那时的我真的成了书痴，父亲一本接一本地给我送书，那一本本飘着书香的小说，沁心润肺，我心灵的天空豁然出现了彩虹，那是我最初的文学之梦。从中学到高中，我都是班里的语文课代表，作文屡屡作为范文展示。

坦率地讲，我是抱着当魏巍、刘白羽、孙犁那样的作家的念想而报名参军的。一九六四年冬季，正在河北深县读高中的我被批准参军，临别时，我给父母朗诵了高中语文老师徐家良赠送我的一首诗：

是雄鹰，抖开健翅，

是骏马，放开四蹄，

是好汉，把卫国的重担挑起；

风风雨雨，洗掉书生气，

雷雷电电，炼成军人体，

刀刀枪枪，化作诗篇漫天飞！

　　奔赴新兵集结地那天，在抗战期间担任村妇救会主任的母亲，迎着飘飞的雪花送我到村口，站在土堤上久久不肯离去，我回望时她已变成了雪人。父亲从角邱书店特地赶来为我送行，骑自行车带着我驶过四十里雪路，把我送到新兵集结地。暮色降临，父亲欲踏上归程，他望着我默然无语，竟呜呜哭了。我对父亲说：爹，放心吧，我到部队一定好好干，不会给父母丢脸。父亲啊父亲，抗日战争年代你担任村青年抗日先锋队主任，出生入死，你没哭过，如今儿子参军远离家乡，你禁不住泪流满面。

　　如果说母爱如海，博大深厚，我一生报答不完，那么，父爱如山，巍峨雄伟，不仅为我遮风挡雨，而且让我站在高山之巅，触摸天空七色的彩虹。我觉得，父亲为我搭起一座求知的彩虹之桥，让我站在桥上看到了远处的风景；父亲引领我走进文学的彩虹之门，让我看到了五彩斑斓的世界。

　　几十年的军旅生涯，我在工作的夹缝中坚持文学创作，先后出版了散文集《柳笛》《洗脸盆里的荷花》，诗集《彩雪》。散文《古井》一九八三年发表在《人民日报》，次年被选入小学五年级语文课本，几十年来，这篇散文引起了广泛的影响，我应邀先后在家乡的小学、中学作文学讲座，亲眼目睹学生们挥动手中的课本，高喊"欢迎《古井》的作者来学校作报告"，真让我感动。

　　此刻，我想起同事和战友曹国庆少将的一对双胞胎儿子曹鹏、曹凯，二十多年前，他俩读六年级，那天傍晚，这两位翩翩少年来到我家，想让我爱人给他们辅导作文，没错，我爱人是六年级语文老师。可是她正忙着做饭呢，我对两个孩子说：来吧，我给你们辅导作文。他俩都用惊异的眼神看着我，异口同声地问：你能辅导作文？我说：试试吧，我知道全区小学六年级学生刚刚结束了一次语文考试，其中有一道考题有关我写的散文《古井》。两个

孩子都愣了，问我：语文课本里的《古井》那篇文章是你写的？不会吧。我说：真的是我写的，不信，我现在就给你们背诵《古井》。曹鹏曹凯兄弟俩听我背诵完《古井》，心甘情愿地听我辅导作文。如今，这兄弟俩都是博士学位，是上海海军军医大学附属医院的青年才俊。

散文《洗脸盆里的荷花》获得第四届全国冰心散文奖，那是回忆我母亲的一篇作品，天津微电台美文美声展播后，我带着视频应邀到家乡一所中学作文学演讲，在场的五百多名师生都被共和国老兵的真情感动了，会场鸦雀无声。

在繁忙的工作之余，忍受着颈椎病带来的痛苦，以咬定青山不放松的毅力，在文学的崎岖山路上攀登，能有如今的收获实属不易。我觉得，在文学的园地里，我是一棵花色并不俏丽的苦菜花，在故乡的田野里生根发芽开花了，这棵苦菜花是家父亲手栽的呀！

去年夏天，我和爱人一起回到故乡，特地到角邱寻觅父亲曾经工作过的小书店，外甥开车陪我们一同前往。自从参军远离故乡，我已经半个多世纪没来过这个坐落在冀中平原上的古镇了。到达古镇时，天空下起了小雨，虽然烟雨蒙蒙，透过车窗玻璃依稀可以看见古镇街巷的风貌。儿时遥远的记忆里，古镇上那些简陋的平房如今看不到了，代之而起的是一幢幢宽敞漂亮的砖瓦房子，时而可见矗立在雨幕中的高楼，古镇已完全改变了原来的模样。父亲供职的那个小书店，一点影子都没有了，旧址上建起了阔绰的新房。

雨停了，我下车站在小书店旧址前寻觅着，思考着，巴不得将流逝的时光拽回来，让往日的情景重现眼前。这时，听见外甥喊："舅舅，快看，天上出彩虹啦！"

我举目远望，凌空飞架在平原上的彩虹之桥，美丽壮观，天幕下敞开的彩虹之门，深邃宏大。彩虹桥和彩虹门，使我想起了和父亲在一起的幸福时光……

原载 2021 年 1 月《神剑》
2022 年 7 月 22 日《中国艺术报》
2023 年 1 月 1 日《中国国防报》

筒子楼里的婚礼

　　我和十几位战友，都是上世纪70年代在总后大院的筒子楼里举办的婚礼。如今，那一排排筒子楼早已淹没在岁月的烟尘里，被新改建的高楼群所代替，而筒子楼里的婚礼，仍然记忆犹新。

　　筒子楼，是总后勤部机关建国初期建成的单身军官宿舍楼，据说由苏联专家设计，二层小楼，红墙红瓦，红门红窗，楼内一层和二层，都有一条东西畅通的楼道，因此名曰筒子楼。1967年底，我从基层被选调到总后机关工作，就住进了筒子楼。一年后，后勤杂志社成立，我和几十位从基层选调来的有写作特长的年轻军人，被任命为后勤杂志社编辑，都居住在筒子楼里。

　　我的战友杨澄宇同志是后勤杂志社第一个在筒子楼里举行婚礼的。杨澄宇毕业于山东大学，他的女友毕业于北京外语学院，俩人既是山东老乡，又是中学同学。杨澄宇家在农村，家庭经济条件较差，后勤杂志社的战友们自掏腰包，凑钱为杨澄宇买了两个绸子被面，缝于绿军被表层，另外买了一个床单、两条枕巾，还买了一些糖块和瓜子之类的物品，就算准备齐全了。婚礼在晚上举行，战友们络绎不绝地赶来，因为新婚洞房只有一间屋子，所以楼道里站了好多人，熙熙攘攘，说说笑笑，也够喜庆热闹。包括我在内的参加婚礼的人，只要能看一眼新娘的模样，吃到一块喜糖，就心满意足了。印象中，杨澄宇的婚礼最简朴，后来他成为共和国的将军，我想他不会认为自己的婚礼有点寒酸，更不会留下遗憾吧。

　　我印象最深的是筒子楼里一对年轻军人的婚礼。新郎肖兵是后勤杂志社的摄影师，他随同首长奔赴青藏高原的部队蹲点，回到北京不久就举办婚礼，人们依稀看到他身上的绿军装还沾染着雪域高原的风尘。新娘是总后机关门诊部的护士，她参加医疗队到部队基层普及针灸传统医术，不久前风尘仆仆地回到总后门诊部。后勤杂志社的几位很有名气的秀才一起琢磨，为新郎新娘编写

了一幅对联：手握银针为兵服务，深入基层下连蹲点。当年参加肖兵婚礼的后勤杂志社的战友至今对那副婚联存在争议，有的认为是宣传正能量，展现军人的风采，有的则认为不雅，滑天下之大稽。仁者见仁，智者见智，有不同见解也属正常。婚联即使偶尔不雅，也不必责怪，古有苏东坡为八十岁好友张先与十八岁新娘结婚赠诗，其中"一树梨花压海棠"不也尽显文人风流么！

相比之下，后勤杂志社舒英才同志的婚礼，虽然简朴，但安排了新科目，增添了新内容，其中之一就是新郎必须唱一段样板戏。为此，来自青藏高原汽车部队、担任排长的舒英才真是煞费苦心，一个月前就开始练习，我亲眼看见他下班回到宿舍，躺在床上，望着天花板，一遍又一遍哼唱"我们是工农子弟兵"，声调带着浓浓的陕西味儿。婚礼上，他有点紧张，竟然把一句唱错了，其中，"一颗红星头上戴，革命红旗挂两边"，他唱成了"一颗红星头上戴，一面红旗挂两边"。我当场问他，一面红旗怎么挂两边呢？在场的人哄然大笑。我和舒英才平时经常开玩笑，这家伙见我在婚礼上不给他留面子，故意当众取笑他，简直把鼻子气歪了。他低声对我说，嘎小子，你故意冒坏水，看我怎么整你。舒英才的婚礼，最大的亮点是唱样板戏，逗得战友们笑得肚子疼。舒英才后来到第四军医大学当教授，我想他对"我们是工农子弟兵"这段唱词，一定背得滚瓜烂熟，再也不会唱错出洋相了吧。

说起来，最有意思的是后勤杂志社李树槐的婚礼。李树槐是我高中的同班同学，他的女友孙树纲是北京一所小学的校长，经我介绍俩人相识。婚礼也是在筒子楼里举行，战友们送的一幅对联格外醒目：树槐树纲树新风，新人新事新风尚。前来参加婚礼的战友们，与新郎新娘海阔天空地闲聊，接着话茬子逗乐，直到把喜糖和瓜子吃了个精光才散去。李树槐的洞房，是筒子楼二层，而我住的一层，恰好与李树槐的洞房上下对应，半夜里，我听到咣当一声巨响，不知道楼上发生了什么。第二天，我见到李树槐，问他究竟是怎么回事。他告诉我，按规定，新婚可以领取一张新的双人床，而他却放弃领取，用的是一张旧的双人床，没想到半夜里床板掉下来了。我一听，扑哧笑了，床板掉下来，啥原因？你李树槐就是长十张嘴也说不清楚呀，新婚之夜"咣当"一声响，自然会引起人们胡思乱想，谁听了都会捧腹大笑。李树槐曾担任解放军直属法院院长，我想，他不会忘记筒子楼新婚之夜床板掉下来的趣事吧。

说实在的，我参加了筒子楼多场婚礼，不光是为了凑热闹，也是为了见习，为自己的婚礼做准备。在同事战友们当中，我是小老弟，比他们年轻几岁，加之我的女友比我小八岁，所以，我是最后一个在筒子楼里举办的婚礼。

1977年12月31日傍晚，我穿上一身崭新的绿军装，骑自行车到北京西郊青塔宿舍区接我的新娘子，当晚要在总后大院的筒子楼里举行婚礼，新婚洞房已经布置好了，一张双人床，一个立柜，一张三屉桌，两把木椅，这便是全部家当。婚礼的用品也准备好了，70元的块糖，6元买的一条中华烟，还买了几斤花生和葵花籽，总共花了不到一百元。这在当时，档次不低，就凭一条中华烟就能让参加婚礼的人服啦。

我心里明白，今晚，是我人生大喜的日子，激动的心情很难平静下来。

只有二十来平米的新婚洞房同时是婚礼现场，其容量自然有限，所以，那长长的楼道站着不少人。前来参加婚礼的人，哪一个不想见一见新娘子呢？人们挤来挤去，门外的人踮起脚尖朝屋里张望。我听到人们在夸新娘：

"喔噻，新娘子长得真好看。"

"瞧，细高个，大眼睛，两条大辫子，真像年轻时的林徽因。"

"难怪姓乔的这小子等了这么久才结婚，原来是等一位大美女呀。"

"真是，谁笑到最后，笑得最好看。"

坐在我身边的新娘子，听到那么多人夸她，脸上泛起淡淡的红晕，露出孩子般的羞涩。

我和爱人的婚礼，和先前几位战友在筒子楼里的婚礼一样，没有豪华轿车接送，没有惹人注目的红地毯，没有漂亮的婚纱，没有动听的音乐，也没有预先准备好的文艺节目，主持人把我爱人的情况向战友们作了个介绍，然后就是请大家吃喜糖，聊天。简简单单的婚礼很快就结束了，回想起来，我很满意，因为，我不追求一时的奢华，而是希望婚后的生活永远红红火火，我也不追求一时的热闹，而是希望夫妻之间的爱情天长地久。

进入新时代，人们的生活比上世纪70年代富裕多了，许多年轻人的婚礼越办越奢华，越办越热闹。诚然，婚姻是终身大事，婚礼应该办好，要精心设计安排，既要喜庆，又不俗气，树立新的风尚。切记，讲排场、比阔气的奢侈之风不可长。

我想，生活再富裕，筒子楼里的婚礼也值得回味。因为那是我们这一代革命军人爱情生活的真实经历和无怨无悔的选择。

原载2021年2月《昌平文艺》
2021年6月12日《中国财经报》

太行笛韵

进入太行山腹地，只见群山连绵，山峰陡峭，秋云在山间缠绕，给大山增添了些许活色。云，是山的灵魂，山，是云的脊梁。山谷，一条流动的小溪唱着歌，那跳跃的雪浪花，衔着西斜的太阳，叮咚叮咚地拨动着太行山的心弦。据说，抗战时期，朱德总司令带领八路军在这一带活动，八路军的鞋底都是在大山里磨破的。

我们这支由十名军人组成的业余文艺宣传队，奉团首长之命，在太行山区追寻朱老总和抗日英雄的足迹，让灵魂接受血与火的洗礼；同时，用文艺的形式宣传和鼓舞群众，密切军政军民关系。团业余文艺宣传队由俱乐部吴主任和我担任领队。我由连队战士调进团政治处宣传股负责新闻报道工作才一年之久，出发前，宣传股徐股长对我说，你是党员发展对象，这次安排你参加团业余文艺宣传队，是对你的一次考验。徐股长的话我铭记在心，一进入太行山区，我觉得眼前一张巨大的纸铺展开来，我要在这张纸上写下沉甸甸的文字，那是我怀着一颗初心写的入党申请书。

我们都挽起裤腿，蹚过流水没膝的小溪，一座大山横在眼前，山那边便是我们要去的村庄。

开始爬山了。山上没有路，我们只能扒着岩石攀登。那年我刚二十岁，正值青春年华，再高的山也挡不住我的铁脚板。宣传队除了俱乐部吴主任年近四十，其他成员都是二十岁上下的小伙子，一个个生龙活虎。当我们爬到半山腰的山峁上，大伙的军装都被汗水湿透了，气喘吁吁的吴主任说：同志们，翻过山头就离咱们去的山庄不远了，咱们就地休息一会儿。大家坐在凸凹不平的山石上，解开衣服扣子，任山风吹着大汗淋漓的身子。

"竹笛王子，吹一支曲子，活跃一下气氛。"宣传队队长宋会妥大声喊叫，他是队里的活跃人物，"鬼点子"特别多。

"队长，吹什么曲子，俺听你的。"竹笛王子从山岗上站起来，手里握着竹笛，望着宋会妥。这个来自冀中平原滹沱河畔的小伙子，姓柳名笛，长得敦敦实实，人很朴实憨厚。我和柳笛都是河北省安平县人，俺俩出生的村子离著名作家孙犁故里很近，据说，柳笛从小跟本村一个老艺人学吹笛子，每天黎明，他在村边练习吹笛子，邻村的人们都能听见。那年孙犁回老家探亲，听到竹笛声，被熟悉的歌曲《我们在太行山上》《游击队之歌》《黄河大合唱》等强烈地吸引了，如同"踏雪寻梅"，孙犁闻笛寻人，特地走访了家乡的吹笛人。孙犁说，绝好的笛膜来自白洋淀的芦苇荡，取之不尽、用之不竭呀。后来，柳笛参军了，在团里举行的文艺汇演中，他的一根短笛，引起轰动，团长给他起了个艺名——竹笛王子。

"就吹一曲《我们在太行山上》，咱们在巍巍太行山领略一下抗日英豪的风采。"

"好，好，好。"大家都情不自禁地鼓掌欢迎。

太行山上的风伴随着清脆而富有节奏的笛声飞扬。笛声中，山上的野花显得更娇美了，芳草显得更鲜绿了，山间的白云缠绵悱恻，久久不肯离去。

自古以来，无论是吹笛人还是听笛人，都知道笛声最能引发思乡之情。李白闻笛声而情寄故园："谁家玉笛暗飞声，散入春风满洛城，此夜曲中闻折柳，何人不起故园情。"杜甫闻笛而生思乡之愁："吹笛秋山风月清，谁家巧作断肠声……故园杨柳今摇落，何得愁中曲尽生。"高适《塞上听吹笛》抒发戍边之志而饱含怀乡之情："雪净胡天牧马还，月明羌笛戍楼间；借问梅花何处落，风吹一夜满关山。"此时此刻，我们在高高的山岗上听柳笛吹奏《我们在太行山上》，仿佛看到抗日烽火在燃烧，遍地英雄逐日寇，数百里太行杀声震天，大家都顾不得想一想自己的家乡在哪里，只想尽快到达目的地，见到太行山的英雄儿女。

下午四时许，我们到达了太行第一站，这是个群山环抱的小村庄。村支部书记和几位村干部热情迎接解放军文艺宣传队的到来，并分别安排我们到农户家吃饭。队员们到农户家，扫院子，挑水，拉家常，村民们说：当年的八路军，又来到咱们这山沟沟。

趁晚上演出之前，我缠住村党支部书记，了解村里的好人好事，以最快的速度，创作成文艺节目三句半——《夸夸咱村里的好人好事》，风趣幽默，很受欢迎。

山村的夜晚，异常宁静。金黄色的月亮，把柔柔的月光洒落下来，整个山村浸润在金色的月光里。偶尔能听到几声驴叫、狗吠，清静沉寂笼罩着这个几乎与世隔绝的小山村。突然，山村里响起了锣鼓声，解放军文艺宣传队演出开始啦！这锣鼓声，震荡着太行山，整个村庄都沸腾了。不仅是年轻力壮的庄稼汉子，还有大姑娘小媳妇，老人和孩子，陆续赶到村中央那个简陋舞台前，等待开演。他们知道来山村演出的没有明星大腕，而是解放军战士组成的业余文艺宣传队，但他们一见到穿绿军装的，只有一个字，亲！

开场的歌舞之后，便是柳笛的笛子独奏，他先吹奏了一曲短促明快的《我是一个兵》，用小小竹笛激发了人民群众对子弟兵的深厚情谊，接下来，他吹奏了一曲《扬鞭催马运粮忙》，表达了农民对丰收的喜悦。台下掌声不断，群众高呼"再来一个，再来一个"！这热闹的场面，打破了山村夜晚的宁静。是感动，是兴奋，还是喜悦？柳笛无法说清楚，他答应献上自己最拿手的一支曲子《百鸟朝凤》。笛声时而婉转，时而悠长，时而生动出彩，那动听鸟鸣，让天上的月亮醉了，让深山的村庄醉了，让年轻母亲怀中的宝宝醉了。

没想到，我采访村支书后创作的三句半《夸夸咱村里的好人好事》，竟然把演出推向高潮，台下的掌声笑声叫好声此起彼伏，最开心的是党支书，演出结束后他告诉我们：太好了，真是太好了，村里的好人好事，群众不知道，解放军一来，锣鼓一响，就宣传开了。

说来真是太巧啦，从小就喜欢竹笛的我，来到太行第一站，有幸与竹笛王子一起被安排到同一家农户食宿。当晚演出结束后，因为疲惫，我俩一倒在炕上就进入了梦乡。第二天清晨，农户家的芦花公鸡把我俩从睡梦中唤醒了。

房东大叔见我俩洗漱完毕，诚邀我们到他居住的房屋中堂聊聊。走进房间，墙上有一幅书法作品和与其陪衬的一幅对联格外引人入目。

中堂书法作品是李白的一首诗：一为迁客去长沙，西望长安不见家，黄鹤楼中吹玉笛，江城五月落梅花。左右两侧的对联是：几点梅花归笛孔，一湾溪水入琴心。

房东大叔见我们望着墙壁上的书法作品入神，笑了笑说：我是本村的小学校长，不瞒你们说，我也喜欢吹笛子。抗战时期，我是俺们村儿童团长，白天，我这个山沟里的放羊娃，怀里揣着一根竹笛，一边放羊，一边为八路军、游击队站岗放哨。我还有幸见过朱德总司令和左权参谋长呢！

听着大叔侃侃而谈，我们不禁对这位太行骄子肃然起敬。

我冒昧地问了一句：大叔，你也会吹笛子？

大叔说：唉，我那笛子是吹给羊听的，不着调。我从小就想学吹竹笛，可就是没找到老师。对啦，解放军同志，你收弟子不？我想当你的徒弟。

柳笛扑哧笑了：不敢当，你是大叔哩。

房东大叔说：我特别喜欢《黄河大合唱》，慷慨激昂，雄浑豪放，其中《黄水谣》曲调悠扬，起伏跌宕，催人泪下，真是百听不厌。

柳笛说，大叔，我现在就给你吹奏一曲《黄水谣》，可以吗？

好哇，太感谢了。房东大叔乐得合不拢嘴。

"黄水奔流向东方，河流万里长，水又急，浪又高，奔腾叫啸如虎狼……"伴随着竹笛声，大叔低声哼唱起来，唱着唱着，竟然泪湿眼眶。横笛有声百般韵，太行无语泪千行！我觉得，当年包括房东大叔在内的太行人民，在血与火中铸造的抗日精神，正鲜活地启迪着我，感染着我，使我进一步懂得了为什么要当兵，为什么要入党。这是我走进太行山的最大收获。

踏着青山，迎着红日，我们文艺宣传队又出发了，奔向太行山的又一个村庄。半月，翻过一座座山，爬过一道道岭，我们到达了十几个村庄，共演出十几场。每次演出，最拿手的好戏自然是柳笛的笛子独奏，最有趣的是我每到一地采访创作的三句半《夸夸咱村里的好人好事》。

回到团部没几天，宣传股的徐股长告诉我：你被批准为中国共产党预备党员了。

我高兴得眼泪涌出来了。望着巍巍太行山，我想告诉抗战时期担任本村青抗先主任的父亲和村妇救会主任的母亲：你们的儿子光荣入党了……

虽然这是五十五年前的往事，却仿佛发生在昨天。近日，我在网上认识了杭州一位制作竹笛的师傅，他叫秦守泽，曾在武警部队当过兵，得知我是1965年参军的共和国老兵，他亲切地称呼我"老班长"。我从他那里选购了两支竹笛，一支苦竹，一支紫竹。年过七旬，我早已没了"牧童归来横牛背，短笛无腔信口吹"的童趣，亦无"杏花疏影里，吹笛到天明"的雅兴，只图见笛生情，铭记笛声伴我走太行的真实经历。

原载 2023 年 1 月 14 日《中国财经报》

舞动夕阳

这个古朴雅致的小凉亭，坐落在明日家园中央地段，周围芳草铺地，绿树环绕，亭内有方形石板桌和四个木凳，我们与采访对象五棵松军休所舞动夕阳舞蹈队的队长张雅雯和她的队友们约定，就在这小凉亭里会面。因为我们都是 301 医院的退休干部，居住在同一个家园，低头不见抬头见。

这些日子，舞动夕阳舞蹈队真是火爆京城，他们为迎接"二十大"创作排演的好多个文艺节目，分别被北京电视台舞动京城栏目转播，受到许多观众的赞扬。于是，我们产生了采访这个舞蹈队的动机。

队长张雅雯和队友李玉珍、谢桂香、许沁先后来到小凉亭，我们坐在小凉亭里先观看视频。

"下一个节目：交谊舞《共圆中国梦》，由五棵松军休所舞动夕阳舞蹈队表演。"

主持人话音刚落，伴随着优美动听的乐曲，舞动夕阳舞蹈队出场了。男士穿的是白衬衫、黑裤，精神抖擞，像帅气的绅士；女士身穿一色的大红裙，绚丽夺目。瞧她们那绰约多姿的身影，宛如飞舞的花蝶，飘动的彩霞，婀娜的飞天。

这是北京市第七届交谊舞大赛的视频。本次交谊舞大赛，舞动夕阳舞蹈队获得三等奖。

紧接着，我们观看了五棵松军休所举办的庆祝中国共产党成立一百周年文艺汇演的视频。舞动夕阳舞蹈队表演的歌舞《没有共产党就没有新中国》，舞姿优美，节奏明快，步调一致，观众掌声不断。

我们一边看视频，一边交谈。凉亭外的草坪上，有几只叫不上名来的小鸟也来凑热闹，在我们眼皮底下悠然自在地蹦来蹦去，莫非是在跳舞吗？

队长张雅雯对我们的采访很感激，也很高兴，脸上洋溢着兴奋的光彩。她曾在 301 医院担任多年护士长，勇于担当，乐于奉献，再加上性格开朗，身材高挑，是跳交谊舞的佼佼者，所以，四年前舞动夕阳舞蹈队成立，大伙儿一致推荐她当队长。雅雯知道舞蹈队员都是 301 医院的退休干部，其中有医学专家、科主任、护士长，还有将军的夫人，能胜任队长的不乏其人，便推辞说：不行不行，你们甭拿着麻袋片当蟒袍，俺可不是当队长的料。老同事老战友们说：你就别卖乖了，非你莫属，打着灯笼也难找到你这样合适的人选。

张雅雯担任队长是众望所归，最后一锤定音。舞蹈队起个什么名呢？队友们议来议去，最终选定：广场交谊舞舞动夕阳队。他们觉得这个名称意境优美，气势豪迈，也比较浪漫，能使人产生丰富而深远的想象。

没错，说起舞动夕阳，舞蹈队的同志们有的会想到魏武帝曹操"老骥伏枥，志在千里，烈士暮年，壮心不已"的千古名句；有的会想到唐代诗人刘禹锡"莫道桑榆晚，为霞尚满天"的恢宏气魄，还有的会想到宋代才女李清照"落日熔金，暮云合璧，人在何处。染柳烟浓，吹梅笛怨，春意知几许"的美好境界。他们相信，既然能舞动夕阳，就一定会舞动京城，舞动中国，舞动世界，让交谊舞广泛传播，成为人类不可或缺的艺术享受。

张雅雯告诉我们：近期内，她们将优秀的经典节目，继续排练，精益求精，同时又创作了新的文艺节目，歌颂党、歌颂祖国，并制作成视频，上传审核通过后线上演出，用歌舞抒豪情，喜迎二十大。舞蹈《没有共产党就没有新中国》、京歌伴舞《中国脊梁》，热情讴歌中国共产党的丰功伟绩，颂扬共产党是中国革命和建设的中流砥柱；交谊舞《今天是你的生日，我的祖国》《共圆中国梦》、情景剧《恬静过端午》、女声独唱《灯火中的中国》，表达了改革开放中的中国繁荣昌盛、欣欣向荣的景象；伦巴《梁祝》、独舞《空竹中国龙》，传播中国艺术经典和非物质文化遗产；京歌对唱《战疫情，人民必胜，中国必胜》则表现中华儿女英勇顽强的抗疫精神。

队员闫立荣和朱海棠是京剧爱好者，她们俩擅长唱京歌，于是，舞动夕阳舞蹈队创作的京歌伴舞《中国脊梁》和京歌对唱《战疫情，人民必胜，中国必胜》就让她们俩主唱。闫立荣演老生，朱海棠演青衣。为了唱好京歌，给观众提供高品位的艺术审美，她们俩反复练习，记不清对唱了多少遍，日臻成熟，无论是唱腔还是身段，都达到相当高的水平，线上演出时博得许多观众的喝彩。

队员谢桂香曾参加业余空竹队，有舞动空竹的技艺，舞动夕阳队让她充分发挥特长，创作排演了独舞《空竹中国龙》，表现中华民族作为龙的传人的文化内涵和精神特质。为了把这个节目表演好，谢桂香找到京城一家专卖店购买了龙头和龙身，她多次到街边公园独自演练，直到完美成功。我们从视频中看到谢桂香的精彩表演，想起《洛神赋》中的千古绝句"翩若惊鸿，婉若游龙"。知道吗，谢桂香是年逾七旬的军休干部，她在舞动中国龙时所展现的娴熟、敏捷、灵动、自然的风采，令人叹为观止。我们与谢桂香坐在凉亭里聊着舞蹈队的故事，顺便问起她的身世。坐在我们旁边的谢桂香腼腆地笑了笑，慢条斯理地对我们说：我是从甘肃参军的，护校毕业后分配到301医院妇产科当护士，一直干到退休，从来没当过官、挂过长，就连芝麻大的官儿也没沾过边，我呀，说白了，就是个平常人。退休后，参加舞动夕阳舞蹈队，文化养老，自娱自乐，日子过得很开心，很快活。谢桂香这个与世无争的平常人，让我们对她产生了几分敬慕之情，深深领悟到：平，非无波，不与波争流谓平；常，非凡俗，不与奇夺异谓常。这个道理，应该说是谢桂香这个几乎被世界遗忘的平常人，悠然自得地舞动中国龙，却舞动出不俗的精神境界和人生真谛。

采访交谈中，队员许沁手里拿着一幅画来到凉亭，她对我们说：为了表现中国传统节日端午，歌颂爱国诗人屈原，我和母亲创作并排练了一个情景剧《恬静过端午》，你们先看看视频，再看我为情景剧制作的背景——钻石绣"千里江山图"。许沁和母亲李玉珍都是军休干部、舞动夕阳队成员，许沁年过半百，母亲已是八十二岁高龄，曾经担任过军医进修学院学员队领导又是心理学专家的李玉珍容颜未老，看上去，母女俩像姐妹俩。她们坚持文化养老，谋求文化防老，以乐观向上的年轻心态，编织着清姿亮色的生活。

李玉珍拿着手机，打开视频，让我们观看情景剧《恬静过端午》，只见剧中的李玉珍满怀幸福感，吃着香喷喷的粽子，反映出今日中国老百姓已毫不夸张地步入小康。许沁用手指着视频说：你们看，母亲吃的粽子是方形的枕头粽，这是壮族特产。我是壮族人，专门从网上订购了广西粽叶，买来糯米和鲜肉，精心包成枕头粽，并制作成钻石绣"千里江山图"作为背景。情景剧，细微之处见精妙。

说到这，许沁将手中的画卷徐徐展开，嗬，真是一幅美轮美奂的钻石绣精品，作为背景，给情景剧增色不少。

被誉为金嗓子的队员朱宁，在疫情防控期间，宅家演练美声唱法，由她独唱的《灯火中的中国》，制作成视频被北京电视台播放，为舞动夕阳舞蹈队增光添彩。

队长张雅雯非常感激一位默默奉献的队员，她叫李丽，可以说是舞动夕阳队的摄影师和录像制作者，舞蹈队的许多文艺节目都是经她拍摄录制成电脑视频，上送审核通过后，或线上演出，或被北京电视台播放，不断给京城的文化生活提供艺术佳品，从而也使舞动夕阳舞蹈队声名远播。

队长张雅雯和舞蹈队的同志们在文化养老的道路上越走越宽广，他们在不断丰富创新的艺术生涯中收获着快乐，收获着美感，收获着健康，也越来越欣慰地收获着文化自信。他们说，如果有更多的表演机会，他们会融入文化强国的时代大潮，让中国乃至整个世界舞动起来，旋转起来，呈现出无比灿烂的文化之光。而那熔金般的夕阳，玫瑰似的晚霞，正是我们军休干部兄弟姐妹文化养老的生动写照。

我们在凉亭里饶有兴致地聊着舞动夕阳舞蹈队的故事，聊着即将召开的党的二十大这具有里程碑意义的盛会，心情无比愉悦。这时，又飞来几只叫不上名的鸟儿，在凉亭边的芳草地上蹦来蹦去，偶尔还鸣叫几声，那么清脆，那么婉转，那么动听，似乎要冲破疫情中暂时的宁静。当我们起身离开凉亭时，那几鸟儿呼啦啦飞上蓝天，去亲吻天上的白云。此情此景，怎能不让人想起李清照那首脍炙人口的《如梦令·常记溪亭日暮》：

　　常记溪亭日暮，沉醉不知归路。兴尽晚回舟，误入藕花深处。
争渡，争渡，惊起一滩鸥鹭。

生命阳光

"芳园筑向帝城西，华日祥云笼罩奇，高柳喜迁莺出谷，修篁时待凤来仪"。每当我在小区漫步，会想起《红楼梦》中的薛宝钗为大观园题写的这首诗。

我所在的生活小区坐落在北京西郊名曰"沙窝"的地方。走进小区，映入眼帘的是一幢幢巍然耸立的高楼，排列有序，小区内可以看到林荫夹道，假山喷泉，凉亭长廊，花木芳草，还有竹林、鱼池和休闲娱乐的场地。我在这个生活小区安家已经十六年了，对这里的一切了然于心，充满了感情。

不知道是谁给这个生活小区起了一个寓意颇深的雅名——明日家园。是的，今日只有一个，时间短暂，而明日有无数个，时间无限，故知明日家园蕴含无限美好之意。居住在这里的，绝大多数是解放军总医院的离退休干部，他们从事医疗、教学、科研、护理或医院管理多年，为军队医疗卫生事业做出了重要贡献。五棵松军休所就设在小区内，为八百余名移交到军休所的师团职干部服务。

我和著名中医专家谢天忠一起入住明日家园，我俩是相识三十多年的老战友，他在解放军总医院担任中医科主任，我在医院机关任职，彼此很熟悉。可是，自从一起入住明日家园，我至今还没见过他呢。听说他患粥样血管硬化导致半身瘫痪，不能走路，他夫人也病重卧床不起，一家雇了三个保姆。这个不幸的家庭引起朋友们的高度关注。

岁月如花，开了又谢，谢了又开，年复一年地延续着，但每一次花开花谢都不是重复先前。花，给人间带来无尽的芬芳，也留下凋谢的残痕。

其实，生命亦如花。泰戈尔诗云："生如夏花之绚烂，死如秋叶之静美。"这位享誉世界的大文豪泰然面对人生，让人肃然起敬。

花儿离不开阳光。甚至可以说，世间一切生物都是靠阳光才赖以生存。

听说谢天忠主任受到五棵松军休所阳光服务队的热情关怀和精心照顾，好多故事真实感人，而且被广泛传颂。我决意采访阳光服务队和谢天忠主任，写一篇纪实文章，唱一首阳光赞歌。

刚刚过完春节，我便开始了采访。这天一大早，明日家园路边高高的银杏树上，啾啾鸣叫的小鸟啄开黎明，东方天际冉冉升起的朝阳，像一朵硕大的红玫瑰悄然绽开了，给小区洒满了胭胭红。阳光下，这里每一处景物都那么亮丽，而那红红的太阳，我感觉是树上的小鸟从舌尖上吐出来的。节后上班的人们，脚步声打破了小区的宁静。

在抗美援朝老兵、阳光服务队员侯炳茂同志陪同下，我走进了小区内的五棵松军休所。今天上午，重点采访军休所所长、阳光服务队队长张文斌和党总支副书记、阳光服务队副队长周国良，我听说他俩都是谢天忠主任生命中的贵人。

我知道，张永斌同志在武警部队担任过营长，转业到五棵松军休所已经十多年了。他告诉我，阳光服务队是 2012 年 3 月 5 日成立的，九年来，已有近百名军休干部自愿参加阳光服务队，为有实际困难的军休干部"送阳光，送温暖，解难题，献爱心"。谢天忠主任被列入重点帮助对象。老所长张雷和接任所长的张永斌，多次带领阳光服务队的同志到谢天忠主任家问寒问暖，帮助排忧解难。经军休所党总支研究同意，先后两次给予谢天忠主任经济补助。阳光服务队的程元怜、董仲勋、肖芙蓉、孙桂兰、岳春燕等同志主动登门，走访慰问，与重病卧床的谢主任的老伴聊天，进行精神安慰；具体指导谢主任体能训练；推着轮椅陪他到花园观景，到小区休闲广场晒太阳；联系理发师到家为他理发，等等，为这对因罹患疾病而不幸卧床的夫妇送去温馨。小区虽然没见到"高柳喜迁莺出谷"，也没见过"修篁时待凤来仪"，却能见到播撒阳光的天使。

我曾写诗把爱心喻为美丽的太阳。那么，拥有百名志愿者的阳光服务队，每人都有一颗爱心，一百颗爱心，就是一百颗小太阳啊，这明日家园，可以称之为京西"太阳城"、沙窝"太阳岛"了。这里的阳光，是有生命、有灵魂、有温度的，能分享到这种不一样的阳光、暖心的阳光，真是太有福分了。我暗自为老战友谢天忠主任庆幸。

眼前的周国良同志，我太熟悉了，即使用墨把他涂抹得面目皆非，我也能认出来。他曾担任解放军总医院干休所政委，应该说，他做老干部工作有丰富经验，退休后，他乐于奉献，协助五棵松军休所为退休老干部服务，当

选为党总支副书记兼第三支部书记，谢天忠主任和我都编在三支部。听说周国良同志总是挂念着谢主任，隔三岔五登门拜访，千方百计帮助解决实际困难。采访中，周国良同志对我讲述了这样一个真实的故事。

那是一个国庆节的前夕，周国良同志陪同张永斌所长到谢天忠主任家慰问，交谈中，得知谢主任的老伴因重病卧床不起，须臾不可离开医护人员，经女儿联系，入住丰台一家养老院。谢主任已经半年多没见过老伴，想去养老院探视，因自己不能走路，坐轮椅不能到达几十里外的地方，终未成行。张永斌所长知道了谢主任的念头，当即表示，我开车送你去。谢主任感动地说：那太麻烦你了。

翌日清晨，当太阳升起，阳光透过薄薄的云层，给明日家园洒下斑斑驳驳的碎金，三号楼二单元的门口，驶来一辆小轿车。所长张永斌下车与等候在路边的周国良同志一起来到谢主任家，他俩将谢主任搀扶到轮椅上，推出家门。谢主任的女儿谢艳华也随同父亲去养老院看望病中的母亲。

半身不遂的谢主任自己上不了小轿车，张永斌所长将他抱起来，周国良同志上前搀扶，这样才把谢主任安顿在小轿车的座位上，然后把轮椅放进后备箱，他们知道谢主任出门离不开轮椅。到达丰台那里的养老院，张永斌所长又将谢主任抱下车，放在轮椅上，推进病房。谢主任见到久别的老伴，紧紧握住老伴的手，患难与共的老两口满眼泪水，竟然都说不出话来。喜欢开玩笑的周国良同志对谢主任说：谢老，你亲亲老伴吧。谢主任握着老伴的手说：焕清，你还好吗？这简短的一句话，把内心压抑很久的思念全部释放出来，此情此景，让在场的人无不感动。

这个秋天值得谢主任永远铭记。秋风送爽，爽得让人舒畅；枫叶红了，红得让人心醉。不知道是秋天镀红了枫叶，还是枫叶染红了秋天；也一直不知道是阳光亲吻着这个世界，还是这个世界拥抱着阳光。不过，有一点谢主任心里清楚，他是如何被送往丰台养老院与日夜牵挂的老伴见面的，这确实是一次艰难的相会。了却心愿的谢主任死心塌地地认定，军休所是他的家，阳光服务队的志愿者都是他的亲人。回到家，谢主任对张所长和周国良说：感谢军休所，感谢阳光服务队。谢谢你们，我真的谢谢你们。

是的，阳光服务队努力践行着"送阳光、送温暖、解难题、献爱心"的宗旨，这种思想境界和具体行动，使我想起"红炉飞雪"，记得宋代禅师释宗杲的诗句："好将一点红炉雪，散作人间照夜灯。"我想，老战友谢天忠主任，你一定知道，是谁像红炉上的雪花，宁愿溶化自己也要为你送去温暖。有阳光服务队的悉心照顾，你不要惆怅，不要迷惘，更不要悲伤，即使在人生的寒冬，阳光无处不在，不仅给你力量，也能点亮你的心灯，陪伴你在光明的大道上前行。

下午三点多钟，侯炳茂同志陪同我走进谢主任家，张永斌、周国良同志已经先到，我看到了，谢主任坐在卧室里等候我。

久别重逢，我和谢主任彼此都觉得陌生。他的鬓发全白了，眼睛略显呆滞，因半身瘫痪右臂和右腿无力，是的，他无法站起来迎接我，我理解老战友的无奈。周国良同志给我搬来一把椅子，让我坐在对面。我给谢主任带来了一件礼物，是我不久前出版的散文集《洗脸盆里的荷花》，我把散文集送给谢主任，他很欣喜。

此时，早春的阳光从阳台上的玻璃窗透射进来，房间里暖融融的。我和谢主任无拘无束地交谈起来。眼前，这位八十五岁的中医专家，1962 年毕业于北京中医药大学，然后参军，先后担任第一军医大学中医系教研室主任和解放军总医院中医科主任，为军队培养了一大批中医人才，并且用传统的中医中药治疗了数以千计的患者，其中包括为党和国家领导人服务，可以说功不可没。聊到这里，谢主任淡然一笑，他说那都是岁月的陈迹，让它随风而去。而我觉得那是岁月的沉香，让人回味悠长。

话题又转到阳光服务队。谢主任说，今生我遇到两个最可爱、最尊敬的人，一个是军休所所长张永斌，一个是党总支副书记周国良。他们不仅使我的家庭充满了阳光，也使我的灵魂增添了新鲜的光晕。

哦，我明白了，太阳的光芒，是多彩的、温暖的、明亮的，使明日家园处处生辉。而百名志愿者所播撒的阳光，有鲜活的生命、圣洁的灵魂、无穷的能量，使生活在这里的军休干部更放心，活得更有底气、更有精神了。

我看着谢主任，打算写一幅书法作品送给他，内容是苏轼的一首诗："白头萧散满霜风，小阁藤床寄病容；报道先生春睡美，道人轻打五更钟。"

春天的阳光从窗外透射进来，柔柔的，暖暖的，我知道这是太阳献给世界的吻；而人间还有另一种阳光，有生命、有灵魂、有温度的阳光，使人感到内心的温暖和岁月的流水香……

原载 2021 年 3 月 27 日《中国财经报》

风雪夜归路

　　这是发生在北京市丰台火车站的一个真实故事。虽然是 50 年前的往事，但我至今记忆犹新。风雪弥漫的冬夜，20 里雪路上洒满了战友情……

　　天空，冷不丁飘起雪花。没多一会儿，乱絮飞花，纷纷扬扬，飘飘洒洒，遮住了天，盖住了地。雪花扑打着我们的脸，亲吻着我们的红帽徽、红领章。

　　这是 1969 年冬季的一个风雪之夜。我和战友张志忠各自骑着自行车，从部队大院出发，直奔丰台火车站。张志忠是河北唐县人，他父亲坐火车来北京探望当兵的儿子，深夜十一点半到站，张志忠让我和他一起去迎接。

　　我和张志忠都是 1965 年参军，同在一个团政治处宣传股。我和张志忠不仅在工作上并肩战斗，比翼齐飞，而且在生活上互相关照。他经常给我理发，理的是分头；我也经常给他理发，理的是小平头。每次去洗澡，我俩互相搓澡。望着从彼此身上搓下的泥，他笑我，我笑他。谁身上的泥都不少，因为我俩都是泥土里长大的农村娃。

　　参军前，张志忠与中学的一位女同学结了婚。张志忠给我讲述过大山里那个宁静的夜晚。婚前，他和女友在简陋的平房里交谈到深夜。突然，小油灯熄灭了。黑暗中，张志忠的女友有点紧张，对他说："油里没灯了！"真逗，哪里是油里没灯了，是灯里没油了！我抓住张志忠这个笑柄，这小子对我不老实时，我就揭他这个老底。记得那是 1967 年，张志忠的爱人从河北唐县来到团机关驻地山西太谷，我去探望小两口，撺掇着嫂子唱歌。她无法推辞，羞答答地唱了起来："天上布满星，月牙儿亮晶晶，生产队里开大会，诉苦把冤伸……"歌罢，我说："嫂子，甭唱了，油里没灯啦！"她的脸腾地泛起桃花红，指着我说："嘎小子！"

　　1969 年，我和张志忠一起被任命为原总后勤部后勤杂志社编辑。张志忠的父亲来北京探亲，深夜到站，他邀我结伴去迎接，我当然不能推辞。

雪越下越大了。我和张志忠骑着自行车，像在雪海里游、浪尖上飞。到达丰台火车站，我见到了张志忠的父亲。这位大伯60岁开外，头上裹着白毛巾，脸上布满皱纹，穿着对襟黑棉袄和颇显臃肿的黑棉裤，一眼便可看出是大山里生活了大半辈子的庄稼人。

张志忠的父亲亲切地对我说："志忠在信上多次提到你，今儿个终于见到了。孩子，这么大的雪，你来车站接我，让你受累了。"我说："大伯，应该的。张志忠不会骑车带人，我来带您。"

雪夜，不见月光，也不见星光，只有雪花在路灯映照下像缤纷的花瓣徐徐飘落。我骑上自行车，大伯按照我的嘱咐跳上自行车后座。因为有积雪，路滑，一连三次，我俩都摔倒在厚厚的雪毯上。

大伯对我说："孩子，这雪路太滑，不能骑车带人，咱们还是步行吧。"

我迟疑了片刻说："丰台火车站距我们大院20多里路，您体力能行吗？"没承想，大伯回答得很干脆："没问题，俺生活在大山里，早就练就了一双铁脚板。"

张志忠对我说："你陪我父亲走，我回去找一辆摩托车。"商定后，张志忠骑着自行车消失在茫茫雪幕中。

我推着自行车，与大伯边走边聊。一路走来，大伯滔滔不绝地给我讲述当年日本鬼子扫荡百花山的情景。他亲眼目睹过日寇烧杀抢掠的罪行。大伯对我说："孩子，知道俺为什么送儿子当兵么？一句话，为咱老百姓过上太平的日子！"我告诉大伯，抗战时期，我父亲担任本村青年抗日先锋队主任，母亲担任村妇救会主任，叔叔参加了八路军。父母多次对我讲述日寇扫荡冀中平原的残暴罪行，我家乡的人民提起日本鬼子，个个恨得咬牙切齿。我对大伯说："您老人家放心吧，我们这些当兵的，自从穿上军装，心上就烙下4个字：保家卫国。谁心里没这4个字，就不配当共和国的军人。"

路漫漫，雪茫茫。我和大伯踏雪而行，聊得很有兴味，谁也不觉得冷、不觉得累。凌晨两点多钟，我们行至沙窝，只见一辆三轮摩托车迎面驶来。张志忠跳下车，把父亲扶上车，转身对我说："中午请你喝酒——家乡红枣酿成的酒。"

望着他们远去的背影，我在想，这确实是一个令人难忘的风雪之夜呀！20里雪路，使我对人生有了新的感知。漫天雪花飘飞，我边奋力骑着自行车，

边打量四周。雪中的世界光如琉璃，灿然明亮，有一份别样的美丽。雪花滋润着大地，相信冬雪消融之后，又将迎来烂漫的春花。

原载 2021 年 12 月 31 日《解放军报》

走进刘胡兰家

　　这是一个普通的农家小院。天上的太阳给这个小院洒满了碎金，北屋的窗棂上日光很明亮，院子不大却很干净。得知解放军一支宣传队来访，刘胡兰的母亲走出北屋，来到院子里迎接。

　　英雄的母亲胡文秀对人民子弟兵非常热情，这位中年妇女脸上洋溢着笑容，一一和我们握手。"欢迎，欢迎亲人解放军。"她的话带着浓重的山西口音。上世纪60年代中期，我们来自太行山脚下的工程团宣传队，个个身穿绿军装，红帽徽、红领章衬得人英姿飒爽。小院里来了三十位军人，四邻八舍的村民，男女老少，都围了过来。

　　我紧紧握住刘胡兰母亲的手，对她说：胡妈妈，我知道刘胡兰抗战期间是村妇救会的秘书，我母亲在抗战时期担任本村妇救会主任整整八年，她叮嘱我说，你在山西当兵，如果有机会见到刘胡兰的母亲，一定代我问好！

　　胡妈妈问我：你的家乡在哪里？

　　我回答：我的家乡在冀中平原滹沱河畔，就是日本鬼子"五一大扫荡"的地方。

　　胡妈妈说：要说打日本鬼子，冀中平原遍地是英雄。你回家探亲见到母亲，向她转告我的问候。

　　我说：好的。

　　小时候，我最初听说刘胡兰的故事，是母亲亲口告诉我的，年幼的我不明白，15岁的刘胡兰为何不怕敌人的铡刀，慷慨就义。母亲对我说，因为刘胡兰是共产党员。

　　上小学了，课本里读过刘胡兰的故事，又看了电影《刘胡兰》，才真正理解了毛主席为刘胡兰的题词："生的伟大，死的光荣"。

参军来到山西太谷，我知道这里离刘胡兰的故乡文水县云周西村不远，盼望有机会到那里参观。

巍峨的吕梁山，高昂不屈的头颅，哗啦啦的汾河水，日夜讲述英雄的故事，刘胡兰出生的云周西村，吸引着众多英雄仰慕者来访。

我们解放军宣传队的同志到刘胡兰家参观之后，分散到各家，为村民挑水扫院子。宣传队领队是团政治处宣传股股长徐文进，他安排我在刘胡兰家，对我说：你是要求入党的积极分子，除了帮助刘胡兰家挑水扫院子，要抓住机会和英雄的母亲聊聊，更深刻地领会刘胡兰精神。

对徐股长的特别关照，我十分感激。

云周西村的那口水井边，几十位帮助村民挑水的军人来了又去，去了又来，我们都知道，英雄刘胡兰就是喝这口井的水长大的，井水像乳汁一样养育着云周西村人。我挑着水桶，从刘胡兰家出出进进，直到把她家那个大水缸灌满。然后，我又开始扫院子。我一边扫地，一边想，刘胡兰生前，挑水扫院子的家务活，没少干。天下英雄，哪一个不是从寻常小事做起呢？小事做不好，大事难做成！

刘胡兰的母亲手里拿着毛巾，让我擦一擦脸上的热汗，我用手抹了一把脸，笑着对她说：胡妈妈，不用啦。

宣传队的同志们集合，整队，来到刘胡兰英勇就义的观音庙。当年，国民党反动派用铡刀制造了骇人听闻的血案，那沾着英雄血迹的铡刀摆在刘胡兰就义的地方。站在铡刀前，我想，万恶不赦的敌人心狠至极，惨绝人寰，简直连禽兽都不如。而15岁的预备党员刘胡兰，面对即将用刑的铡刀毫无惧色，大义凛然地说了一句"怕死不当共产党员"，然后义无反顾地躺在铡刀下，结束了年轻的生命。英雄气概，惊天动地！

从云周西村返回军营，团文艺宣传队由俱乐部吴主任和我带队，深入太行山区农村，宣传毛泽东思想和刘胡兰的事迹。宣传队有一位安徽籍战士，是全团顶尖的歌手，经过紧张排练，他演唱的歌颂刘胡兰的歌曲《一道道水来一道道山》《数九寒天下大雪》，成了宣传队最拿手的好节目。再加上对口词、小合唱、锣鼓群、三句半和笛子、二胡独奏，组成独具特色的一场战士演出，很受山村群众欢迎。白天，我们翻山越岭赶路，夜晚，我们在小山村演出。每到一个村庄，我就找村支部书记交谈，了解村里的好人好事，然后编写成幽默风趣的三句半，晚上演出。当地的干部和群众说：我们在大山里生活了几十年，村里的好人好事没听说过，锣鼓一响，解放军宣传队来了，把村里的好人好事传扬开了。

团文艺宣传队在太行山区巡回演出，到达了十几个村庄，返回军营时，我们带回了十几件凝聚着军民鱼水情的锦旗和镜匾。

由于我随宣传队到农村巡回宣传演出，表现不错，经团政治处党支部研究讨论，我被批准为中共预备党员。1967 年，我在太行山脚下的军营里，参加了入党宣誓仪式。至今，我这个从太行山走出来的工建二〇五团的战士，已经有了 54 年党龄，可望得到一枚"光荣在党 50 年纪念章"，而我，是在 15 岁的预备党员刘胡兰影响下成长起来的。我忘不了刘胡兰的家乡云周西村，忘不了刘胡兰家那个农家小院，忘不了刘胡兰的母亲胡妈妈。更不会忘记刘胡兰英勇就义的地方！

原载 2021 年 12 月 7 日《财经文学》

莲花桥听箫

烟花三月是折不断的柳

梦里江南是喝不完的酒

等到那孤帆远影碧空尽

才知道思念总比那西湖瘦

我喜欢"烟花三月"这首歌，尤其喜欢最后四句歌词，比兴，抒情，浪漫，字字句句扣人心弦，让人回味悠长。每听这首歌，思绪便随着缠绵婉转的歌声，飞到绿荫掩映、处处流水的扬州，飞到两堤花柳、一路楼台的瘦西湖。提起扬州，自然会想到唐代诗人徐凝的一首诗："萧娘脸薄难胜泪，桃叶眉尖易觉愁。天下三分明月夜，二分无赖是扬州。"说到瘦西湖，便会想起清代诗人汪沆那首诗："垂杨不断接残芜，雁齿红桥俨画图。也是销金一锅子，故应唤作瘦西湖。"扬州，瘦西湖，绝非浪得虚名。

疫情得到有效控制，应朋友之邀，我和老伴、儿媳、孙女一起来扬州旅游。归去来兮，我是第二次到扬州了。十年前，我作为军旅书法家到江南参加书画笔会，有幸游览了扬州瘦西湖，那种独特的美感反复萦回脑际，挥之不去。

五月的扬州，正是芙蓉树绣锦、琼花摇雪、广兰坠玉、榴花喷火的季节。周六上午，雨淅淅沥沥下个不停，我们只好待在瘦西湖温泉度假村，等雨停了再去游瘦西湖。

此时，老伴和孙女一起吟诵杜牧的诗：青山隐隐水迢迢，秋尽江南草未凋，二十四桥明月夜，玉人何处教吹箫。

老伴问我：瘦西湖有二十四座桥吗？

我说：没有二十四座桥。二十四桥正如杜牧诗句"南朝四百八十寺"，那都是虚数。不过,相传隋炀帝带了二十四位美女来扬州,同在一座桥上吹箫,杜牧的诗句所描述的正是这个传说。

老伴说:今日,咱们游瘦西湖,去寻找美女吹箫的地方。我知道你喜欢吹笛,肯定喜欢玉女箫声。

我会心地笑了。

吃罢中午饭,我们赶到瘦西湖公园售票处,让我感到欣慰的是,我这个军队退休干部受到了免费入园的待遇。雨已经停了,空气湿润凉爽,瘦西湖风景区被雨水洗过,绿树苍翠欲滴,花儿更加姣美,景区花径游客如织,湖上游船往来穿梭,这显然是疫情以来刚刚出现的旅游盛况吧?我们从渡口登上游船,在湖光水影中穿行在瘦西湖清秀狭长的水道,纵览两岸风光,那散落着的冶春、卷石洞天、大虹桥、长堤春柳、徐园、小金山、白塔、凫庄、五亭桥、二十四桥等景点,让人应接不暇,仿佛走进一条天然的历史长廊。

雨后的瘦西湖,水道逶迤迷蒙,两岸的楼台如海市蜃楼般神奇,我们沿着时宽时窄的水道行进,直达蜀岗脚下,一路走来,犹如欣赏完一幅古朴典雅的画卷,韵味无穷,但有一点遗憾,就是不知"玉人何处教吹箫"。杜牧诗中的美女出现在何处,那悠扬动听的箫声来自何处?不得而知。

下船后,我们游兴未尽。

老伴提示我说,你这是第二次游瘦西湖了,应该有新的收获。

我说,走马观花式地游览,对每一个景点都不可能有深入的了解。

老伴认同我的见解,她说,时间还早着呢,咱们选一个景点,仔细欣赏,行不?

我们都欣然同意。

我从景区买到的一本小册子《瘦西湖》中得知,横卧湖心、独具匠心、造型奇特的五亭桥,一向被认为是瘦西湖最美丽的景观,有人说,如果把瘦西湖喻为一位婀娜多姿的窈窕淑女,那么,五亭桥就是她腰间镶嵌着五朵莲花的腰带。因此,五亭桥又名莲花桥。我和老伴商定,走,到莲花桥观景。

拾阶而上,登上矗立在湖心的莲花桥,望见亭内高悬着一幅用篆书写成的"莲花桥"的横匾,老伴让我站在横匾下,给我拍下一张留影。我和老伴在亭桥合一的莲花桥上,体味着世上最大的莲花的艺术魅力。不错,这是一朵盛开的莲花,由五座建在桥面上的亭子组成,桥面和桥身围栏石柱的顶部,有雕琢精巧的石狮,亭顶有飞檐画栋,黄瓦金碧辉煌。我爱莲花,因为她亭

亭玉立，雍容华丽，冠盖群芳，而且出淤泥而不染，圣洁高雅。联想到眼前的莲花桥，其深厚博大的意蕴怎能不让人惊叹。有一位游客告诉我，中秋月圆之时，莲花桥 15 个桥洞中各自映照出一个水中的月亮，这真是一个神话般的传奇，差点儿把我的魂勾走了。

我和老伴坐在莲花桥围椅上小憩，听身边年轻的游客聊天。有位游客指着莲花桥五座亭子说，咱中国就是一朵硕大无比的莲花，圣洁典雅，笑傲群芳，莲花出淤泥而不染，没有淤泥，也就没有莲花的圣洁之美。现在世界上某些国家的政客诋毁中国，污蔑中国，谩骂中国，更凸显中国的伟大。清者自清，浊者自浊。无论谁抹黑中国都是徒劳的。我们每一个中国人，都应该像爱护生命一样爱护中国这朵莲花。说得太好了，此时，一阵阵凉爽的风吹过来，那是送给莲花桥的吻。

"听，箫声！"老伴惊喜地喊了一声。

"谁在吹箫？哦，春江花月夜，真好听。"

"是播放的音乐。"

"咱们只能听箫声，不见吹箫人。"

"欠揍，你还想见杜牧诗中吹箫的美女呀。"

"不不不，逗你玩呢。别说了，听箫。"

真是风悠悠，水悠悠，箫悠悠，情悠悠。

箫声时高时低，高如悬崖飞瀑，低如深潭微澜；

箫声时急时缓，急如狂风穿峡，缓如细雨吻花。

箫声时而低沉，时而婉转，时而豪迈，时而缠绵，让我如醉如痴，整个灵魂都沉浸在莲花桥的箫声里了。

我发现，莲花桥下有六只鸳鸯各自站在湖中矮矮的木桩上，静静的，似乎也被箫声迷住了。湖面上有两只黑天鹅也游过来了，挺起细长的脖子，昂起头鸣叫着，仿佛为箫声喝彩。

我知道，在数万首唐诗中，有一首扬州人描写扬州景致的诗，被誉为"诗中的诗""孤篇盖全唐"，没错，这就是张若虚的千古绝唱《春江花月夜》。洞箫把这首诗的意境意韵意趣演奏得淋漓尽致，莲花桥上的游客们简直听呆了。

听着箫声，我突发奇想：狭长的瘦西湖恰似一支洞箫，而坐落在湖心的莲花桥，不就是吹箫的玉人吗？

原载 2020 年 6 月 18 日《都市生活周刊》、2021 年《散文选刊》

入党誓词压涛声

今年是中国共产党成立一百周年，进入夏季，我想起了二十多年前在哈尔滨抗洪抢险第一线入党的四位白衣战士⋯⋯

人们不会忘记，1998 年夏天那一场全流域型的特大洪水。

长江发怒了！

嫩江发狂了！

松花江发疯了！

史料记载，这是 150 年来哈尔滨遭受的最严重的一次洪水灾害。松花江哈尔滨段江水水位超过了江堤，刚刚筑起的子堤正接受滔滔江水的考验。哈尔滨 40 万抗洪抢险的军民发出了气壮山河的吼声：决战松花江！

死保哈尔滨！

解放军和武警部队的数万官兵赶赴哈尔滨抗洪抢险。在这紧要关头，解放军总医院专家医疗队奉命抵达哈尔滨抗洪第一线，在松花江边日夜巡诊，为抗洪抢险的军民送医送药。

举国上下都关注和牵挂着哈尔滨抗洪抢险的勇士们。

解放军总医院领导研究决定，由我带队，赴哈尔滨慰问解放军总医院专家医疗队。慰问组一行三人坐飞机飞往哈尔滨，顾不得休息片刻，迫不及待地赶到松花江边抗洪抢险前线，看望已经奋战了二十个昼夜的解放军总医院专家医疗队。

此时，偏偏遇上了一场暴风雨。风声、雨声、涛声交汇在一起，伴随着汹涌的洪水，威胁着哈尔滨，着实让人有种恐怖的感觉。在江边，我亲眼看见一位师长身披雨衣，指挥部队运送沙袋，那些肩扛沙袋的官兵在茫茫雨雾中行进。江堤上有一顶顶简陋的塑料篷，据说抗洪抢险的官兵就在塑料篷里

过夜。解放军总医院专家医疗队的十几位白衣战士，身背医药箱，巡诊在抗洪抢险第一线。风，吹不干他们脸上的热汗；雨，洗不净他们迷彩服上的泥巴。松花江畔，留下了他们忙碌的足印。从他们眼睛里纤细的血丝可以看出，他们熬过了好多个不眠之夜。

我站在江堤上，望着雨雾笼罩的松花江，江水滔滔，浩浩荡荡，多亏了哈尔滨军民昼夜奋战筑起子堤，才使哈尔滨免遭洪水淹没。虽然抗洪抢险的战斗仍在继续，但是胜利已成定局。

傍晚，我们慰问小组一行三人随同专家医疗队返回驻地，这是地处市区的一所野战医院。专家医疗队的队长王爱国和党支部书记计达告诉我，沈阳军区参谋长一会儿过来与我们见面，并一起共进晚餐。

走进餐厅，沈阳军区参谋长葛振峰中将已先到等候，待大家坐定，他站起来讲话，带着浓重的河北口音：

"解放军总医院专家医疗队，经过二十天奋战，出色完成了任务，明天即可撤离，启程返回北京。我代表哈尔滨抗洪抢险指挥部，对做出突出贡献的解放军总医院专家医疗队，表示衷心感谢！"

餐厅里响起热烈的掌声。

葛振峰参谋长和我同桌进餐，我问他是什么地方人，他告诉我：河北保定市清苑县人。我对他说：我家是河北省安平县，每次从北京回家乡，都要经过清苑县。没想到，在英雄城市哈尔滨，两位河北籍的军人巧遇，一位是中将，一位是大校。而且都是曾经与日寇进行过殊死搏斗的平原农民的后代。

我陪同葛参谋长向解放军总医院专家医疗队的同志一一举杯敬酒，共同祝贺抗洪抢险取得决定性胜利。

饭后回到野战医院驻地，慰问小组和专家医疗队的同志一起座谈，共同研究回京后召开抗洪抢险事迹报告会。座谈会上，专家医疗队有四位同志申请加入中国共产党，并且提出，如果能批准，最好在哈尔滨抗洪抢险第一线举行入党宣誓。

这种心情我非常理解。但是，作为医院政治机关的领导，我知道本院申请入党的同志.必须经过党小组讨论、党支部研究，通过后上报院党委批准，履行这些严格的程序，只有明天一天的时间，能办妥吗？我确实没有把握。参军已有三十多年，我一直在政治机关工作，也曾担任过党支书书记、党委书记，但至今未曾经历一天之内就解决入党问题。情况紧急，刻不容缓，我把四位申请入党的同志姓名、所在科室和这次抗洪抢险的表现弄清楚后，立即与组织处长王同亮联系，要求他马上给政治部主任汇报，明天早晨一上班就分别通知有关科室，先开党小组会，再开党支部会，如果通过，请求召开院党委紧急会议，研究四位同志入党问题。

是夜，我久久不能入眠，心想，如果顺利，明天我们和新入党的四位白衣战士一起到防洪纪念塔前举行入党宣誓，这是一件有重要政治意义的事情。翌日清晨，我们与野战医院联系，请求安排一辆大轿车，随时准备出发，送我们去防洪纪念塔前举行入党宣誓。

野战医院领导欣然应允。

事情的顺利进展超出我的意料。上午十点前，北京来电话告知，专家医疗队的张东、徐世杰等四位同志的入党问题已得到圆满解决。

雨后天晴，太阳从云层里钻出来，把金色的阳光洒满哈尔滨。我们乘坐大轿车，迎着太阳驶向防洪纪念塔。巍峨耸立在风景如画的松花江南岸的防洪纪念塔，是为了纪念 1957 年哈尔滨人民战胜特大洪水，于 1958 年建成，是英雄城市哈尔滨的象征。我们站在松花江大堤上，面对耸入云端的防洪纪念塔，背靠波涛汹涌的松花江，集体朗诵入党誓词：

"我志愿加入中国共产党，拥护党的纲领，遵守党的章程，履行党员义务，执行党的决定，严守党的纪律，保守党的秘密，对党忠诚，积极工作，为共产主义奋斗终身，随时准备为党和人民牺牲一切，永不叛党。"

激昂慷慨的入党誓词，如滚滚惊雷，震荡着松花江南岸，压倒了一江涛声……

我清楚地看到，四位新入党的白衣战士，脸上洋溢着开心的笑容。试问，日夜奔流无休时的松花江水，是否记得解放军总医院专家医疗队新入党的四位白衣战士？记得也罢，不记得也罢，他们已经举行了庄严的入党宣誓，加入了中国共产党的行列，如同松花江小小的浪花，终究会汇入奔腾不息的时代大潮。

原载《同心刊》

春上茶山

　　这条蜿蜒伸展的山间公路，相传是当年乾隆皇帝到龙井品茶经过的路线，因此称之为乾隆路。乾隆皇帝六次下江南，四次来到龙井茶区，品茶赋诗，在天竺作诗一首，名为《观采茶作歌》，并封胡公庙前的十八棵茶树为"御茶"。那个年代，乾隆皇帝到龙井乘的是马车，还是坐的轿子？我不得而知。反正，我和爱人、儿子、儿媳此次游览龙井茶区，乘坐的是一辆出租小轿车，想必要比乾隆皇帝神气多了。

　　出租车沿着乾隆路驶入悠长的峡谷。刚才见到二月早春的杭州街巷和西湖岸边还是俯首可见尚未融尽的残雪，而眼前的这大山深处竟被浓浓的翠绿弥漫着，群山如黛，碧水如蓝，看来，春姑娘早已来到茶山。

　　出租车在一个名为杨梅岭的村庄停下来，此地属于龙井二队，村里的标志牌赫然写着"狮峰龙井中央礼品茶产地"。出租车司机告诉我们，历史悠久、名扬天下的龙井茶是我国第一名茶，产于杭州西湖的狮峰、龙井、五云山、虎跑一代，素有"狮、龙、云、虎"四个品类之分，其中尤以产于狮峰的品质为最佳，故被定为"中央礼品茶"，这足以昭示狮峰龙井的极高品位。

　　我喝了多年龙井茶，对其色绿、香郁、味醇、形美四觉钦佩之至，了然于心。龙井茶扁平光滑挺直，色泽嫩绿光润，滋味甘鲜醇和，香气鲜嫩清高，汤色碧绿黄莹，叶底细嫩成朵。每当我将龙井茶置于杯中冲泡之后，便仔细观察那色翠绿略黄的茶叶，或翩翩起舞，或亭亭玉立，恰似绿衣天使美丽动人。宋代大文豪苏东坡书于茶联曾曰："欲把西湖比西子，从来佳茗似佳人。"这比喻，真是恰如其分。我觉得，龙井茶的确是世所罕见、独领风骚的茶中之王，但是不论是"御茶"，还是什么茶，这都不重要，龙井茶诚然是大自然馈赠的佳品，但早已被平常百姓所饮用。像这种从阳春白雪到下里巴人都受用的东西，不知还有多少？

我站在山坡公路边，环顾杨梅岭这个群山环抱的小村庄，山脚下，山坡上，一幢幢雅致的小楼鳞次栉比地坐落在这幽静的大山里，小楼风格各异，色彩不同，背靠着茶山，被一层一层的绿铺展着。

这时，山道边一位衣着朴素的妇女热情招呼我们到她家品茶。这家茶叶专业户是一幢四层楼房，一层宽敞的大厅专门用来招待客人品茶。而我们选择了在她家楼前小院里品茶。我们一家四口围坐在餐桌旁，头上蓝天白云，四面青山碧水，沐浴着和煦的阳光，举杯品茶，体味回归自然的畅快。当然，杯中乾坤和人生滋味，绝非一时能领悟明了。茶妇得知我们是从北京来的客人，显得格外亲切，给人以春天般的温暖。她不仅泡茶倒水，还端来当地产的花生和瓜子。

世界之大，芸芸众生，喝茶的人何其多也。但是，能到龙井茶区品茶，实在是机会难得。我来到狮峰茶山品茶，青山做伴，山风抚琴，齿间流芳，此时的心情是何等愉悦，作为军旅诗人，真想赋诗吟诗呵！

古代文人墨客赋诗赞美龙井茶，留下了不少佳句：

苏东坡在《白云茶》中诗云："白云峰下两旗新，腻绿长鲜谷雨春。"

元代茶人虞伯生在《游龙井》中写道："徘徊龙井上，云气起晴画。澄公爱客至，取水挹幽窦。坐我詹卜中，余香不闻嗅。但见瓢中清，翠影落碧岫。烹煎黄金芽，不取谷雨后，同来二三子，三咽不忍漱。"

明代诗人高应冕有《龙井试茶》："天风吹醉客，乘兴过山家，云泛龙沙水，春分石上花。茶新香更细，鼎小煮尤佳，若不烹松火，疑餐一片霞。"

时光在杨梅岭一秒一秒地流逝。

天交晌午，天上的太阳当空照着，阳光明亮而温暖，从山里吹来的小风略带一点寒意。小院很静，我注意到茶妇家的两只狗，在阳光下安卧在楼前的台阶上，眼睛微闭着，似乎在聆听什么。茶香若兰，心静如水。

茶妇是地地道道的大山的女儿，名叫胡采连，今年65岁，看上去她要比实际年龄年轻十几岁。我揣摩着或许是青山绿水能养人吧。胡采连从出生到现在，从未走出大山。她眷恋着大山，魂泊大山，她的生命与那山、那水、那树、那茶都融为一体了。杭州、北京的亲戚朋友几番请她到城市里转转，可她至今没有那份心思，真是"故土难离"呀！我想到自己十八岁参军离开故乡，在大城市工作生活了四十余年，闹市的喧嚣，事业的压力，人事的繁杂，使我一颗心难得清静。没想到，千里迢迢来到杨梅岭，尚未买茶，茶妇先让我安下了一颗清净的心。

出乎意料的是，茶妇曾接待过党和国家领导人及外国贵宾，她指着客厅墙壁上的照片说："这是国家领导人陪同英国女王来我家品茶留下的合影。"哦，我惊叹，这寂寞的深山竟有如此巨大的魅力，吸引了尊贵的客人光临。我叮嘱儿子把那张合影拍下来。茶妇还荣幸地告诉我们，她儿子被评为全省茶叶行当的优秀技师，还上过中央电视台呢。说完，她带领我们参观了她家炒制茶叶的作坊，那炒茶的大铁锅、筐箩等器物，使人一见便知这家茶叶专业户历尽沧桑，她家种植和加工茶叶的历史古老而漫长。我忽然想到，近代高僧赵州和尚对众多请教佛法的弟子总是答复三个字——"吃茶去"，这已成为广为流传的吃茶参禅的典故。

看完茶妇取来的一摞购茶单据，我对这家茶叶专业户更增添了信任感。

茶妇说："不论城市还是农村，只要购茶信件寄来，我们就把茶叶寄去，先寄茶再付款。"

我问她："你不担心茶寄去了，人家不给寄钱吗？"

她笑了，对我说："喝茶人大都有文化修养，我们相信人家。这些年，还没遇见一个寄了茶不付钱的人。"

哦，我突然领悟了，原来这深山茶叶专业户与四面八方的购茶人彼此信任，心与心之间架起了美丽的彩虹。知否，多少人期待着这信任的彩虹在人们心宇横空出世，永存于人世之间！

我们买了茶叶，与茶妇告别。纯朴善良的茶妇执意要送我们到汽车站。如今，这种人在大城市并不多见，而在这个茶山，我与茶妇短暂接触，才理解了"人之初，性本善。性相近，习相远"的深刻含义。沿着高高低低、弯弯曲曲的街巷，穿过杨梅岭，那一幢幢小楼不断映入眼帘。茶妇喜形于色道，她小时候，杨梅岭坡坡洼洼都是茅草房，解放后陆陆续续出现了砖房。如今，改革开放几十年，全村家家户户都建起了小楼，茶山变富了，变美了，城里人到茶山游览买茶的越来越多了。

可不是么，那承载着历史典故的乾隆路上，小轿车大客车穿梭来往，是茶山的春天召唤着天南海北的游客，还是天南海北的游客惊醒了茶山的春天？

呵，我真的被陶醉了，这如诗如画、如情似梦的茶山之春！

原载 2021 年 4 月 24 日《中国财经报》

三 故园恋歌

秋红

秋天，红的东西可多。

枣，红，皮薄，肉厚，核小。湿、干都好，甜，味道却不同。水分足的甜，如热恋，吃一口，又吃一口。干枣的甜，似老夫老妻，守着，捧着，不温不火，品出好滋味儿。

落杆的枣，自然阴干，肉满。老人讲，箔子上的枣最红。农家的箔子，取挺直、顺溜的高粱秆，用菜刀在木墩上剁齐整，细麻绳一根根勒紧，穿起，不用时卷成卷，用时铺开。看着天儿好，把成团成堆的棉花放上头，晒。吸饱了太阳光的棉花白，蓬松，软乎，给孩子们缝大棉袄、二棉裤，给爷爷奶奶絮新瓮鞋、花被窝。或把红枣撒满，上下透气。那枣吃在嘴里劲道，有嚼头。

山楂，又叫山里红。喜欢叫它山里红，比山楂好听。就像人们管有的形状的麻山药，叫曲里扁。有趣儿，有味儿。它的叶子碧绿，边边角角支棱着，倔强的姿态，让人看了，从心里就有点儿犯怵，不敢惹。

山里红的果子却极可爱。一嘟噜一串的，六七个一堆儿，四五个一撮，好像是觉得自己个子小，就得多生几个。

山里红浑身没有一处不红。果子红透了，摘下，洗净，切片，去籽，晒干，与桑叶一起泡水喝，酸酸爽爽，一日不喝，便觉得日子里好像少了一些什么。

还有萝卜。萝卜有很多种，长的，短的，圆的；白的，青的，红的。红的不光好看，还好吃。名字也好，叫灯笼红，我们叫灯儿楼红，一个儿化音，把人们对它的喜爱溢于言表。

灯笼红里头的肉跟外头的皮一样红，吃法儿也多，可切丝炸、炒，切块蒸、煮。还可以切条，晾七成干，蒜剁碎，姜切丝，整个儿红绿辣椒切圈点缀，搁盐、生抽、味精，最后滴几滴香油拌着吃。

爱吃有颜色的菜，赏心，悦目。如这灯笼红。

秋红，少不了柿子。村口的土坡上，歪着一棵柿子树，挂满了一盏盏的小灯笼，红红的，透着亮。叶子掉光了，柿子却一颗颗，依旧悬在那里，在雾色里，在晨曦中，经霜打，历寒欺，愈发地红了。它们，是在为儿女照亮回家的路吗？

秋红还有南瓜、红薯、石榴……

秋红，不是悲凉，是圆满；不是离愁，是相守。

哦，秋红。

大茂山，我想对你说……

我是午饭后乘车进山的。山路崎岖，像从天而降的一条飘带缠绕着大茂山，从车窗望去，群峰被云雾笼罩着，看不见山顶，而薄纱似的云雾在山间弥漫开来，真是千姿百态，不是仙境，胜过仙境。正值盛夏伏天，可这大茂山深处凉爽宜人，一阵阵湿润的山风吹过来，好舒服呀！

我们在一个名为和家庄的小山村停下来。陪同进山的朋友小贾告诉我，抗日战争时期，河北唐县和家庄是晋察冀军区司令部所在地，他出生在这个村，他们家的老宅与晋察冀军区司令部还是邻居呢。"走，我陪你去参观。"小贾说。我们一行四人跟随小贾，穿过整洁干净的街道，来到坐落在山坡上的一个四合院，门口一侧竖挂着一个木牌，上面写着：晋察冀军区司令部。

跨进门口，迎接我们的是一位戴着眼镜身穿粉红色连衣裙的年轻姑娘，模样很俊俏，身材苗条，言谈举止使人感到她是受过高等教育的城里人，没想到她是和家庄土生土长的山里人。她告诉我，1939 年 5 月至 1941 年 8 月，晋察冀军区司令部在和家庄驻扎了两年多时间，在这里指挥了黄土岭战斗、百团大战等战役，召开了晋察冀政治工作会议、娘子神会议等重要会议。晋察冀军区司令部在和家庄期间，聂荣臻任司令员兼政治委员，聂鹤亭任参谋长，舒同任政治部主任。她带领我们走进聂荣臻同志当年办公和居住的房屋，屋里的墙壁上悬挂着好几幅聂荣臻的照片，其中一幅是聂荣臻和他保护收养的日本女孩的合影。

我想，在和家庄这个简陋的小屋里，聂荣臻司令员度过了多少个不眠之夜呀，他运筹帷幄，指挥晋察冀军民同日寇展开生死决战，取得一个接一个的胜利，建立了卓越功勋。

时至今日，大茂山的群众还清楚地记得击毙日军"名将之花"阿部规秀的真实故事。那是 1939 年 10 月，日军辻村大佐带千余人对晋察冀边区扫荡，其下场惨得很，被当时年仅 25 岁的"白袍小将"杨成武全部报销。日军恼羞成怒，气急败坏，派出最精锐的独立混成旅第 2 旅团 1500 人来找杨成武报仇，而带头的鬼子正是阿部规秀。号称"名将之花"的阿部规秀率领的日军最精锐旅团，根本不把土八路放在眼里，竟然摆出一字长蛇阵，大摇大摆地进入我军埋伏圈。杨成武等蛇尾巴全部进入口袋后，拔出枪一声令下，我军炮火对着谷底的鬼子狂轰滥炸。当时只有 18 岁的小炮手李二喜，发现不远处有个日军指挥所，于是就打了几炮，没料到这几炮竟然把阿部规秀给炸死了。消息传到日本国内，真是举国哀嚎，《朝日新闻》头版头条报道："名将之花凋谢太行山上。"说得具体点，"名将之花"阿部规秀正是丧命于大茂山一带。

我问姑娘："聂荣臻司令员办公和居住的这个房屋是原来的吗？"

姑娘淡然一笑："你想一想，70 多年过去了，这房屋能这么新吗？是几年前根据原来的结构翻新的。政府专门拨款，不仅将晋察冀军区司令部所有的办公室和首长、战士们居住的房屋全部翻新，还将全村农民的房屋进行了修建，你进村看见了吧，村民的房屋一水的灰瓦白墙，街道用石板铺路，这个美丽优雅的村庄已经成为革命传统教育基地，至今接待了七八万参观的群众。"

就在晋察冀军区司令部所在的四合院，我看见东西两侧的平房门口，都挂着小小的木牌，上面写着作战室、机要室、会议室等等。可以想象到，在抗日战争的艰苦岁月里，晋察冀军区司令部的灯光彻夜亮着，与大茂山上的月亮和星星相互辉映。不知道是谁选的这样一个隐蔽的地址？和家庄四面环山，绿树掩映，非常僻静，当年交通闭塞，山高路险，日本鬼子侵略的魔爪很难伸到这里来。即使能摸到这里，和家庄的军民也会将鬼子送去见阎王。

如果你有幸来大茂山的和家庄参观晋察冀军区司令部，千万别忘记在院内那棵老香椿树下留个影。此刻，我正站在老香椿树下拍照呢！这棵又粗又高的香椿树，没问是谁栽，它已经有 70 多年的寿命了，而今依然树干粗壮，枝叶繁茂，昭示出顽强蓬勃的生命力。据说，当年在和家庄先后指挥过抗日战争的有程子华、唐延杰、许建国、贺龙、关向应、杨成武、吕正操、王震、罗元发、赵尔陆、陈漫远、王平、刘道尔、孙毅、彭真、刘澜涛、宋劭文、朱良才、陈伯钧、王宗槐等，可谓将帅出征，群英荟萃，我想，他们在和家

庄的春天，一定品尝过这院内香椿树的春芽吧，那香椿芽蕴藏着大茂山天地之灵气、日月之精华，他们无愧为大茂山之子！

因为时间紧，我没来得及——瞻仰贺龙、舒同、杨成武、罗瑞卿、吕正操、聂鹤亭以及白求恩的居住地，也未参观红色书屋和文化广场，我相信来年一定有机会前往。

更为遗憾的是，我是七月下旬来到大茂山，错过了五月满山红牡丹盛开的季节。解说员姑娘告诉我，和家庄五百多户人家，一千七百多人口，在大茂山一带应该是不小的村庄了，但村里没有一户人家是真正种庄稼的，全村的地都用来种植牡丹，这里是大茂山牡丹基地，每年五月，牡丹花开得正艳，山山岭岭，片片红云，山野里的风把浓郁的花香送到很远的地方，吸引来不少参观的游客。

我对朋友小贾和解说员姑娘说，当年，和家庄是晋察冀军区司令部，这个村庄点燃的抗日烽火，映照着晋察冀辽阔的大地；而今，和家庄是革命传统教育基地和牡丹种植基地，这个村庄所传播的正能量和牡丹花的芳香，丰富了广大群众的精神生活和审美情趣。大茂山，我想对你说，你是革命的山，英雄的山；也是美丽的山，幸福的山！

原载 2017 年 8 月 1 日《中国文化报》

2021 年 7 月 4 日《财经文学》

母亲的嫁妆瓷花瓶

　　从儿时起，印象最深的是母亲的嫁妆。我就像熟悉母亲的面容一样熟悉母亲的嫁妆。两个老式油漆大衣柜，衣柜上面是两个红漆木箱，衣柜中间是一个枣红色雕花立橱，炕头边靠墙的橱柜上，摆放着两个引人注目的瓷花瓶，花瓶中间是一个镏金镶着画图的座钟，钟摆不停歇地左右摆动着农家平淡的日子。

　　母亲的这套嫁妆，是姥爷做染料生意积攒下来的钱置办的，估计花了不少钱。自从农家小院传出的婴啼，打破了乡村黄昏的宁静，母亲的嫁妆陪着我在院内简陋的西屋降生了，我懵懵懂懂地听着当啷当啷的钟声，送走窗外一个又一个明晃晃的月亮，迎来一个又一个红彤彤的太阳，慢慢地，我懂事了。

　　记得，每年春节前夕，母亲都要精细擦拭她那套嫁妆，我明白，母亲是要过一个清姿亮色、活色生香的春节，为的是让全家人都欢欢喜喜过大年。

　　擦拭嫁妆，我是母亲的帮手，母亲分配给我的活计是用湿巾擦拭那两个瓷花瓶。与那木器家具不同，瓷花瓶怕磕碰，所以要特别小心，容不得一丁点闪失。每次擦拭瓷花瓶，母亲总是先在炕上铺好褥子，小心翼翼地将花瓶抱到褥子上，然后拿来一块湿毛巾，让我将花瓶里外擦干净。

　　我仔细观察过这一对瓷花瓶，质地细腻柔滑，色泽古朴淡雅，润味含情，纯净生辉，特别是画图透出的洁白、艳红的光彩，使人联想到《红楼梦》里的林黛玉《咏白海棠》诗句："偷来梨蕊三分白，借得梅花一缕魂。"

　　我问母亲：娘，这花瓶上的画是穿红肚兜的小孩骑着一头牛玩哩，是什么意思呢？

　　母亲说：这是一幅牧牛图。小孩懂得牛饿了要吃草，牛愿意让小孩骑在背上，人和牛在春天里好自在好快乐呀。

我又问母亲：这一对花瓶是什么年代制成的？

母亲告诉我：你姥爷买这一对花瓶时，专门请了一位懂行的朋友验证过，人家说是古董，大清朝的东西。

我惊讶地对母亲说：那铁准儿是花了大价钱才买到的。

母亲说：谁知道哩，反正你姥爷疼自个的闺女，给俺买嫁妆，舍得花呗。

我了，母亲的嫁妆，凝聚着姥爷姥姥的厚爱呵。

记忆中，母亲的那一对瓷花瓶，不仅供观赏，给屋内增添了些许雅气和生活情趣，更让我欢喜的是，那一对花瓶还有很大的生活用场呢。

每年秋天，我家村边打麦场周围那片枣林，玛瑙似的红枣挂满了枝头，父亲母亲带着我们兄弟姐妹，扛着竹竿，拎着藤篮，提着麻袋，一起打枣，美滋滋地享受秋天红色的馈赠。

树上那一嘟噜一嘟噜熟了的枣儿，被我们摇晃和打落下来，噼里啪啦，好家伙，满地红玛瑙红宝石滚动着。我那最小的弟弟刚满四岁就跟我们一起去打枣，落下的大红枣砸在他的脑袋瓜上，疼得他咧着小嘴直哭。我把他拉到安全地方，母亲走过来哄他：乖乖，别哭，一会儿回家娘给你蒸红枣，在花瓶里泡醉枣，任你挑着吃，甜你个跟头。

母亲的话，把小弟弟逗乐了，看他高兴的，真像母亲花瓶上骑在牛背上的顽童，笑得真好看。只是，那花瓶上的小顽童圆圆的脑袋上没几根头发，胖嘟嘟的脸蛋挂着天真的笑容，腰间的红肚兜鲜亮艳丽。而我的小弟弟，是地地道道的农家孩子，身上一丝不挂，光溜溜的，挺着小胸脯，腆着小肚子，撅着小屁股，难怪母亲说他"三道弯儿"。

足足几麻袋的红枣运回家，摊在院子里晾晒，母亲让我们兄弟姐妹挑一些没有破皮的红枣，用水洗干净，晒一晒准备放进花瓶里用白酒泡制醉枣。哇噻，那两个花瓶都装满了圆圆鼓鼓半红半青的枣儿，父亲把买好的一瓶老白干酒分别倒入花瓶里，母亲取来布块和麻绳，将花瓶口包得严严实实。我们几个馋嘴的孩子都盼着吃醉枣，母亲用手指着我们说：等你们嘴里的哈喇水都流没了，那花瓶里的醉枣就可以吃啦。娘的话真逗。

儿时，我是一个让小伙伴们羡慕的孩子。因为，从秋天开始，每天放学回家，我便偷偷掀开瓷花瓶的盖布，小手伸进花瓶里，抓几把醉枣装进衣兜里，跑出家门和小伙伴们一起玩耍，当他们看到我吃醉枣时那洋洋得意的样子，眼珠子都快掉下来了，哪个孩子不想吃香喷喷的醉枣呢？有时我掏出几个醉枣让小伙伴们品尝，美得他们咂着嘴，还伸出小舌头，舔嘴角的口水。

说到母亲的花瓶，还真有一番不寻常的经历。抗日战争时期，母亲担任村妇救会主任，父亲身上的担子也不轻，他是本村青年抗日先锋队主任，一家有两个跟日本鬼子作对的主任，还有一个是跟着吕正操司令员在冀中平原与日本鬼子生死搏斗的八路，那是我叔。你想，这样的家庭，日本鬼子和汉奸能不恨之入骨吗？

日本鬼子在冀中平原"五一大扫荡"的日子里，父亲和母亲根据组织上的意图到北平暂时躲避，家中只有我奶奶孑然一身，看守着家门。那是个撕心裂肺的秋日，日本鬼子在狗汉奸的带领下来到我家。奶奶正独自在后院的北屋里忙着做午饭，日本鬼子把她连推带搡地弄到院子里，逼着她说出儿子儿媳两个村干部藏在何处。奶奶在豺狼面前知道来硬的软的都无济于事，只能动心眼儿编假话对付这帮家伙，敌人明白她不说真话，气急败坏地用枪托砸她，用皮靴踢她，可怜的奶奶被折磨得死去活来。不仅如此，敌人存心要让这个抗日家庭没好日子过，奶奶眼巴巴看着敌人把自家房檐上堆晒的高粱穗统统推下来，弄成一大堆，一把火烧掉。那个日本鬼子端着明晃晃亮闪闪的刺刀，恶狠狠地捅死了猪圈内的那头猪。奶奶见这般情景，只有忍耐，牙齿都快咬碎了。

几个狗汉奸不甘罢休，为讨好主子，又引领日本鬼子进屋搜查。奶奶居住的北屋，除了一个陈旧的衣柜、一个普通的桌橱和炕头上一架纺车，几乎再没有什么家具，汉奸和日本鬼子见屋内如此简陋，顿时转过身要搜查父母住的西屋。西屋只有两间，里间是卧室，外间是灶台和放锄头、铁锨等杂物的房间。几个汉奸走进里屋，立即被母亲的那套嫁妆吸引住了，一个狗汉奸盯着桌橱上那一对瓷花瓶，眼珠子滴溜溜地转，想要搬走。

奶奶明白，儿媳这对花瓶，父母所赠，装着多少情、多少爱啊，是应该陪伴终生的无价之宝。

住手！奶奶快要急疯了，猛地吼了一声。

我看上这对花瓶了，送给我行吗？汉奸真是贪婪而不要脸。

这对花瓶是俺儿媳的嫁妆，她看得比生命还重要，怎么能送人呢！

不给花瓶，就把你家房子统统烧掉！

你个狗汉奸，说什么要烧俺家的房子，就是把俺这老婆子活活烧死，花瓶也不给你！

我让你嘴硬，点火，烧！烧！烧！那个汉奸真像疯狗一样叫喊着。

突然，村街上传来一阵急促的枪声，日本鬼子和汉奸料定是县游击大队以及村里的青抗先队员们来了，吓得屁滚尿流，赶紧溜走了。

此后，奶奶豁出命来保护瓷花瓶成为村里人流传的佳话。夏天，奶奶经常在门前那棵大槐树下纺线，她让我坐在麦秸墩上，给我讲保护花瓶的故事，那嗡儿嗡儿的纺车，摇啊摇，仿佛把奶奶和我摇回早已逝去的岁月。冀中平原抗日烽火燃烧的年代，我有一位带领青抗先队员与日寇殊死搏斗的父亲，也有一位参加八路军跟随吕正操平原反扫荡的叔叔；有一位带领妇女为八路军做军鞋军衣、动员青年们参军杀敌的英雄母亲，也有一位受尽日本鬼子和汉奸的折磨而宁死不屈的英雄的奶奶。

岁月的风，一次次把门前古槐的落叶卷走，又一次次把槐花的芳香传遍生我养我的古老村庄。槐树下，奶奶不厌其烦地给我讲抗日年代的故事，那些故事和她当年保护瓷花瓶的故事一样真实，一样生动。我觉得，奶奶讲的故事像她纺的线儿，长长的，缠绕着我的心，又像瓷瓶里的醉枣，给我的生活和心灵增添芬芳。

我至今不会忘记，三年困难时期给冀中人民带来的难熬的饥饿。不少农家的盆盆罐罐见不到粮食，人们靠挖野菜糊口。我家老小九口人，可想而知日子过得多么艰难。为了闯过难关，父亲接连卖掉了自家门前的古槐、场地上的榆树、椿树，换成了口粮。母亲把珍藏的首饰，银镯银锁玛瑙戒指等等，也卖出去了，甚至把衣柜、立橱和橱桌门扇上镶嵌的铜牌、铜钮和吊坠也取下来卖了，换成了盘中餐。那天午饭，全家人没有一粒粮，喝的是野菜汤，母亲几句话引起了一场争论：

母亲说：实在想不出别的办法了，要不然就把那对花瓶卖了换成吃的，一家人活命要紧。

父亲说：那是你的嫁妆，不能卖。我们兄弟姐妹个个不同意，都说：若是卖了花瓶，往后用什么泡醉枣呢？奶奶想出了一个主意：这样吧，那几间东屋是孩子他叔的，他在部队里，一家人在北京，我做主把东屋卖了，讨换成救命的粮食。就这样，奶奶又一次保护了瓷花瓶。自从父亲被选调到十二里外古镇的新华书店工作后，全靠母亲支撑着整个家，洗衣做饭，喂猪喂鸡，特别是要照顾好年迈又患痨病的奶奶。看得出来，母亲对奶奶最亲。至少有一点母亲心里明明白白，她那一对瓷花瓶，受到奶奶的倾心呵护，也备受孩子们的青睐。

"萧瑟秋风今又是"。故乡冀中平原上的大枣又红了，此时此刻，我想起母亲那一对古朴典雅的瓷花瓶，想起花瓶里那红彤彤香喷喷的醉枣，当然会想起远在天堂的母亲和奶奶，就让阵阵秋风送去我的思念，也送去我的问候……

原载 2021 年 1 月《神剑》
2021 年第 3 期《长城》

洗脸盆里的荷花

　　我醉了，因红荷而醉；我哭了，因思母而泣。当接到通知，邀请我参加2009中国·南戴河散文论坛暨全国散文名家"中华荷园"笔会时，心弦仿佛被强烈地拨动，我又想起了荷花，荷香在我心灵的天空弥漫着。半夜里，我取出四十五年前参军时母亲特地给我买的洗脸盆，仔细观看洗脸盆里的金鱼恋荷图：那盛开的红荷，仿佛是母亲的微笑；阵阵荷香，似乎是母亲的叮咛。时光流逝，几十年过去了，可这洗脸盆里的荷花依然盛开着，一直陪伴着我，与我朝夕相处。我相信，这洗脸盆里美轮美奂的荷花有一双隐形的翅膀，它会飞，飞得很高很远，从故乡平原飞到长城脚下、黄河之滨、太行山中……而洗脸盆里的金鱼，则依恋着荷花，一刻也不分离。我久久凝视着这金鱼恋荷图，蓦然想出两句诗：盆里荷花慈母心，水中金鱼游子情。我默默吟诵着，不知道远在天堂的母亲是否能听到？

　　此刻，夜空正挂着一轮金黄的圆月，淡淡的月光洒下来，洗脸盆里的荷花开着，笑着。月儿无声，荷花不语，夜，静极了。

　　七月盛夏，我怀着恋荷之情、思母之心来到了南戴河"中华荷园"，感觉确实进了荷的王国、荷的世界、荷的海洋。占地600多亩的荷园，犹如一幅巨大的天然图画，徐徐展开，碧叶连天，万荷争艳，如诗似画，如情似梦，让人赞叹不已。因我心里藏着一个美丽的故事，望荷怀乡，见荷思母，那种比荷园更博大的母爱随着缕缕荷香氤氲而来，温暖着我一颗思念母亲的心，沸腾着母亲留给我躯体的血液。

　　真是太幸运了，这次参加笔会的代表们都被安排在"中华荷园"里的水乡庄园住宿，出门便见到荷花，随时可观赏荷花之美。

　　当夜，我又失眠了，再次回忆起母亲为我买洗脸盆的往事。那是1964

年冬季，正在河北深县读高中的我被批准参军。得知这个喜讯，母亲甭提有多么高兴啦，乡亲们从来没见过她笑得合不拢嘴，走起路来，两只三角形的小脚带着风儿又轻又快。

抗日战争年代，母亲担任村妇救会主任，她起早贪黑，挨门串户地动员村里的小伙子们参军，送走了一批批热血男儿奔赴抗日前线。当时，身为本村青抗先主任的父亲和叔叔兄弟俩争着上战场，叔叔抢先参加了八路军，披上粗布褂子就跟着游击队远走高飞了。父亲没当上八路军，给母亲心里留下了遗憾。听说我应征入伍，自然是了却了母亲多年的憾事。见到入伍通知书，母亲接连几天为我包饺子、熬肉菜、烙饼、擀面条儿。我劝母亲："娘，甭忙活了，别累着你。"母亲说："儿呀，你到了部队，娘再没有机会为你做饭菜了。"我说："娘，瞧你说的，我当兵走了就不回家啦？"母亲说："回，一定回来看娘，娘再给你做好吃的。"

那天早晨，母亲胡乱扒拉了几口饭便出门了，似乎有什么心事。晌午，娘迈着两只小脚，踉踉跄跄地走回家，手里拎着一个洗脸盆。娘小心翼翼地将洗脸盆放在炕上，微笑着说："儿子，这洗脸盆是娘从黄城村供销社买的，是娘送给你的一件礼物。娘来回走了十几里路，嘿，还真的不觉得累。"

娘是缠过脚的妇女，脚底还长着脚垫，走了半天路，怎能不累哩。我把母亲搀到炕上，让她歇一歇。

我站在炕沿边，仔细观看母亲为我买的搪瓷洗脸盆：盆内是金鱼恋荷图。那荷叶鲜活碧绿，叶脉清晰，舒展自然，粉红色的荷花由绿叶衬托着，显得艳而不妖，雍容典雅，两条金鱼游弋于红荷碧叶之间，相映成趣，生机无限。

我知道母亲喜欢荷花，母子连心，我当然也喜欢荷花。小时候，母亲经常带着我去姥姥家，记得姥姥家门口往北几十米便是村边，那里有一个荷塘。夏秋季节，那塘里的荷花盛开着，好多小蜻蜓绕着荷花飞来飞去，每每让我流连忘返。读中学时，朱自清的《荷塘月色》让我神往，我的心多次亲吻那月下的荷花。我和孙犁是同乡，自然倍加关注和喜爱孙犁的作品，《荷花淀》几番让我陶醉。我觉得荷花压倒群芳，无愧百卉之首，我与荷花有不解之缘。

参军后，我随身携带着母亲给我买的洗脸盆，辗转千里，走遍天涯。清晨和黄昏，我都能看到洗脸盆中的荷花。从练兵场上归来，洗脸盆中的荷花仿佛知道我打靶得了优秀，向我微笑，向我祝贺；从国防工地施工回来，洗脸盆中的荷花深情地望着我，拂去我脸上的热汗，也抚慰着我的心；野营拉练回到军营，洗脸盆里的荷花不仅为我拂去脸上的风尘，还熨平我脚板上的燎泡。荷花融进了我的生命，给了我理想，给了我力量。不管脚下的路多么崎岖，多么漫长，前方极目处，荷花烂漫地开着。

我心中有荷，荷中有我。洗脸盆里的荷花留给我抹不掉的粉红色的回忆。

因为喜欢荷花，总希望看到荷花盛开的美景。记得那次出差去武汉，连续几日，天一直阴着，白雾茫茫，加上工作很紧张，心情有些压抑。那日天晴，朋友陪同我观赏东湖的荷花，只见天上的红霞飘落下来，染红了万顷碧波。兴致所至，我写了一首江城赋：雾锁江城，不见琼楼玉阁，何处寻黄鹤？只见高柳鸣蝉，绿叶粉荷，三镇灯火。月下东湖，睡美人，江城，千载悠悠，怀抱玉琵琶，弹奏一江雪浪花。我也曾去过白洋淀，坐船观赏淀上那望不到边际的荷花，参观了荷花大观园，那里的荷花美丽壮观，超出我的想象。而今来到南戴河中华荷园，我倒觉得"风景这边独好"，它因海构园，借势取景，园中的悦荷楼、千荷湖、百步问荷、湖心岛、珍荷苑、江南水乡、菡香楼、二仙居构成八大景观，举目望去，真是："接天莲叶无穷碧，映日荷花别样红。"

自然界的荷花真美，然而，比起母亲送给我的洗脸盆里的荷花，从感情上讲差之甚远。那一幅金鱼恋荷图，凝聚着母亲多少情、多少爱呀，所以，几十年让我魂牵梦绕。但是，时至今日，我只是从宏观上领略过荷花的风采和神韵，还没有仔细地观赏过荷花，甚至可以说，爱荷而不知荷，知其美而不知其所以美，故不解母亲送给我的荷花洗脸盆的真正意蕴。我真想用心灵与荷花对话，用真情与荷花交汇，走进荷心深处，体味母爱的神圣与博大。

这天早晨，天刚扑明儿，我便独自来到位于荷园腹地的千荷湖畔，站在柳荫下观赏湖中的荷花。湖面上腾起迷迷蒙蒙的水雾，那层层叠叠、无边无际的碧叶红荷在雾中静静地期待着什么？莫非蓝天知道我的心事，晨风知道我的心事，红荷知道我的心事？我的心事要对数不尽的红荷倾诉。我看清楚了，荷叶是碧绿碧绿的，像一块块绿绸子浮在水面，细细的叶脉镶在荷叶上，纹路清晰可辨。水中时有鱼儿扑棱棱跃起，水珠溅到荷叶上，宛如晶莹的珍珠镶嵌在薄薄的翡翠玉盘上。那一枝枝荷箭仰望着天空，粉红的荷包像燃烧的火炬。要说，最美的是湖中绽放的荷花了，荷团锦簇，仿佛万朵红霞飘落湖中，千荷湖变成了瑶池仙境。我仔细观察盛开的荷花，粉红的花瓣，薄如轻纱，荷心有一个浅绿或金黄的小圆盘儿，周围是一圈儿毛茸茸的花蕊。我想数一数，一朵荷花究竟有多少花瓣，数来数去，怎么也数不清。不过，我翻来覆去地验证了一点，每一朵盛开的荷花至少有十六个花瓣儿。

望着湖中那秀丽多姿、飘逸典雅的荷花，我暗自思忖，当初母亲为什么送我金鱼恋荷图的洗脸盆呢？我猜想母亲的心意至少有两点：一个是教我做人要有荷花的精神和品格，再就是希望我像金鱼恋荷一样惦念着母亲。这些年来，我正是遵循着这个寓意而尽力为之。我觉得，在生活的海洋里，我的确像一条小鱼，不论游得多远，都依偎在母亲的怀抱里，体味阵阵荷香，聆听母亲心脏的跳动。母亲是荷，我是鱼。

下午，我和与会代表们乘坐电瓶船畅游千荷湖，感受湖光水色、荷香荷韵。当小船驶入千荷湖中央，湛蓝的天空有一只白绸子般的水鸟飞过来，水鸟衔着的一颗莲子掉了下来，恰好落在我的身旁。我又惊又喜，弯腰捡起椭圆形的莲子，捧在手心看了一遍又一遍，然后悄悄珍藏起来。我感谢那只水鸟，把一颗莲子送上了我的客船。

说起来真有些蹊跷，在"中华荷园"水乡庄园的最后一夜，我做了一个奇特的梦：我带着意外得来的莲子回到北京，取出母亲送给我的洗脸盆，弄来半盆湿润的黄土，将这颗莲子埋了进去。不久，莲子生出了鲜活的嫩芽，后来又长出碧绿的荷叶，再后来又窜出了直挺挺的荷箭。我眼瞅着荷箭绽放成粉红色的荷花，花开的那一天，正好是我母亲的生日。

原载《北京文学》，荣获全国冰心散文奖

冬阳的味道

　　寒冷的冬天留在我儿时的记忆里是恐怖。冬季的冀中平原，风吹过来，小脸蛋仿佛被刀割一样痛，脖子里像灌进冰凉冰凉的水，小脚丫已经冻伤了，又痛又痒，难受得我在地上乱蹦跶。小嘴呼吸冒出热气来，眉毛上结了霜，感觉稀鼻涕流到嘴边，就用小手一抹，然后将手指头在棉袄上蹭一蹭。虽然父亲已生了火炉，屋里也不觉得暖，因为冷风不时地从窗户纸透进来。

　　乡村的孩子倒是挺皮实，冬天再冷也能扛着。只是夜里难熬，我只好守着火炉，央求父亲讲故事。父亲不愧是《三国》通，每晚讲的不重复，至今还清楚地记得父亲讲的草船借箭，真精彩有趣儿。母亲坐在炕上，一边在油灯下做针线活儿，一边听故事，她手中的线儿比故事长，牵走了月亮，也牵没了满天的繁星。

　　儿时的我跟奶奶睡在东间屋。每天夜里，我从西间屋听完父亲讲故事便来到东间屋，奶奶总是不闲着，不是纺线就是拧玉米棒子，等我过来后便铺好被褥。小时候我和奶奶盖一条被子，奶奶头朝东，我头朝西，乡下人叫做通脚。钻进被窝，像掉进冰窟窿里，那叫个凉，我两只小脚丫已冷得没知觉了，便伸到奶奶怀里，让她给我暖一暖。有时奶奶嗔怪地骂道：小兔崽子，脚丫这么凉！

　　说出来不怕见笑，小时候我每天夜里尿炕（遗尿），早晨起来，奶奶就把尿湿的被褥搭在院子里悬挂的铁条上晾晒，晚上我钻进被窝，经常嗅到太阳的味道，心想：奶奶把太阳藏在被窝里了，冬夜再冷，也会感到温暖。

　　不夸张地说，我是在尿里泡大的孩子。从三岁开始，我就跟奶奶睡一个土炕，直到十三岁我考入离家二十里的县重点中学，我便离开了朝夕相处的奶奶。十年间，我每天夜里尿炕，除了雪天雨天，都是奶奶为我晒尿湿的被褥，我粗略地计算了一下，十个春夏秋冬，奶奶至少为我晒过三千多床被褥，如果说太阳每天都是新的，那么，奶奶在我的被窝里藏了三千多个太阳。每当夜晚我钻进被窝里，嗅到太阳的味道，就觉得奶奶是我最亲的人。

奶奶患有痨病，冬季天冷，她就咳嗽得愈加厉害了，父亲特地从集市上买来柿子，装在笸箩里，放在奶奶枕头旁边，夜里，奶奶咳嗽起来，就吃一个软柿子，这办法还真灵验，奶奶不咳嗽了，我随即便进入了梦乡。听说奶奶是在日本鬼子在平原大扫荡的日子落下了痨病，因为叔叔参加了八路军，父亲担任村青年抗日先锋队主任，母亲担任村妇救会主任，日本鬼子和汉奸多次到我家闹腾。为躲避敌人，奶奶和村民们钻地道，藏进青纱帐里，因受寒患上痨病。那年刚收完秋，日本鬼子和汉奸把我奶奶堵在家里，折磨得死去活来。

敌人问：你儿子儿媳是村干部、共产党员，他们藏在什么地方？奶奶说：不知道。敌人又问：你有儿子参加了八路军，他们在哪一带活动，是滹沱河北边，还是南边？奶奶说：我更不知道了。

气急败坏的敌人把我奶奶拖到院子里，用皮鞋踢，用枪托砸。敌人把我家房顶上的高粱穗统统扔下来，一把火烧光，还用刺刀捅死了家里喂养的一头猪。

奶奶盘坐在炕头，嗡儿嗡儿地摇着纺车，把逝去的时光拽回来，断断续续地对我诉说着日本鬼子给平原人民带来的灾难。渐渐长大懂事的我，豁然明白了，原来与我睡一个炕、盖一条被的奶奶，是从日本鬼子刺刀下几次脱险的幸存者，是一位伟大的抗日英雄的母亲！

上中学的第一个夜晚，我躺在铺板上久久不能入眠，离开奶奶觉得空落落的，更糟的是，夜里我尿湿了被褥，怕同学们发现了丢人，我索性用自己的身体将尿湿的被褥暖干，当然，我最期盼的是被窝里有一个暖暖的太阳。奶奶不在身边，我觉得太阳在山那边，我不仅见不到阳光，也嗅不到太阳的味道。

我读高二的时候，奶奶溘然去世了。学校离家四十里，我接到电报的当天傍晚，在公路上拦车，赶回家已是后半夜了。在北京军区司令部担任科长的叔叔早一些时候赶回家，和我父母一起守候在奶奶遗体旁边。奶奶，你就丢下我远走了吗，我再也不能和你同炕共眠了，再也听不到你讲故事了。我知道奶奶的故事很多很多，就像她纺的线没有尽头。我有许多心里话想对奶

奶说，最想说的是，与奶奶朝夕相伴的十年，奶奶给了我三千多个太阳，那温暖，那能量，足够我用一辈子啊！

奶奶驾鹤西去的第二年，我从高中应征入伍了，我真想让远在天堂的奶奶看到我身穿绿军装的威武模样，是的，小时候天天尿炕的毛孩子如今成为一名共和国的军人，若是奶奶知道这个喜讯铁准乐得合不拢嘴。

奶奶，我的亲奶奶，你知道吗，我参军先到了北京，和北京军区的叔叔经常见面，后来我随部队移防到河南，然后调到山西团政治处。奶奶，我知道你最关心的是我遗尿的毛病好了没有，告诉你吧，我读初中二年级的时候，那个讨厌的毛病不治而愈了，参军后的几十年，只尿过一次床，说出口真尴尬，丢人现眼呀！那是"文革"时期，我调到团政治处宣传股，不久奉命随团宣传队到山区巡回演出，我负责创作文艺节目。宣传队在太行山深处，一天去一个村庄，搞一次晚会。每到一村，我先去拜访村支部书记，了解村里的好人好事，创作成锣鼓群、对口词、三句半等文艺节目，当晚就在舞台上演出，很受群众欢迎。

那天晚上演出结束后，我和宣传队的四位队员被安排在一家新婚夫妇的房间夜宿。看得出来，这分明是新婚洞房，干净利落，被褥都是新的，花花绿绿的，不是绸子就是缎子做成，这在山村里算得上高档之物了。或许是连日翻山越岭巡回演出，我感觉很疲倦，躺下没多大一会儿便进入酣梦，半夜醒了，糟糕，我尿床了。自然想起奶奶，老人家整整十年天天给我晒尿湿的被褥，无论春夏秋冬，我的被窝里不缺少太阳的温暖和太阳的味道。可是，在这太行山的黑夜，我不可能见到早已离世的奶奶，也不可能见到熟睡的太阳。无可奈何，我只能故伎重演，用身体将尿湿的褥子暖干。大半夜，我翻来覆去，天亮时我觉得尿湿的褥子暖干了，起床后发现床上有一片尿痕，有个队员对我取笑说：你小子给这新婚洞房画了一个小太阳。那一刻，我的脸腾地变红了。

眼下，正值寒冷的冬天，我希望所有的人，晚上钻进被窝里能感受到太阳的温暖和太阳的味道。

2021 年 1 月 18 日《中国国防报》
原载第 3 期《长城》
2021 年《神剑》

围炉夜话

　　下雪了，雪落平原，整个村庄都被大雪覆盖，雪村很静，牛呀、驴呀，乃至鸡呀狗的，似乎都变成了哑巴，谁也不出声了。只有那炉火，夜夜红旺，母亲坐在炕上，忙着做针线活儿，父亲和我围着火炉，一边聊着，一边等待炉膛下烤着的红薯。昨夜，围着火炉听父亲讲《三国》，草船借箭的故事真让我入迷，今儿晚，商量好了，请父母讲讲当年打日本鬼子的故事。

　　窗外，雪仍然飘飞，雪落大地静无声，屋子里炉火正红，母亲坐在炕上，炕上还摆放着一个红漆木盒子，盒子上放着一盏小油灯，微弱的灯光映照着母亲飞针走线。每年踏进冬天的门槛，母亲夜夜在灯下忙碌，为我们兄弟姐妹六个赶做春节穿的新衣。乡村的孩子盼过年，盼的是香喷喷的肉菜和暖暖的新衣裳。

　　"爹，听说俺娘在抗日战争年代当了八年村妇救会主任，她从来没说过，你讲讲俺娘的故事。"

　　"你娘是哑巴吃饺子心里有数嘴里不说，她的故事几天几夜讲不完。"爹用火柱拨拉了一下炉膛里的煤块，红红的煤渣往下掉，那炉膛下正烤着红薯呢。

　　"俺经历的那些事儿都是陈谷子烂糠，有啥可讲的？你的记性好，故事多，给孩子讲讲呗。"母亲停住手中的针线，扭头看着父亲说。

　　我知道父亲在抗战时期担任村青年抗日先锋队主任，断断续续地听他说过日子鬼子来我们村折腾，把乡亲们害苦了啦。

　　那天，日本鬼子根据汉奸告密到我们张舍村捉捕县游击大队政委张根生，直奔乔增棍家，扑了个空。张根生政委闻声而逃，日本鬼子把乔增棍的母亲捆绑起来，带到村街上，当着老百姓的面折磨她，用皮鞋踢，用枪托砸，还

惨无人道地给这位保护县游击大队政委的母亲灌凉水，折磨得她死去活来。

父亲问我："你认识乔增棍的母亲不？"

我说："怎么能不认识呢，她家在咱家南边，几十米远，我在小街上经常见到她，个子很高，后脑勺梳着一个纂，大脚丫子，走路腾腾响，她说我这个调皮蛋子长大了有出息。"

母亲说："你管人家叫奶奶哩。"

我说："俺知道。"

父亲说："增棍的母亲很坚强，日本鬼子那么折腾她，她挺过来了，没泄露一点秘密，这位年迈的老妇，竟然有钢铁的风骨和不屈的灵魂。"

母亲接着话茬说："她有三个儿子，老大乔增法，老二乔增顺，老三乔增棍，老大牺牲在抗日战场，老太太得知这不幸的消息，没掉一滴眼泪，只是狠狠地骂了一句："小日本，我真想一个一个地擂死这帮狗杂种！"

我对母亲说："娘，我和乔增法的儿子乔奂文是小学同学，原来他是烈士子弟，我认识他娘，没见过他爹。"

父亲插话说："他爹牺牲时，你还在你娘肚子里呢。"

我问父亲："张根生政委跑到哪里去了？"

父亲告诉我："你肯定认识北街的乔稀罕吧，你俩岁数差不多，听说张根生政委跑到他家，稀罕的奶奶把张根生藏在一个大瓮里，瓮口盖了一个篦帘，日本鬼子来家搜查，幸好没发现，真是躲过一劫呀！"

雪夜，冷风不时地从门缝里钻进屋，尽管生着火炉，房间里依然很冷，我的小脚丫又冻伤了，又痛又痒。寒冷的冬天对乡村的孩子来说简直是灾难，小时候，我几乎每年冬天都会冻脚冻手。我从凳子上站起来，跺跺脚，缓解冻伤脚丫的痛痒。

母亲也似乎感到雪夜的寒冷，她下炕在火炉上烤了烤手，接着又去做针线活儿。

这时，房间里飘起淡淡清香，哦，红薯烤熟了。对于农家人来说，这热气腾腾又香又甜的烤红薯，算得上是上等佳肴了，尤其是在寒冷的雪夜，真招人喜欢。

围坐在火炉旁，吃着烤红薯，感到乡村的雪夜韵味无穷，窗外，那飘飘洒洒、纷纷扬扬的雪花，或许也在眷恋着农家这清淡安逸的生活。

夜，渐渐深了，母亲还在忙着针线活儿，看上去没有一点倦意。听大人们说，俺娘是村里有名的巧媳妇，论针线活儿，打着灯笼也找不到超过她的人。抗战时期，她组织和带领妇女们为八路军做军衣军被军鞋，针尖刺落天上的星星，线儿牵走多少个月亮呵。今夜，母亲手中的针线依然那么顺心顺意。为了让父亲和我多陪她一会儿，母亲对父亲说："你可比不了人家张根生政委，抗战期间，张根生政委经常住在咱们张舍村，日本鬼子多次追捕，就是抓不住。你呢，根据组织意见到北平躲避敌人搜查，回到村里，第二天就被日本鬼子抓住了，人家要七十块大洋才放人，我跑了几十户借钱，总算凑够了，却把鞋底子磨破了。你跟孩子讲讲吧。"

父亲回忆起往事，咬牙切齿地说："日本鬼子，汉奸，那帮狗日的，坏透啦！"

接下来，父亲对我讲述了他被日本鬼子抓捕的情景。为了躲避敌人，父母在北平待了数日，回到村里，父亲躲在牲口屋里过夜，天亮时，他发现小窗戳进明晃晃的刺刀，窗外响起哇啦哇啦的叫喊声。父亲明白，日本鬼子来了。父亲无法逃脱，只好起身开门。敌人要把我父亲带走，可怜的奶奶死活阻拦，汉奸对我奶奶说：给七十块大洋才能放人。天哪，到哪里找那么多钱？真是愁死人！躲藏在地道里的母亲得知此事，一刻不停地去借钱，差点急疯了。

母亲对火炉旁的父亲说："若是不用大洋把你换回来，我琢磨着你是铁准儿死定啦。"

父亲说："我想也是，逃不掉一死。"

母亲暂时停下手中的针线活儿，转过头来对父亲说："算你倒霉，被日本鬼子堵在牲口屋了。说来俺是幸运的，没有被日本鬼子逮住，多亏了钻地道，藏高粱地里，妇救会的姐妹碰头开会也是趁天黑聚在坟地里。"

我问母亲："娘，你们夜间在坟地里开会，不怕鬼？"

"傻小子，哪来的鬼呀！可怕的是日本鬼子，什么坏事都做得出来。"

像所有平原上的群众一样，母亲恨透了穷凶极恶的日本鬼子。父亲告诉我："那年，你娘刚刚怀上你，日本鬼子用刺刀对准你娘的肚子，要挑了你娘，多亏了村里的维持会长劝说阻拦才幸免于难，你记着，那个老爷爷是你的救命恩人。"

我点了点头，对父亲说："我知道了，当年村里的维持会长是老层爷爷，那是个大好人。"是的，他家住在我家南边，离着很近，我经常与那位老人在村街上相遇，每次遇见我都喊他爷爷，他总是朝我微微一笑，很亲切的样子。

在静静的雪夜，围炉夜话也许是乡村的寻常事，可是，听父母讲抗战的故事，总觉得听不够，我知道当年父母与冀中平原上的军民一起与日寇进行殊死搏斗，许许多多真实的故事如同窗外纷飞的雪花，又怎么能数清呢？雪落平原，静如秋叶，而每每听父母讲抗战故事，竟让我心潮起伏，风云激荡。这个雪夜，我的心又涨潮了……

原载 2021 年 1 月《神剑》

2021 年第 3 期《长城》

燕子搭窝

　　滹沱河南边七八里远有一个古老的村庄，那便是生我养我的故乡张舍村，这个拥有三百多户人家的村庄在冀中平原上可以说村子不小，但方圆几十里名气不大，因为这个村庄祖祖辈辈的农民过着平淡的日子，那流逝的岁月就像潺潺流动的花溪水翻不起大的波澜。

　　我家坐落在村东街路北，前后两个院子，总共十多间砖瓦房，临街的黑漆大梢门彰显出这是一户生活富裕的人家，不错，那是打造金银首饰的曾祖父创造的家业。

　　我从小跟着奶奶居住在后院北屋的东间房子里，父母住在北屋的西间房子里，北屋中间的堂屋，既有烧火做饭的灶台，也有一个摆放吃饭桌的空间，一家人就在这里聚餐。

　　记不清是哪年春天，刚刚懂事的我突然发现两只小燕子飞到我家北屋来搭窝，就在堂屋的房梁上，用衔来的泥垒起一个小小的爱巢。这两只小燕子白天飞来飞去，一到傍晚就飞回窝栖息，次日黎明时分又飞走了，大概是到外面觅食吧。

　　与两只小燕子见面机会大都是中午，兴许是它们在外面飞累了，吃饱了，回家休息一会儿。我喜欢听这两只小燕子啾啾絮语，虽然听不懂它们说什么，但听得出来，那语音里蕴含着亲切和幸福，我感觉到这两只小燕子对我家很满意。

　　其实，儿时的我就像小燕子一样，无忧无虑，自由快活，但对这个世界包括自己的家庭知之甚少，渐渐长大了，知道的事情自然就多了。

　　先说说我奶奶吧，如果小燕子知道她的身世，肯定会惊喜地叫起来。我奶奶乍看起来是个极普通的农村老太婆，岁月的风霜在她脸上雕刻出明显的皱纹，她的鬓发已经斑白，后脑勺梳着一个纂儿，两只三角形的脚走起路来总是不够稳当。值得村里人羡慕的是，奶奶养活了两个蛮不错的儿子，老大是我爹，抗战时期担任村青抗先主任；老二是我叔，十六岁就参加了八路军。奶奶还有一个好儿媳妇，就是我娘，抗战时期是村里的妇救会主任。当时，这样的家庭自然是日本鬼子的眼中钉、肉中刺。那是秋收后的一天，几个日本鬼子和汉奸到我家逼迫奶奶说出叔叔在何方，父母藏在哪里？

奶奶只甩给敌人三个字"不知道！"敌人用皮鞋踢她，用枪托砸她，奶奶坚强地忍受着敌人的折磨，她愤怒得几乎把牙齿咬碎了。她不顾一切保护自己的孩子，是为了保护村里的乡亲们，保护平原上的老百姓。

我羡慕燕子有一双飞翔的翅膀，可以穿越广阔的天空，甚至在濛濛细雨中也可以凌空高飞。我曾想，燕子翅膀似剪刀，剪碎了漫天的白云，也剪碎了乡村的晨雾。

燕子有两个家，南方一个家，北方一个家。每年，燕子冬去春来。

记得那年开春，从南方飞来两只小燕子，没过多久，它们生下四个燕宝宝，这几个小宝贝时常从燕窝探出头，张开小嘴鸣叫，燕爸爸和燕妈妈扑棱棱飞走，又忽闪闪飞来，将捉到的小虫儿喂自己的孩子，兴许是那几个燕宝宝吃饱了，不住地叫唤，好像是咿呀学语，还是在高兴地唱歌？总之，给我们这个寻常百姓家增添了不少快活的气氛。

冀中平原的夏天伴随着沉闷的雷声和瓢泼大雨而来，几个燕宝宝已经长大，它们经常跟随燕爸爸和燕妈妈飞向大平原的上空，在蓝天白云间翻飞，在微风细雨中练翅，享受着自由自在、饮食无忧的生活。

出乎意料的是，一场狂风骤雨突然袭来，燕爸爸和燕妈妈以及三只燕宝宝陆续飞回家，有一只燕宝宝却有去无回，是迷失了方向，找不到家？还是暴雨打湿了羽毛，狂风折断了翅膀？我不得而知，急得直抹眼泪。

梁上燕窝的燕子们与往日不同，它们不再鸣叫，屋里变得异常沉寂，这使我更加忧愁。

慈祥的母亲仿佛看出了我的心思，安慰我说：风雨过后，那只燕宝宝也许会飞回家。

我说：天儿晴了，咱们去找燕宝宝。

母亲无奈地摇了摇头，说：平原这么宽广，天空这么高远，找燕宝宝，难哪！

我默然无语，心急如焚地惦着那只可怜的燕宝宝。

真是谢天谢地，三天过后，那只燕宝宝飞回了家，六只燕子又相聚在一起，啾啾地叫个不停，燕子声声里，我家小院的石榴花火红欲燃，门前的老槐树喷银挂玉，槐花香飘四溢。

十八岁那年，我应征入伍，成为一名共和国的军人，我像小燕子一样有了两个家，一个家在军营，一个家在故乡。我与著名作曲家孟庆云是好朋友，以他谱曲红遍大江南北的那首歌《我用胡琴和你说话》让我荡气回肠，百听不厌。对了，那次我到中央电视台参加活动，当面聆听董文华演唱这首歌：

> 星儿低垂，月儿高挂，远方的故乡你好吗？风儿无声，鸟儿归家，我用胡琴和你说话。我的胡琴拉的是二泉水，军旅的生涯荡起浪花，我的胡琴拉的是良宵夜，远方的故乡是否刚睡下。呵，故乡，呵妈妈，我的胡琴有两根弦，一根深情，一根优雅；一根系着火热的军营，一根拴住我那远方的家……

是的，燕子冬去春来，每年春天必然衔着南国的芬芳到北方故地重游，眷恋农家小院的风土人情，而我参军后不可能每年回家探亲，记忆中最长时间是时隔八年才回到故乡。

母亲嗔怪地对我说：你真的不如咱家的小燕子，每年都回家看看，甚至从春天待到冬天，半年的时光陪伴着我们，你呢，一走八年不回头！

我解释说：娘，你甭责怪你儿子，共和国的军人哪一位不是把青春献给国防，甚至献出自己的生命。

响鼓不用重槌！抗战时期担任过本村八年妇救会主任的母亲，是得意地埋怨自己的孩子，其实她心里比谁都明白。

善良是生活的底色，善良是花朵的芬芳。听人说，燕子在善良的人家搭窝。我的奶奶，我的母亲，是打着灯笼也难找到的善良之人。那次探亲回到家乡，母亲对我诉说了一件真实的事情。盛夏的一天，电闪雷鸣，暴雨如注，母亲在门口发现一辆老牛车拉着红薯秧在村街艰难行进，赶车人是一位农民小伙子。母亲招呼那位赶车人到我家避雨。赶车人将牛车吆喝着驶进我家梢门筒子，父亲给拉车的牛弄来草料，母亲给赶车人做了可口的晚饭，又把新被褥铺在炕上，让赶车人住了一夜，第二天雨停后再赶路。聊天时赶车人才觉察到，我和他是中学同学，他的名字叫门志辉，本县义门村人。

听完母亲讲的这个真实的故事，我想起了当年那只风雨过后再归来的燕宝宝，至今我没弄明白，那只经受坎坷的燕宝宝，是否得到善人的呵护？

时光在指缝间不经意地流逝了，转眼间，我参军离开家乡已经有半个世纪。那年清明节，我回老家和几位弟弟一起给已故的老人扫墓，之后共同走进自家的百年老屋。这老屋可谓兵之屋，走出了三位共和国的军人，一位是我叔乔树旺，北京军区后勤部原军交部部长，享受副军待遇；一位是我乔秀清，解放军总医院政治部原副主任，正师大校；一位是弟弟乔秀滨，唐山军分区政治部宣传科干事，转业后曾任唐山老干部大学办公室主任。

我们兄弟四人走进百年老屋，发现房梁上的燕窝依然存在，只是因人走屋空燕子多年没有光顾。这使我不禁想起唐代刘禹锡的《乌衣巷》：朱雀桥边野草花，乌衣巷口夕阳斜；旧时王谢堂前燕，飞入寻常百姓家。几十年前，我家冬去春来的燕子如今飞向何方？它们的子孙还好吗？不知在哪户人家搭窝落脚？又是一年柳梢绿，又是一年桃花红，清明节我从京城回到故乡，燕子声声里，许多往事如尘封的底片竟然清晰地显现出来……

原载 2021 年 1 月《神剑》

2021 年第 3 期《长城》

村口雪人

天儿还没亮，我醒了，点亮小油灯，借着微弱的灯光，透过窗玻璃，我望见窗外雪花悄悄飘洒，真是人逢喜事，雪花也来凑热闹，从四面八方赶来拥抱这个古老村庄。

今儿，我就要离开家乡奔赴四十里外的深县中学，那是新兵集结地。在角邱村新华书店供职的父亲特意赶回家，决意骑自行车送我到新兵集结地报到。接到入伍通知书，父亲母亲甭提多么高兴啦，连续几天来都笑得合不拢嘴，儿子当然理解父母的心愿。抗战时期，母亲担任村妇救会主任，每年征兵的日子，母亲挨门挨户动员村里的小伙子参加八路军，把一批批年轻力壮的农民后代送往抗日前线。1940年，一场兄弟俩争当八路军的闹剧惊动了全村。父亲和叔叔都想参加八路军，奔赴战场杀敌，兄弟俩各不相让。

父亲说，我是共产党员，又是青抗先主任，第一个参加八路军的应该是我。

母亲接着说，说得对，俺动员村里的小伙子参军，跑断了腿，磨破了嘴，现在，自个儿的男人要参军，俺可不能扯后腿，你要是当了八路，俺这个妇救会主任脸上才光彩哪！

叔叔说，别挣啦，哥是村干部，离不开，还是我去当兵。

话音刚落，叔叔披上粗布褂子，远走高飞了，和他一起参加八路军的还有西邻的乔万凯（俩人都成长为军队师级干部）。

当年，父亲没当上八路，如今儿子应征入伍，也算是了却了一桩心事吧。

我起身下地，来到中间房，只见父母住的西间屋门缝里露出灯光，看来父母早醒了，亮着灯聊天呢。

听见父亲说：起来吧，赶早不赶晚，到新兵集结地，要走四十里雪路。

母亲说：俺一宿没睡着，不知道是欢喜还是激动。夜拉个晚上俺就包好了饺子，我去生火，你们吃了饺子就上路。

不一会儿，热气腾腾的饺子就端上桌，母亲还摆上醋碟儿，碟里放上我爱吃的腊八蒜。

母亲对我说："儿子，吃吧。今儿包的饺子都是一个肉丸儿，可香哩。你到了部队，不知道猴年马月才回家，往后的日子吃娘包的饺子机会太少了，多吃点，吃饱饱的娘才高兴哩。"

我对母亲说：娘，你儿子是一只飘飞的风筝，不论飞得多么高，多么远，总是被乡思的线牵着。到了部队，我一定好好干，只要有机会，我就回家看你。

此刻，我发现母亲偷偷地抹眼泪，当年，日本鬼子用刺刀对准她的胸膛，她没有眨眼，而今我要离她远走，惜别之情竟使她泪盈眼眶。

踩着地上稀稀落落的雪花，父亲、母亲、姐姐和弟弟，送我参军。我用网兜装上母亲特地给我买的搪瓷洗脸盆，提着赶路。那洗脸盆里有荷花金鱼图案，这是母亲精心挑选的，我猜想，荷花是母亲，金鱼便是我，洗脸盆里有慈母心、游子情啊。

雪，越下越大了，纷纷扬扬的雪花，网住了天空，也网住了冀中平原这个古老的村庄。我一家人行走在村街上，来往的乡亲们好奇地问：这大雪天，一家出动，干吗去？母亲一一回答：送大儿子当兵去。

父亲推着自行车往前走，那是他刚到角邱村新华书店上班，卖掉自家一棵大杨树才买回的一辆加重飞鸽牌自行车。父亲正是骑着这辆自行车，多次送我到安平县后张庄中学和深县高中读书，每次离家上路，母亲总是站在家门口望着我们远去，今儿，母亲送我参军，要送到村口。她迈开三角形的小脚，行走在飘着雪花的村街上，母亲告诉我，抗战时期，她送村里的小伙子们参加八路军上前线，都是送到村口，无一例外。

雪花稀稀疏疏地飘落，落在母亲的头上和肩上，望着雪幕中母亲的身影，我想起了五年前那个冬季的雪天。那年我刚满13岁，正处在难熬的三年困难时期，家里的盆盆罐罐都是空的，没有一粒粮食，一日三餐都是野菜，进入冬天的门槛，再也寻不到野菜了。前几天，母亲带着珍藏多年的首饰，到滹沱河北边的村庄换回了半口袋萝卜干儿，才使一家人免遭绝粮之苦。听说北郝村我干娘家景况略好些，母亲让我推着用柳树杈子做的小木车，娘俩一起到我干娘家走亲，其实是想讨点吃的东西。干娘家的日子也不好过，见俺娘俩大老远的来了，不忍心让俺俩空手而归。干娘说：家里没有粮食了，有几棵白菜，你们带回去，听说救济粮快下来了，咱们有盼头啦。

　　我将干娘送给的六棵白菜捆在小木车上，和母亲踏上回家的路。怎么也没想到，走到半路，下雪了，雪下得那叫大呀，铺天盖地，我发现母亲变成了雪人。糟糕的是，行至大子文村东，离家还有四华里，小推车坏了，母亲让我在雪地里守着白菜，她回家去叫父亲来收拾残局。我眼巴巴地望着母亲的背影，分明是一个雪人，渐渐消失在雪幕中。

　　母亲送我到村口，停止了脚步，对我说：儿子，娘就送你到这里，到了部队，要好好干，娘等着你的好消息。我咬了咬嘴唇，对母亲说：娘，放心吧，儿子不会给你丢脸！

　　父亲骑着自行车带上我行进在洒满雪花的乡间小路上，我扭过头来回望村口，母亲还站在那。哦，雪人，那是在抗战期间当了八年妇救会主任的雪人，那是把目光投向遥远军营的雪人，那是等待儿子好消息的雪人，一袭银白，美丽，晶莹，圣洁，没错，那是我吸着她的乳汁长大的亲娘……

原载 2021 年 1 月《神剑》

滹沱河，桥流水不流

小时候，每天早晨天刚蒙蒙亮，村里的小街上便传来卖鱼人的喊叫声："买鱼喽，葡萄河的活鱼！"儿时的我不晓得葡萄河在哪里，只知道葡萄河的鱼可好吃哩，新鲜，肉嫩，味美，所以每听到卖鱼人的吆喝声，馋得我快要流口水了，不管母亲买不买鱼，我都要跑出门去看看卖鱼人刚刚从葡萄河里打捞上来的鱼。卖鱼人手扶着自行车沿街叫卖，自行车后座上挂着一个竹篓，从竹篓里抓出来的鱼放在秤盘里，啪啦啪啦地活蹦乱跳，给乡村的早晨增添了不少快活的气氛。

渐渐长大了，我才知道故乡人挂在嘴边上的葡萄河，准确地说那就是滹沱河，在我们村的北边，七八里远的地方。

我无法弄清楚是谁给故乡的河起了这么个好听的名字——葡萄河，怎么想的呀，是河水像葡萄一样甜，还是碧波像葡萄一样美？我觉得，葡萄河这个名字比滹沱河好听一百倍，每当我听到家乡人说出葡萄河，哎呀，我感觉太好听了，太亲切了，真的快要醉了。葡萄河，这名字好美好美呀！

八岁那一年的冬天，我第一次见到葡萄河。河面很宽阔，结了厚厚的冰，人们络绎不绝地在冰上穿行。我跟随村里的大人过河赶集，小心翼翼地踩着河面上的冰，好害怕哩，真的担心踩塌了河冰，掉进河里。大人们劝我，别胆小，河面的冰比铁板还结实呢。在集市上，我买了一块白面饼，又买了两条油煎小鱼，裹起来，吃着好香呵，我猜想，那小鱼铁准是葡萄河的鱼，大冬天，只能破冰捕鱼，费老鼻子劲了，想到这就觉得那煎鱼价格不贵，值！

我记得很清楚，那是一九五六年的夏天，我刚满十岁。那天下午，我跟着父亲到村南自家的菜园干活，听见有人喊：水来了，葡萄河发水了！父亲扛起铁锹，拉着我的手往家赶路。来到村边，只见村垴外的壕沟里水在流动，哗啦哗啦地响，进村必须穿越壕沟，往常沟里没水，今儿个水灌满了沟，水多深不知道。眼巴巴望着壕沟里的水，父亲踌躇起来，他压根儿就不会游泳，怎么过去呢？真的犯愁了。幸亏我每年夏天到清水塘里打扑腾，学会了"狗刨"，对于我来说这小小的壕沟不算个啥，我纵身一跳，用手划拉几下便游过去了。我站在埝上对父亲说，爹，你蹚水过来吧，沟里的水可能有齐腰深。父亲不敢独自下水，一直等进村的几个庄稼汉子搀扶着他才蹚水度过了壕沟。村里人眼睁睁看着水进了村，街道上水流很急，我家地势高，水进了院，没进屋。

几天后，水势减弱，地里的庄稼被洪水冲得七倒八歪，一片狼藉。收成无望，村民们还来不及皱眉头，政府的救济粮就发到了各家各户，白花花的大米，我还是第一次见到呢。冀中平原世世代代的农民没种过水稻，见到大米觉得新鲜，吃法也与南方有别，不光焖米饭，还将大米碾成面蒸馍馍，我吃着大米面蒸的馍不如小麦面蒸的馒头好吃，不过，六十年过去了，我对大米面蒸的馍还有点念想哩。

最难忘的是洪水过后捞鱼的美事，父亲和我扛着铁锹，提着水桶，带上洗脸盆，到村外去捞鱼。田地被没膝深的洪水泡着，父亲和我用铁锹挖泥围水，在田间围起一个几十米见方的"水塘"，我们用洗脸盆将"水塘"的水淘出去，嗬，没想到有那么多大大小小的鱼，两个水桶几乎装满了鱼，母亲乐得合不拢嘴，兄弟姐妹们高兴地拍巴掌，我们那个农家小院好多天飘散着炸鱼的香味，馋得四邻八舍的猫乱窜乱叫。也许五十岁以上的人还记得《抗洪图》这部影片吧，真实地反映了一九六三年冀中平原人民与百年不遇的特大洪水抗争的场景。那年夏天，中考刚刚结束，我回家等待考试结果。瓢泼大雨连续下了七天七夜，葡萄河水暴涨，洪峰肆虐，汹涌浩荡，淹没了冀中平原的村村寨寨。我和家乡人所经历的与暴雨洪水抗争的七个昼夜终生难忘。洪水进村那天，我和姐姐一起推磨，将新收获的小麦磨成白面，听到有人喊，到村东大堤上集合，修堤抗洪。我跑回家抄起一把铁锹，朝村东跑去。围村的堤坝上站着黑压压的人群，大都是强壮的男子汉，有的给堤坝添土加高加固，有的用棒子秸麦秸和泥土堵堤坝的缺口。洪水已将整个村庄包围，情况危急。我和几位壮小伙一起游泳到村边打麦场运送麦秸，企图围堵缺口，没料到被湍急的洪流冲出十几米远，我抱住一棵柳树歇息了几十分钟，拼尽全力才游回来。洪水势不可挡地进村了，我家院子里的水已经没膝，北屋地势高没有

进水，街坊邻居家的几位老太太躲在我家北屋，惊慌失措地喊着阿弥陀佛。

我明白，在这个节骨眼上，呼天喊地没用，只能靠自己保护自己。父亲带领我们兄弟姐妹，用泥土将梢门口围了起来，取来洗脸盆淘水，一直忙活到半夜，又累又饿，打算起灶做饭，没想到风箱被进屋的洪水漂浮起来，无法做饭。

我家的磨房在连日的暴雨中倒塌了，在院内形成了一个高高的土岗，我和弟弟将两个宽大的梢门扇搬到上面，又抬来一张木床，在木床上搭起一个塑料篷，哥俩在四面透风的塑料篷里度过了整整七昼夜。这次特大洪水，激起了我对葡萄河的愤怒，恨，凝聚在牙齿上。后来我才醒悟，我错怪葡萄河了，多年以来，葡萄河像孤独的母亲，她得到孩子们多少爱呢？

葡萄河，家乡的河，母亲河，我仰慕你博大的胸怀、善良的心灵、浓厚的情义！当年，为修建岗南水库，顾全大局，将你拦腰截断，把痛苦留给自己，把幸福献给上游；你用乳汁养育了儿女，让儿女健康成长，宁愿自己干涸却无怨无悔；许多人为一己私利将脏水泼向你，你忍辱负重，身受重伤而默然无语。你伟大的品格让我高山仰止，景行行止！

自从我参军远离故乡，葡萄河日夜在我心中流淌，滚滚奔流无休时。即使濒临干涸，她依然紧紧贴着安平大地，聆听祖国母亲心脏的跳动。我爱葡萄河，我恋葡萄河，我想葡萄河，作为共和国老兵，退休后每年我都回家看一看葡萄河。看葡萄河畔的桃花喷火，看葡萄河岸的柳丝荡翠，看葡萄河滩的芦花飞雪……我觉得自己就是葡萄河里的一滴水，映着故乡的昨天今天和明天。

这些年，每当我回到故乡，望见葡萄河大桥凌空飞架，气势若虹，而桥下不见碧波荡漾，只有涓涓细流，桥上那川流不息的车辆使我想起一首禅诗所说的"人在桥上过，桥流水不流"。是呵，桥在流，故乡作为名副其实的天下网都、国际丝网基地，每天葡萄河大桥要承载多少南来北往的车辆？一批批的丝网通过大桥运往全国各地乃至全世界。所以我要说，只有了解葡萄河的今昔，才能理解"桥流水不流"的深刻内涵。

原载 2022 年 7 月《长城》

古井

　　我的故乡村东头，有一口古井，究竟修于何年，已无从查考了。古井里的水，清凉可口，没一丝咸味儿。大半个村子的人，都到这儿取水。古井像一位温情的母亲，用淳美的乳汁，养育着平原上的儿女。

　　我家距古井几十米远。每日里，从微熹初露到暮色降临，到古井边取水的人，从我家门前络绎不绝地闪过，桶儿、筲儿发出的吱悠吱悠、叮儿当儿的响声，像一支支快乐而优雅的乡间小曲，不时传进我的耳朵。我家门前的路面总是湿漉漉的，像刚落下一场金色的雨。

　　东邻有一对年过六旬、相依为命的老人。男的，是个老党员，在抗战时期，腿负过伤，走路一瘸一拐；女的，是个老妇，又矮又瘦，身子单薄得简直一阵风能把她吹倒。老两口只有一女，在外地教书。乡亲们晓得这两位老人用水难，今儿这个帮着挑一担，明儿那个帮着挑一担。老人院子里那个大水缸，长年不空，总有半缸水。我听村里人讲，两位老人多次表示，对帮着挑水的人要赋予一定的报酬，可是，谁也不肯领受。

　　"日子长着哩，俺们不能总让你们白出力气。"老两口总是歉意地说。

　　"那口古井给人们出了多少力气，可她从来没跟人们要过报酬。"乡亲们总是这样劝说两位老人。

　　故乡的古井啊，不仅为乡亲们提供着生命的泉水，还陶冶着乡亲们的品格，使他们懂得了应该怎样做人。村里的人们都清楚，那口古井只占了巴掌大的一块地方，可是，她对人们的生活，发挥着难以估量的作用。她不争地位，不计报酬，对人们无所求，无私地向人们贡献着自己的力量。

　　我参军远离可爱的故乡已经 17 年了。我总想起故乡那口古井，它时时在启迪着我怎样生活，怎样做人……

原载 1983 年《人民日报》大地副刊

1984 年开始编入小学五年级语文课本

又想起那口古井

坐落在滹沱河南边的这古老村庄，像一颗莲子在冀中大平原不仅生了根，还长出碧绿的叶子，开放出粉红的花朵。年复一年，那莲子的故事古老而新奇。

我是青莲上的一滴露珠，你会发现露珠里藏着一枚小太阳。

青莲离不开水，村东头那口古井是取之不尽的渊薮。

我忘不了那些到古井边挑水的庄稼汉。

早晨，伴随着村里的汉子们井边挑水那颤悠悠的扁担声，村子东头开始眨动黎明的眼神。

红红的太阳升起了，那是乡村跳动的心脏。

井台上，挑水的汉子们互相打招呼，聊几句天儿，时而爆出粗犷的笑声，乡村的宁静被打破了。

村街上，来来往往的挑水人脚步声急促而沉重，早已把沉睡的大地惊醒了。

小街的路面不一会儿便湿漉漉的，似乎刚落下一场小雨，街上的空气润润的，猫儿狗儿还有刚钻出窝的鸡们都显得很有精神。

儿时的我经常站在家门口，眼巴巴地看着挑水的汉子们，期盼着自己快快长大，也成为一个挑水的汉子，接过父亲用了多年的扁担，挑着水桶去迎接乡村的黎明。

我刚上小学，父亲由农民转变为国家公职人员，到十里外的一个小镇上的新华书店上班了。家里人，祖母、母亲还有我们兄弟姐妹六个，每天需用半缸水，而挑水的父亲却不见了踪影。

母亲找来一根胳膊粗的木棍子，有几尺长，看样子满结实哩。我和母亲抬着水桶到井边取水。

是的，母亲是一位小脚女人，可是村里人谁都不敢小瞧她，抗战八年，她在村里担任妇救会主任，是很受村里人尊重的党员干部。来到井台，挑水的汉子们争先恐后地将我们娘俩的水桶抢过去，用又粗又长的井绳系着水桶，不一会儿就从水井里弄上来一桶水，满满当当的，母亲和我都心存感激，谁也不说一声谢，因为说谢就见外了。

一个是小脚女人，一个是七八岁的毛孩子，娘俩抬着一桶水在小街上艰难地走着，路，仿佛没有尽头。

累了，就把水桶放在地上歇一会儿。

乡村的黎明和黄昏，都叠印着母亲和我抬水桶的身影，小街土路上娘俩的脚印，早已消逝在遥远的岁月里。

自从父亲到新华书店上班后，乡亲们都关注我们家用水的难事。说来也巧，村里有一位腿瘸的农民和我父亲是同窗好友，他家有一对小木筲儿和一条扁担，闲置没用，自愿送给我家，我猜得出来，是想让我这个在小学读书的毛孩子担当起挑水的重任。不好意思推脱，谁让我是老大呢！三个弟弟还都是穿开裆裤的小屁孩哩。

有了这对小木筲儿，母亲可以不必和我抬着水桶到井边取水了，我自己去挑水。我自信这一对小木筲装满了水我也能挑起来，可就是扁担两端带铁钩的铁链对我来说偏长，勾上小木筲，我这个小个子少年挑不起来，于是我想出了一个办法，把铁链挽在扁担上，这样，便可以挑起小木筲。

我高兴地用扁担挑着小木筲来到井台上，请挑水的大人帮我将两个小木筲灌满水，挑回家时，我已是大汗淋漓，母亲疼我，用毛巾擦干我脸上的热汗。

记得，那是个夏季的星期天，就读小学五年级的我做完作业，就去挑水。这时的我已经能够用麻绳系着小木筲从井里取水了，正当我弯下腰将小木筲送到井里，摇晃了几下，灌满了水，还没来得及将小木筲提上来，只听啪的一声，我胸前衣兜里的钢笔掉进了井里。

我知道，这支金刚牌的钢笔是父亲到新华书店上班后花了一块六毛钱给我买的，那时父亲每月的工资只有十八块钱呀。我回到家，在母亲面前哭了。这当儿，从十里外的小镇回来的父亲见我哭鼻子抹眼泪，劝我不要哭，他决定找村里几个小伙子帮忙把掉进水井里的钢笔捞出来。我破涕为笑，跟着父亲去井边。父亲提着一瓶老白干酒，肩膀上扛着木梯，让我带了一条麻绳，父子俩直奔村东头那口古井。

闻讯赶来的村民们把古井围了个水泄不通，有好几位小伙自告奋勇要下井捞钢笔，父亲选定了西邻的小荣叔叔，他二十岁刚出头，壮实得赛过农村的牛犊子。下井前，父亲让他喝了几口老白干酒，因井水凉，白酒可以御寒。为了保险起见，父亲将麻绳捆在荣叔腰间，先把梯子送下井，然后让荣叔登着梯子沉到井底。井水漫到荣叔的脖子，他憋足了气，扎猛子到井底用手摸呀摸呀，折腾了一阵子没有摸到钢笔，却摸到一支带着刺刀的步枪。抗战时期在村里担任青年抗日先锋队主任的父亲告诉大家，当年被日本鬼子活捉的老支书欺骗敌人，带路找地道出口，与一个持枪的日本兵拉扯着一起跌入井内同归于尽，事后，村民们把老支书和那个日本兵从井里捞出来，鬼子的那支步枪却遗落在井底。

我那支钢笔没有捞出来，却捞出了一个悲壮的故事。

参军远离家乡，我经常想起乡亲父老，自然也想起那口古井。1983年，我写了散文《古井》寄往《人民日报》，据说编辑从两麻袋来稿中选中我写的《古井》发表了，之后被选入全国小学五年级语文课本。我忘不了那天傍晚，我战友的两个男孩曹鹏曹凯一对双胞胎来到我家，他俩是小学六年级的学生，准备考中学，请我爱人这位语文老师辅导作文。我爱人正忙着做饭，于是，我让他俩在客厅沙发上坐下来，并对他们说：我来给你们辅导作文吧。这对双胞胎都向我投来疑惑的眼神，我明白他们想说你是个穿军装的，不是老师，怎么能给我们辅导作文呢？我问他俩：最近区教育局是不是对各学校六年级学生进行了小升初的模拟考试？他们回答是。我又问：语文考试是不是有一道题是关于《古井》这篇课文的主题和成语的提问？他们又回答是，反问我怎么知道的。我说是我爱人把试卷带回家，并且告诉我有一道试题涉及《古井》这篇文章，现在我给你们背诵一下吧。他们惊讶地问：你怎么能背诵？我说：那是我写的，当然能背诵。

我将《古井》这篇文章背诵了一遍，然后给这对双胞胎认真地辅导如何作文，他俩满意地回家了。如今，曹鹏曹凯在同一个军医大学工作，俩人都是博士，一年前我去上海见到了曹鹏，交谈时他还提起当年我给他兄弟俩辅导作文的往事，对我说：伯伯，你强调作文选材很重要，选材应注重积极向上，千万不能写大小便，写得越细越糟糕。说完之后，我们都禁不住哈哈大笑起来。

《古井》这篇散文被选入小学五年级语文课文已经三十多年了，可是网上至今还在误传这是老舍的作品，凡是读过《古井》的人都能明明白白看出来文中写的是乡村的故事，而老舍久居北京，没有乡村生活的经历，他的笔下怎么可能会出现充满浓厚的乡土气息的散文呢！

此刻，我又想起故乡那口古井，虽然，随着乡村的变化那口古井已经湮没在悠悠岁月里，但是，古井的故事在一代又一代的学生中留下了抹不掉的记忆，像清澈的泉水滋润着孩子们的心灵。

原载 2022 年《长城》

小城秋思

已经立秋了，我还待在小城，可不呗，我从北京来到这个小城两个多月了，似乎还没有待够呢。记得我在遥远的军营里曾写下一首《秋思》：霜寒染枫林，野旷鸣孤鸿，秋思暖冷月，乡情绕博陵。博陵是我的故乡河北安平，汉代在这里设郡为博陵郡。几千年过去了，秋夜那悬挂在天空的一弯冷月依然如眉，月光柔柔的，静静的，悄然洒落在我居住的蓝湾小区。

蓝湾的夜怎么这样静谧，月色与星光交辉，秋虫与塘蛙共鸣，静夜自然能引发秋思，今夜的我真的不想入眠。有一首古诗是写秋思的，我很喜欢：中庭地白树栖鸦，冷露无声湿桂花，今夜月明人尽望，不知秋思落谁家？

我的秋思亦如飞翔的翅膀穿越夜空，飞到小学同桌的她身边，是的，她也居住在这个小城，我来小城两个多月了，见了许多亲朋好友，与中学的同学两次聚会，遗憾的是，至今没与小学同桌的她见面。

一眨眼，六十年过去了，那时我们还是情窦未开的少年，她一直没有忘记，我在桌面中央比画着划了一道线，告诉她胳膊不要越过那条线。她对我的话很在意，同桌一年多，她的胳膊从来没越过我划的那条线。她不可能明白，我心里很喜欢她，因为她是班里最漂亮的女孩。

而今，我俩都是年逾古稀的老人了，记得去年我从北京回到这个小城，一起共进晚餐，她对我说起小学同桌划线一事，很认真地告诉我：我永远忘不了我俩同桌你划的那条线！我愕然了，年幼无知的我，竟然在她心灵深处划了一条深深的伤痕呀！

流水般的岁月会使人淡忘许多事情，却没有让她忘掉那条线，也没有让我忘记小学同桌的她。

现在看来，上小学时当着同桌女同学的面在课桌中间划的那条线，是一座堤坝，阻挡住了两小无猜的少男少女纯洁心灵的沟通，或者说是一条壕沟，隔断了两个天真无邪的少年情感的源头活水的流动。因为心存芥蒂，我才特意划的那条线呀，如果没有芥蒂会怎样呢，我不得而知。也许，像湛蓝的天空没有一片云朵，我们在阳光下笑得无比灿烂；也许，像跳进没有桥也没有船的早恋的河流，我们会被感情的河水冲撞得东倒西歪，最终漂流到荒芜的河滩；也许没有预知的也许……

至今我仍然记得，上小学的时候，同学们都是乡村里土里土气的孩子，身上穿的大都是粗布做的衣裳，偶尔见到哪个同学穿的洋布做的衣裳，真令人羡慕死了。我那个同桌的她，不仅人长得漂亮，穿的衣服也很时尚，听说她母亲是做裁缝的，春夏秋冬都给宝贝女儿做成不同样式但都合体的衣服，把本来是一个乡村的女孩打扮得像天仙女一般，很招人喜欢。那是夏季的一天，我那个同桌的她穿了一条杏黄色的新裤子来到学校，好多同学围着观看，有的直咂舌头，我偷偷看了几眼，觉得她愈发地好看了，心里真待见，转而又暗自责怪自己，一个毛孩子懂得个屁，别胡思乱想。

上课了，我的钢笔没墨水了，于是我拧开墨水瓶盖，把钢笔插进瓶内吸墨水，没料到不小心将墨水瓶碰倒了，墨水溢出来，从桌面流到桌下，竟然流到同桌女生的裤腿上，留下铜钱般大小的一片痕迹。同桌的她没吱声，甚至丝毫没有埋怨我，可能认为我不是故意的，又何必动气呢。这件事就无声无息地过去了，淹没在平平淡淡的日子里，没有显现出一点微澜。

连续好多天，我心里一直忐忑不安，总觉得自己像惹了一场大祸，我对不起同桌的她，她默不作声，仿佛什么事也没发生，我的心情却无法平静，常想起墨水瓶倾倒的一刹那，随即内心掀起狂风巨浪。

我总想找机会当面向她表示歉意，这一天终于来到了。自从放了寒假，我已有十多天没与她见面了，说真话，我几次梦见她，想对她说些什么，她却悄然离去，导致我泪花打梦，伤心的泪水浇湿了漫长的黑夜。机会来了。农谚云：小寒大寒，杀猪过年。这不，父亲养了一年的一头大肥猪被宰了，村东街那几位杀猪的壮汉子可费了老鼻子劲了。这几日，母亲又是煮肉，又蒸馒头花卷包子和丝糕，从早到晚忙得脚跟打后脑勺儿，但有一件事情她没忘，就是每年春节给我做一身新衣服。吃过早饭，母亲拎着在集市上买的一块蓝布，要我跟她到南街姓赵的一家去做衣服，我高兴得蹦起来，因为姓赵的一家就是我同桌的她家。能与她见面，并表示歉意，这是我梦寐以求的事情了。

同桌女生家的房子与众不同，正房三间北屋的屋顶上建了一间简陋的小屋，登梯而上，我同学的母亲正在小屋里忙碌着，一会裁剪布料，一会蹬着缝纫机做衣服，咔咔咔的声音震荡着村庄。在我看来，这是全村唯一的小楼了，小楼里的风景让我产生许多联想。

这次登门做衣服，没见到同桌的她，我一脸的不高兴，母亲却不知缘由。是啊，我内心的一点小秘密连母亲也不愿表白了。

那是一九六〇年夏天，小升初的考试终于结束了，我以优异成绩考入本县重点中学，同桌的她考入了另一所县立中学，两个学校相距只有五华里，但我俩初中三年没见过一次面。

不仅如此，自从一九六五年我从深县高中应征入伍后，远离家乡，与小学同桌的她更是天各一方，杳无音信。

所谓"人似秋鸿来有信，事如春梦了无痕"，我不以为然。我觉得，人与人之间无信往来，有的却无法忘记，往事虽久，有的却留下深深的痕迹。漫长岁月不经意间在指缝里溜走了，许多往事如风吹竹林，风过而不留声，亦如雁度秋湖，雁去而不留影，但是，我与小学同桌的她度过的平淡的日子，却清晰而鲜活地镌刻在我记忆的石碑上，风吹雨打而面貌依旧。

那是去年刚刚立秋，我和几位朋友在县城农家老味道饭馆一起就餐，小学同桌的她也应邀而至，席间，她不住地夸我，我问她既然对我印象不错，为何当年不给我写一张纸条？她的脸腾地红了，轻轻拍打了一下我的肩膀，羞涩地对我说，人家是女孩，好意思吗？

哦，我明白了，人生难懂是少年！少年心无旁骛，纯洁无瑕，但他们有美好的愿望却不好意思说出来，正如秋夜那一弯新月，时而被薄云遮盖，朦胧而不失皎洁。

我喜欢秋天，尤其喜欢秋夜那如眉的新月。

原载 2022 年 7 月《长城》

荷花雨

荷花盛开的季节，风儿轻轻吹，荷花频频摇，荷叶翩翩舞，伴随着沉闷的雷声，雨，由缓到急，由小到大，噼里啪啦地落下来。雨滴打在荷叶上，像万斛珍珠撒落，跳跃着，滚动着，带着淡淡的荷香，这就是冀中平原上的荷花雨。家乡夏季的荷花雨比起南方的芭蕉雨，别有一番韵味。

是的，我喜欢桃花雨的浪漫，"兰溪三日桃花雨，半夜鲤鱼来上滩"；我喜欢杏花雨的缠绵，"沾衣欲湿杏花雨，吹面不寒杨柳风"；我喜欢清明雨的忧伤，"清明时节雨纷纷，路上行人欲断魂"；我更喜欢荷花雨的神韵，蕴含着一种热烈的美，朦胧的美，磅礴的美，神奇的美！这些年走南闯北，我曾泛舟于白洋淀、衡水湖、武汉的东湖和南戴河海滨，幸遇那里的荷花雨，但我最初见到荷花雨是在我的家乡，那美轮美奂的景象深深留在我的脑海里。

外婆家往北几十米的村边有一个好大的清水塘，每年夏季，清水塘的荷花开了，粉的，红的，白的，仰天绽放，在碧绿的荷叶衬托下，犹如亭亭玉立的仙女，让人流连忘返。小时候，母亲经常带我去外婆家，特别是麦收过后，将金灿灿的新麦磨成雪一样的白面，做成各色各样的花馍馍，装满红色的油漆筐箩，我跟着母亲来到外婆家。

每次到外婆家，总是要住上几日，我便跟着表哥玩，自然要到清水塘边观赏荷花，有时还跳进清水塘跟表哥学游泳呢。表哥比我年长七岁，他的乳名叫旦，学名孟繁华，是一个相当帅气的小伙子。小学毕业的他养了一只高大威猛的黑狗，每年农忙季节，他领着那只黑狗来到我们家，帮着干农活，耕地、播种、割麦，收高粱、苞谷，地里的活儿，他样样干得利索又漂亮。在外婆家的日子里，我和表哥形影不离，人们夸我俩真像亲兄弟。

记得那年夏天，冀中平原天旱不雨，白天火球似的太阳烤得大地发烫，

我们这些光着腚到处跑的男孩子，小脚丫儿被烫得火烧火燎的，巴不得跳进清水塘扎几个猛子才过瘾呢。

烈日下，村里的大人和孩子都无精打采，猫儿狗儿躲在阴凉处眯着眼睛打盹儿，地里的庄稼都晒蔫了，绿色的蝈蝈趴在高粱或苞谷的叶子上嘶哑地鸣叫着。这当儿，我和平原上的人们都盼着一场荷花雨，把太阳浇得湿漉漉的，把大地灌得雨淋淋的，把庄稼洗得绿油油的。人和庄稼都应该像雨中荷花那么鲜活，那么精神。

"明儿我带你去姥姥家。"母亲对我说。

"太好啦！我要跟表哥去清水塘游泳。"我高兴得直蹦高儿。

"你表哥十七八的小伙啦，听说有人给他提亲，可是他命苦，从小没了娘，你舅和你这个妗子对你表哥不好，连个窝都没给他搭起来，怎么娶媳妇呢？"

"咱们家房子多，给他几间房子，娶媳妇成家呗。"

"你心里有表哥，对他可亲哩。"

"我表哥对我比亲弟弟还亲！"

翌日清晨，我跟随母亲踏上了通往外婆家的路。母亲提着红色的油漆笸箩，我俩沿着弯弯曲曲的乡间小路，到达外婆家那个谷家左村。村西北角那个清水塘，荷花开得正艳，那迷人的花色仿佛使我进入瑶池仙境。

到了外婆家，中午随便扒拉了几口饭我便跟随表哥去清水塘游泳去了。

说实在话，我跟表哥学游泳，只学会了狗刨和仰游，比旱鸭子强不了多少。但我胆子大，别人不敢去的深水区，我呢，还真的敢闯一闯。看到清水塘东隅那一片美丽的荷花，我独自游了过去，想采几朵荷花献给我的母亲。我了解母亲喜欢荷花，眼瞅着她画过荷花，那么专注，那么细致。的确，母亲没文化，可是她画的荷花，雍容典雅，一点也不俗气。粉荷、红荷、白荷，我想各采一朵，献给母亲，让她尽享荷花之美。可是，我不知道那是深水区呀，没采到荷花，却沉入水底，咕嘟咕嘟地喝了一肚子的水。谢天谢地，表哥把我救上岸，肚子里的水还没完全吐出来，就听到咔嚓咔嚓的几声响雷，瓢泼般的大雨倾泻而下。雨滴落在水面，清水塘荡起一个又一个圆圈儿，雨洗荷花更娇艳，荷叶上的雨滴晶莹剔透，活脱脱地跳跃着，荷香在雨中弥漫开来，嗬，这突如其来的荷花雨，把表哥和我都浇成了落汤鸡。

回到家，仁慈的母亲没有责怪我俩，反而安慰说：没有荷花绽放，就没有醉人芳香，没有风风雨雨，就没有七色彩虹。你们要想成为有用的人，就应该像荷花雨一样，宁愿粉身碎骨，也要滋润大地。

我盼望表哥早日成家，娶个漂亮的媳妇，没承想，他却毅然参军，去了首都北京，被挑选到中央警卫局当了一名战士。即使到了部队，作为他的亲姑，母亲还是惦记着这个苦命孩子。她时常提醒父亲给表哥写信，问寒问暖，鼓励他不断进步，每年母亲都会给表哥寄去花生红枣之类的土特产，让他感受家乡亲人的深情厚意。听说表哥在部队入了党，又立了功，我父母高兴得合不拢嘴。那年，表哥从部队回家探亲，在新华书店工作的父亲把一块进口手表赠送给表哥，母亲叮嘱他的话没完没了。表哥明白，抗战时期我的父母都是村里的干部，父亲担任本村青年抗日先锋队主任，母亲担任本村妇救会主任，他们把一批又一批热血青年送往抗日前线，而今表哥穿上绿军装，他们怎能不高兴呢！

或许是我受到表哥的影响，1964 年冬季，正在读高中的我也报名参军了。离开家乡前，母亲到五里外的东黄城商店精心挑选了一个搪瓷洗脸盆，盆内有荷花金鱼的图案，煞是好看。

我带上母亲送给我的洗脸盆，从繁华闹市到崇山峻岭，从长城脚下到黄河之滨，辗转千里，每天早晨和黄昏，透过一盆清水，凝视着洗脸盆里的荷花，我想起慈祥的母亲。身在军营，思念悠悠，每天我都能嗅到醉人的荷花香。

半个多世纪过去了，我和表哥两位共和国老兵每次见面，都会谈起母亲，彼此有一个共同的感觉：美丽的荷花是母亲的化身，飘洒的荷花雨是母亲的深情，点点滴滴，打湿了漫长的岁月和绿色的军衣……

此刻，正值冀中平原的盛夏，从地平线上冉冉升起的一轮骄阳给富饶的大地洒下金灿灿的阳光，滹沱河边的风不时吹过来，家乡荷塘的荷花闹得正欢，真是天上掉下个瑶池来。"水上莲花心上佛，山间明月指间禅"！每每看到或想起荷花，我就会思念天堂的母亲。母亲离开我多年了，我觉得她像一轮明月高悬在我的心空，她分明就是一尊佛，佛光照在我身上，灿灿的，亮亮的，暖暖的，荷花雨般沐浴着我的全身，也洗涤着我的灵魂。

原载《解放军报》《中国国防报》

2022 年 7 月《长城》

滹河芦花

微凉的秋风吹开季节之门，把秋天带进冀中大平原。"枫叶荻花秋瑟瑟"，"闲云潭影日悠悠"。秋季回到故乡，又见到滹沱河上飘飞的芦花，如雪，似银，如云，似雾，如情，似梦！

这是让我魂牵梦绕的滹河芦花吗？

乳白色的芦花，没有春的绚丽浪漫，没有夏的青葱炽热，却蕴含着秋的成熟丰盈、秋的淡定从容、秋的沉静清寂。这正如我们从青春年少，充满锐气和张力，到步入暮年，云淡风轻，与世无争，安于淡泊宁静，经历了一次生命的蜕变。

曾记得，十八岁那年，我应征入伍，远离家乡，一腔热血，满胸豪情，的确有叱咤风云的凛然之气，而今是年逾古稀的共和国老兵，虽仍怀报国之志，但，已是力不从心了。我觉得自己如同滹沱河上的一片芦花，不论飞得多么高，多么远，总会把心贴近故土，聆听平原心脏的跳动和滹河抚琴的雅韵。

站在滹沱河长堤上，举目望去，天空像秋水一样湛蓝透明，南飞的大雁衔着秋天的芬芳去点染南国的眉梢，羽翼给那里的人们带去一抹秋天的凉爽。起风了，风萧萧，卷起河滩上的落叶，扑打着河边的芦苇荡，那密匝匝的芦苇被风吹得东摇西晃。芦花，飘飘漾漾的芦花，虽无风拂柳丝的婀娜、雨打芭蕉的雅致、霜染枫红的曼妙，却带着浓浓的秋意，含情脉脉、一丝不苟地满足人们内心对丰收的期盼。每一片芦花，就是一个丰收的喜讯、一张丰收的喜报啊！

说到秋天，也许有人或多或少有寂寥的感觉。其实那是心灵的误区和迷茫。唐代诗人刘禹锡写道：自古逢秋悲寂寥，我言秋日胜春朝，晴空一鹤排云上，便引诗情到碧霄。这是何等畅达愉悦的心境！望着滹沱河上纷纷扬扬的芦花，我突发奇想，觉得千只鹤万只鹤凌空飞翔。秋天因芦花而生动，因芦花而壮美！诚然，漫天芦花虽然不像云霞那般五彩斑斓，也不像海市蜃楼那样神奇入幻，但的确让人感觉到秋的生气、秋的灵动、秋的殷实、秋的博大，领略秋天无边无际的高远、辽阔和丰厚。当我漫步在滹沱河边芦花的世界里，任秋风随意掀动我的衣襟，任芦花动情亲吻我的脸颊，我心静如水，不慌不忙，不急不慢，仔细聆听秋风芦花合奏的交响曲，心与自然和谐交融，让滹沱河畔秋天的美点点滴滴地浸入灵魂。

前面又一片莽莽苍苍的芦苇荡，飞扬的芦花轻轻拂去岁月的烟尘，我想起了抗战初期参加八路军的叔叔对我讲述的一个真实的故事。那是个芦花飘飞的秋天，县游击大队和日本鬼子进行了一场激战，敌强我弱，不可硬拼，游击队员们及时撤退转移，有几十个游击队员天擦黑时赶到一个紧靠滹沱河的小村庄，为了躲避敌人围剿，游击队员们在村干部的安排下，趁夜色坐着木船进入河边的芦苇荡。天亮时，芦苇荡附近骤然响起暴风雨般的枪炮声，穷凶极恶的日本鬼子包围了芦苇荡，炮轰，机枪扫射，还接连甩手榴弹，游击队员牺牲惨重，只有少数几个跳进河里游出很远才得以幸存。事后才得知，游击队里隐藏着一个内奸，白天他随队转移时将衣兜里装的红枣不断扔在地上，给日本鬼子提供了追击的目标。日本鬼子不可怕，可怕的是自己队伍里的内奸！

血染的滹沱河在怒吼！

腥味的秋风在呼啸！

红色的芦花在飞扬！

我记住了那个腥风血雨的秋天！

当年，带领平原军民驰骋在抗日战场上的冀中军区司令员吕正操，也许在滹沱河边观看过芦花飞扬的盛况吧。滹河芦花，随风狂舞，纷纷扬扬，浩浩荡荡，遮住了天，盖住了地，其磅礴的气势，恰似平原人民抗日的壮烈景象。

曾任本村青年抗日先锋队主任的父亲，担任过村妇救会主任的母亲，还有我这个共和国老兵，以及冀中平原上的父老乡亲和兄弟姐妹，在悠悠岁月中始终没忘记一个人——王东仓，抗战时期，他担任县游击大队的队长。父亲与王东仓在抗日烽火中相识，很佩服地告诉我：王东仓是个小个子，打仗勇敢，不怕死，日本鬼子一听说王东仓，吓得屁滚尿流。也是因为内奸告密，王东仓带领的游击大队被包围在滹沱河边的一个小村庄，突围开始，枪声惊

得村子里鸡飞狗跳，子弹打得农舍千疮百孔，王东仓壮烈牺牲的消息很快传遍滹河两岸的村庄，群情激愤，缅怀英烈，宛如云一般的芦花托住夕阳不坠落。

往事如烟，能在心灵上打下烙印并让人经常回味的往事有多少？人世间，该忘记的事情就应该忘记，该铭刻于心的事情就不能遗忘。比如这滹沱河的秋天，一年一度秋风起，一年一度芦花飞，我们能把每一缕秋风、每一片芦花装进自己的记忆吗？不能，也没有这个必要。但是，抗日战争年代，那血染的芦花在冀中平原的天地间，在滹沱河漫长的岁月里，留下了抹不掉的永恒的记忆。

此时此刻，瑟瑟秋风沿着滹沱河长堤与我一起款款而行，我觉得，金秋时节，滹沱河的秋风温婉、柔和、清爽，滹沱河的芦花潇洒、飘逸、多情，我不由自主地伸开双臂，拥抱扑面而来的芦花，是啊，我在拥抱秋天里最美的天使，拥抱大自然最美的精灵！

我爱你，滹沱河洁白的芦花！

原载 2022 年 7 月《长城》

（四）轩窗月色

我的红宝石

　　夫妻结婚四十年，我原以为是银婚呢，不对，据说是红宝石婚。2017 年 12 月 31 日，是我和爱人的红宝石婚，为了纪念这个重要的日子，我和爱人商定，在汇贤食府与家人及北京的亲戚聚会，适度庆贺一下，应该吧？

　　说起我爱人，真想伸出拇指夸她一番，在我的生命里，也可以说在我心里，她是永远闪耀着美丽亮色的红宝石。

　　我爱人十八岁和我认识的。记得那是个星期天，我骑着自行车应邀到京西一个生活小区做客，我小学同班同学、同年参军的乔乱锁来北京看望他姐，我和老同学多年没见面了，彼此都想在一起好好聊一聊。老同学和他姐已在门口等候，走进屋，我才知道人家早已包好了饺子等我一到便下锅。

　　老同学的姐姐年轻时是俺们村业余评剧团的台柱子，小时候我见过她扮演刘巧儿，在我儿时的记忆里，她是全村长得最好看的女子，没错，不然怎么可能挑选她扮演刘巧儿呢！二十来年过去了，当年那个戏台上的刘巧儿已是四个孩子的母亲，眼角已有鱼尾纹，两鬓也有了白发。

　　在房间里坐下来拉家常，感觉是那么亲切。

　　墙角坐在小凳子上的那位姑娘，甫问，肯定是老同学的外甥女，模样长得好俊俏，双眼皮，大眼睛，一副美人相，特别是那两条又黑又长的麻花形的辫子，闪出淡淡的光泽，给原本就好看的姑娘增色添彩，她默然不语，听我们白话遥远的乡村往事。

　　热气腾腾的饺子端上了餐桌，老同学说："咱俩先吃，别管孩子们，他们和你不熟悉，一会儿在外间屋吃饺子。"

　　我说："这饺子真好吃，肉馅和香油搁得不少。"

　　老同学的姐姐对我说："你这么年轻就调到总后机关工作，咱们村出了个军官，乡亲们脸上也有光彩。孩子们的爸爸是解放战争时期参军的，还到过朝鲜去抗美援朝，他立过功，功勋章留下了，人走了，要是还活着，和你准有可聊的。"

话音未落，我发现她脸上浮过掩饰不住的忧伤。

老同学离开北京不久，经他牵线搭桥，我和他外甥女确定了恋爱关系，五年之后，我终于等来了结婚的日子。

我俩的婚礼是在总后的筒子楼里举办的。

上世纪70年代，军人的婚礼非常俭朴，一不动用车辆，二不到饭店设宴，把亲朋好友请来，有香烟糖块瓜子招待就可以了，大家热热闹闹地聊着大，唱歌，逗乐，蛮有风趣。说实话，我筹备婚礼，总共花了还不到一百块钱哩，在当时，我们的婚礼算得上档次不低，我买了一条中华香烟，就凭这，就把大家震住了。

我和爱人从相识相爱到结婚，五年里光阴像潺潺流动的小溪穿谷而过，虽无巨澜，但相处的时光温馨浪漫，幸福甜蜜。爱人是一位小学老师，她通情达理，理解人，疼爱人。我出生在冀中平原一个农民家庭，家里经济条件不好，我参军后从新兵连便开始攒下津贴给家寄钱了，提干后几乎月月给家寄钱。谈恋爱那几年，我差不多每个星期天都要去对象家蹭饭，把攒下的粮票寄回老家，说真格的，农村有生产队那些年，哪家的口粮也不够吃，农民都是勒紧裤腰带过日子呀。从恋爱到结婚，我没有给自己心爱的人买过一件衣服，更谈不上买手表、自行车等礼品了。爱人不认为我是一毛不拔的铁公鸡，她知道我家穷呵。我俩认识后，她见我一年四季穿的都是部队发的军装，从来没穿过毛衣，于是，她跑到商场买回玫瑰红的毛线，亲手为我织毛衣，这完全出乎我的意料。

那是个飘雪的周末，我骑自行车到了她家。她母亲到银川探亲去了，妹妹在京郊农村插队，家里只有她和两个上小学的弟弟。她正坐在床边专心致志地织毛衣，顾不得搭理我。

我问："给谁织毛衣呀？"

她说："给一个小丘八。"

我愣了一下，突然明白了："哦，给我织的吧？"

她努了一下嘴，瞪了我一眼："德性，看美得你！"

窗外，雪越下越大了，纷纷扬扬，铺天盖地，小院的积雪足有一尺厚，

已经是大半夜了，我推着自行车要回总后大院。她拦着我说：地上积雪这么厚，不能骑自行车，你踩着雪回去，行吗，要不然你今夜别回去啦，我陪你聊天到天亮。我果断地拒绝了她，告诉她我是个军人，不能夜不归宿。那个雪夜，我推着自行车，踩着厚厚的积雪，走了好几里雪路，谁知道我是个风雪夜归人呀，只有那呼啸的寒风和飘飞的雪花。

婚后，我们在筒子楼里有了一个属于自己的家，二层楼一间南屋，红漆木地板，屋内主要摆放着三大件，三屉桌、衣柜和双人床，因为东西少，没有杂物，尽管一间屋也觉得宽敞明亮，也很舒适。楼道里我家门口一侧，摆放着一个蜂窝煤炉子，一日三餐，爱人在楼道里炒菜做饭，邻居们夸她上班是好老师，下班是好媳妇。她勤俭持家，精打细算，刚成家那几年，我们俩人的工资加起来还不足一百块钱，在她精心料理下我们月月有节余。不瞒你说，那年月我爱人经常到大院军人服务社买猪肉，每次她只买两毛钱的猪肉，一分钱也不肯多花，她说两毛钱的猪肉能炒两盘菜，俩人吃足够。那天傍晚，她还没有下班回家，打电话嘱咐我去军人服务社买菜，我刚买好了菜要转身回家，一场瓢泼大雨突然袭来，白茫茫的雨雾中，我发现爱人打着雨伞来接我回家，有这么好的妻子即使是铁血军人也禁不住心里发热呀！

我觉得，这个世界上任何一个家庭都不可能十全十美，有时阳光明媚，有时乌云密布，晴朗的日子毕竟居多。如果你能尽享阳光，又能静观云散，你绝对是生活的智者。1989年春天，我因颈椎病入住解放军总医院，在神经外科做了颈椎手术。手术是从颈部前路开刀，从卡骨取了一块骨头镶在颈椎上，我在病床上躺了四十多天才下地。在术后痛苦的日子里，我爱人请了一个月的假来照顾我，给我擦身、端尿、洗脸洗脚，可谓无微不至，出院后，她既照顾我，又要照顾上小学的儿子，支撑着我们家整个天呀。我不愿回忆手术给我带来的痛苦，只想回望妻子在我痛苦时陪伴我度过的那一个个日日夜夜，因为她的日夜陪护，我不满百日便回到工作岗位。

我由一个普普通通的年轻干部走上正师岗位，妻子为我付出了很多，她为了支持我的工作，几乎包揽了所有家务。在总后机关工作期间，我先后为五位部长写过讲话稿，记不清熬了多少个通宵，调到解放军总医院担任政治部领导，我为三届领导班子写过讲话稿，起草报告，经常通宵达旦，我的爱人懂我、疼我，夜深人静的时候，她为我沏一杯热茶，朝阳在地平线升起，她为我煮挂面并打一个荷包蛋，有爱妻的细心呵护，我没有遇到迈不过的坎，一路艰辛伴着一路芬芳。

　　退休之后，我拉着两驾马车文学和书法行进，老伴全力支持，使我在文学创作上有所成就，曾获得全国冰心散文奖、《解放军报》优秀文学作品奖。二十万字的散文经典《洗脸盆里的荷花》即将问世，十多年来我参加各地的书画笔会，有所收获，挣的钱在家乡县城买了一套价值四十多万的房子。每年盛夏，我和老伴回到县城的生活小区避暑，"云兴而悠然共逝，雨滴而泠然俱清，鸟啼而欣然有会，花落而萧然自得"，其乐融融。

　　去年一月十日，我因颈椎病住进了北医三院，经专家会诊决定手术。这是第二次颈椎手术，要解决椎管狭窄脊髓受压和韧带骨化等问题。入院三天后的早晨，我被推进了手术室，两个多小时手术完毕，我从麻醉状态中醒过来，妻子守护在我身边。这次手术刀口有一尺长，颈椎镶了四个钛合金卯钉，的确痛不堪言。连续五日，妻子寸步不离守护在病床边，她已是六十开外的妇女了，与我共渡难关，表现出无比的坚强和惊人的毅力。我觉得，她是上天派来呵护我的天使，有她在我身边，我们可以在浩瀚的宇宙自由飞翔，跨过七色的彩虹桥，直达幸福的尽头。

　　岁末那天上午十一点，我让爱人提上珍藏多年的茅台酒，一起来到汇贤食府，家人和亲戚将近二十人汇聚一堂，为我和妻子庆贺红宝石婚。儿子和爱人的侄女各自买了一束鲜花，那红玫瑰、百合花和康乃馨溢出的芳香在餐厅里弥漫着，使人陶醉。席间，我讲述了四十年前筒子楼里的婚礼，在座的年轻人听了感到很新奇，当下那样的婚礼已不复存在了。几杯茅台酒入肚，我已无所顾忌，当场为我爱人——我心中的红宝石朗诵我写给她的一首诗，"望着你，你十八岁，我望着你，那是一朵春花，芳香四溢，真是艳压群芳，最美的花季；你二十八岁，我望着你，那是一朵荷花，粉红欲滴，真是艳而不妖，震惊了夏季；你三十八岁，我望着你，那是一株海棠，亭亭玉立，真是日臻成熟，透出秋的气息；你四十八、五十八岁，我望着你，那是一株蜡梅，傲雪挺立，俏了江南塞北，装点着冬季；你是一朵永不凋谢的花，开在我心里，恰似初见，绽放着美丽，那是上天赐予我的礼物，一生珍惜。"

　　听完我朗诵，老伴的脸上泛起红晕，那美丽的红晕恰似红宝石的光泽。

原载 2022 年 7 月《长城》

六棵白菜

那个冬天很冷，冷得村里老爷爷胡须上挂着冰，孩子们眉毛上结了霜，屋檐下小洞里的麻雀不敢飞出窝。

可是，娘要和我一起出一趟门，到八里外的北郝村我的干娘家去探亲。我明白，说是探亲，实际上是讨饭。因为，我们这个九口之家被饥饿所威胁，家里的盆盆罐罐找不出一粒粮食，简直揭不开锅了。前些日子，娘把珍藏多年的首饰取了出来，用布包得严严实实，到十几里外的滹沱河北岸的村子换回了几斤萝卜干，使全家人免受粮绝之苦。在上世纪60年代初的困难时期，冀中大平原的庄稼人，将树叶和野菜都采光了，正受着饥饿的煎熬，端起碗来像照镜子，粮食成为人们梦中的期盼。

娘说："听说北郝村的境况比咱们村要好一些，兴许你干娘能帮咱们接济一下，度过这个要命的冬天。"

我说："这不是去我干娘家讨饭吗，丢人，我不去。"

娘生气了，瞪了我一眼："住口，再胡说我撕烂你的嘴！"

我连忙说："娘，你甭急，就跟你去还不成吗。"

我是个已经懂事的男孩了，不愿意接受嗟来之食，可是，不能眼巴巴看着全家人活活饿死！我知道与饥饿抗争，我应该做点什么。天刚亮，我推着一辆用柳树杈自制的木轮小车，跟着娘上路了。

提起我那个干娘，我觉得，除了我爹我娘，没有比她对我再亲的人了。小时候，每年正月，父亲和我骑着自家的小毛驴，拎着一个油漆木盒，里面盛满了母亲亲手做的印花的白面饽饽，到滹沱河边干娘家走亲。

干娘总是给我做一顿我爱吃的肉菜，大肉片、丸子、蘑菇、粉条把我的肚子填得满满的，临走时，干娘把早已准备好的钱锁系在我脖子上，抚摸着我的头，说："我的儿呀，别忘了，明年再来。"

今儿，娘和我来到了干娘家。叙谈中，我知道了干娘家的日子也不是那么好过，吃了上顿没下顿，家里好久没见粮食影儿。可是，爽快而大度的干娘对我娘说："孩子他娘，只要有我一口吃的，就不能看着你们挨饿。这么大老远来了，别管怎么着，不能让你们白来一趟，带几棵白菜回去吧。"

干娘搬来了六棵白菜，捆在我的小推车上。她只给自己留下一堆白菜帮儿。娘实在过意不去，硬要从小车上卸下几棵白菜，干娘死活不让。饱尝饥饿的我心里明白六棵白菜比一座金山还珍贵，因为这是救命之食呀！我推着车和母亲踏上了归途。

老天似乎故意刁难，悄悄地飘起了雪花。不一会儿，滹沱河畔的田野变成了一片洁白。在距离我家五华里的地方，我的木轮车坏了，前不着村，后不着店，无法求人修理。咋办？娘让我在雪地里守着六棵白菜，她回家去叫人。

雪越下越大了。我凝望着娘的背影，慢慢地消逝在茫茫雪幕中，我眼前的雪地上留下了两行越来越模糊的雪印。我的亲娘，你在抗战的艰苦岁月，当了八年村妇救会主任，是从刀刃上过来的人啊。挖地道，做军鞋，送军粮，你都干过，日本兵的刺刀对准你，你没眨眼。你既然生下了六个儿女，我相信，凭着你的刚强和坚毅一定能抚养自己的孩子长大成人。平原上的妇女，哪个不是支撑着一片天呵！

我独自站在空旷寂寥的雪原上，感觉又冷又饿，真是分秒难熬呵。蓦地，远处传来时高时低的竹笛声。不一会儿工夫，一位衣衫褴褛的老大爷走到我跟前，用目光扫了一下雪地上损坏了的小推车和车上的六棵白菜。我的心扑腾扑腾剧烈地跳起来，怀疑他是否要抢我的白菜，我准备用牙齿与他搏斗。他笑了，用慈祥的目光盯着我："孩子，饿不？"我说："有点。"他从肩上的褡裢里掏出一个菜团，递给我："吃吧，吃了肚子就不饿了。我是个讨饭的，养着三个无家可归的孩子。"说完，他扭头就走了。我使劲地对他喊："老大爷，你回来，带两棵白菜走吧。"他向我摆了摆手，渐渐地消逝在雪幕中。多么善良的老人呵！

我在雪野里足足等候了两个时辰，只见父亲扛着一根扁担带着麻绳匆匆赶来了。他疼爱地问我："儿子，冷不冷？"

我说："爹，天再冷，我不怕！咱全家人都挨饿哩，快回家吧。"父亲将六棵白菜绑成两捆儿，挑了起来。我则扛着柳树杈做的小推车，跟随父亲回家。

走进家门，我发现年过七旬的奶奶饿得盘坐在炕上，不肯下地走动，她说过静能抗饿呀！老人家曾遭受过日本兵和汉奸的折磨，因为她的两个儿子，一个是村青年抗日先锋队主任，那是我爹；一个参加了八路军，那是我叔。奶奶对我讲：日本兵闹腾的那几年，俺没睡过一个安生觉，可现在，没吃过一次饱饭，肚子饿得咕噜咕噜直叫唤。其实，奶奶是个很坚强的人，为度过饥饿难关，她带领我到村边采榆树叶，到地里挖野菜，平原上的风吹乱她头上的白发。

"奶奶，我干娘给了咱家六棵白菜。"我话音刚落，奶奶满是皱纹的脸上有了几分喜色。

"你干娘是个好人。"奶奶低声说。

不错，干娘的确像好多好多的平原人一样，淳朴善良，乐于助人，当她说送给我们几棵白菜时，我看到她的目光是真诚的。我正在低头沉思，这时，弟弟手里提着一只灰色兔子走进屋，他兴奋地说："奶奶，今儿我逮住了一只野兔，娘要给咱们做肉菜哩！"

在那个饥饿的年代，我们全家人和娘请来的邻居们，欢欢喜喜、热热闹闹吃了一次白菜炖兔肉，这真是难忘的一次盛宴。

"文革"中，村里有人放风，说我家祖辈雇过长工，应将贫农改为富农。我的干娘因送给我家六棵白菜，被造反派定罪为与"黑五类分子"串通一气，惨遭游街批斗。

参军远离故乡，纵然我是一片漂泊的云，但我毕竟是故乡小河里的一滴水，映着故乡的昨天、今天和明天。如今，冀中平原发生了翻天覆地的变化，农民的日子越过越红火。

我的奶奶、爹和娘已驾鹤西去，干娘也已经作古，她送的那六棵白菜似乎积压在我心底，成为我永远珍藏的一份沉重记忆。那个难忘的岁月，坚强和善良、饥饿和苦难，构成了冀中平原农民的生活状态，恰似狄更斯小说开头语所说的那样，"这是一个最好的时代，也是一个最坏的时代"，总是让我回味悠长。

原载 2020 年 3 月《西部散文选刊》

《散文百家》刊登

《读者》转载

泥土恋歌

我捧起泥土，观察宇宙洪荒的原态，解读人类文明的历史；我亲吻泥土，倾听来自天籁的声音，吟唱山川万物的恋歌；我魂系泥土，放飞游子思乡的心灵，领略回归自然的酣畅。

我深深地眷恋故乡的泥土，因为泥土养育了我、我的父亲、父亲的父亲，我的祖祖辈辈都在泥土里耕耘。泥土养育了人类，养育了万物，可以说，泥土是人类和万物神圣而伟大的母亲。

我是在泥土里长大的农民的儿子。广袤的冀中平原是我生命的摇篮，而泥土则是我生命的根基和本源。参军远离故土，我情系故乡的泥土，因为泥土里有我儿时的欢乐、彩色的梦幻、心灵的期待，泥土里更凝聚着我遥远而缠绵的乡思！

泥土不仅是我生命的源头，也是我涅槃的归宿。我知道，在浩瀚的宇宙时空中，在苍茫的大地上，我非常渺小而平淡，但我对泥土的情感是无边的。

自从脱离母亲的怀抱，我最先接触的是泥土。故乡的泥土是褐色的、松软的、温情的、芬芳的。在故乡的泥土里，我从坐到爬乃至站立行走，每天都沾一身泥土。跌跌撞撞的我，目送日出日落，斗转星移，我告别了金色童年，在泥土里渐渐长大了。泥土里有我流逝的岁月和许许多多美好的回忆。

时光荏苒，物是人非，许多往事已悄然远逝，只有故乡的泥土在我心灵深处散发着幽幽清香。

儿时在泥土里翻滚爬行，那遥远的踪迹依稀可见，似乎一刻也没有在我记忆中隐退，那是我留给世界最初的也是最纯朴的童话。母亲是这个童话的第一读者，她从这幼稚的童话中开始解读我的未来。

我慈祥的母亲啊，忘不了，你把浑身沾满泥土的儿子抱进黄铜水盆里，

用清水给我洗身。在母亲的眸子里，赤裸裸的婴儿就像平原上喷薄而出的红日，那是母亲心灵里无与伦比的美丽和无可替代的希望！

故乡的泥土给了我诸多的童趣。

春天悄然来到平原，大地泛出晶莹浪漫的绿色。泥土里钻出嫩绿的小草和各色的野花，使我陶醉、使我疯狂，也使我迷惑！那小草、野花还有大片大片的庄稼，在我儿时的视野里简直是无法理解的神奇。直到现在，我也没弄懂为什么泥土里会生长出这一切植物，我只当是大地母亲对人类的馈赠！

平原的盛夏，太阳把全部炽热倾泻给乡村。村童们常常在树荫下的泥土里玩弄，躲避炙热的酷暑。我和童年的小伙伴们在泥土里玩石子、玻璃球、杏核儿，听着林间鸟儿的啁啾，身心融入自然，无忧无虑的我，觉得自己就是一只自由自在、无比快活的小鸟。雷雨过后，我们几个乡村的调皮蛋又凑在一起，各自弄来一堆泥巴，捏成泥盆，在地上猛劲地摔，那嘭嘭的响声震荡了寂静的村庄。那是泥土的声音，自然纯朴、清脆响亮，伴随着麦浪摇曳的沙沙沙的响声和布谷鸟远了又近、近了又远的鸣唱，汇成了大平原丰收的乐章。

不错，泥土能发出声音，这是乡村孩子天才的发现。我曾经多次捧起故乡的泥土，在耳边倾听那来自天籁、来自远古的窸窸窣窣跳跃的音符，相信那是世间最奇妙动听的音乐。

秋天，平原上的农民收获着喜悦，我们这些馋嘴的孩子则尽情地品尝着丰收的甜美！但是，我们没有忘记泥土，她像刚刚分娩的母亲，似乎有几分疲惫，需要静养。就让秋风把我们一首首儿歌传送给大地、渗透给泥土，那是我们对母亲的酬谢和回报！

雪花飘洒的冬天，平原上一片皆白。泥土亲吻着来自天空的白色精灵。天地的契合，在我眼前展现出一个银装素裹、玲珑剔透的世界！我在泥土上堆起雪人，那是天地的结晶，也是我幼小心灵滋生的"天人合一"的思想萌芽！当雪人在阳光下渐渐融化的时候，我感悟到，作为天地之间的人，是世间最尊贵的生命。

呼啸的狂风能把泥土卷上天空，最终，泥土回落大地紧贴母亲的胸膛。

喧哗的暴雨能把泥土冲刷千里，最终，泥土还是投入大地母亲的怀抱。

泥土对大地的赤诚和眷恋是永恒的，任何力量都不能改变其初衷。

从儿时开始，我眼巴巴看着一个又一个先辈和乡亲回归泥土，长眠地下，在大平原的泥土里安息。故乡的泥土以其宽厚的博大胸怀拥抱她的儿女，不论贫穷富有，不分高低贵贱，泥土给予他们同等的厚爱。这正是泥土公正坦荡、博爱包容的品格。

离开故乡越久，对泥土的思念越深。

生命是短暂的，泥土却是永恒的！

几十年的军旅生涯，我的足迹遍布江南塞北，天涯海角。无论是在风雪高原、崇山峻岭，还是在边陲草原、戈壁大漠，四处漂泊的我，心灵深处总是散发出故乡泥土的芳香。

泥土把我的心灵溶化了！

我把全部情感溶化于泥土！

诗人说：不要把自己当作珍珠，那样时时有被埋没的痛苦。要把自己当作泥土，让别人踩出一条路。

泥土不仅朴实谦逊，而且有献身精神。可是，在当前激烈的竞争中，谁不想成为璀璨夺目的珍珠？又有几人甘心成为泥土呢？

清人龚自珍"化作春泥更护花"的千古绝唱道出了泥土精神的高雅，然而又能触动几个人的心灵呢？

恕我大胆直言，在中国，最具泥土精神的是农民。

民以食为天！这是尽人皆知的道理。可是食从何来？农民！几千年来，世世代代的农民在土地上辛勤耕耘，才使华夏儿女得以生存繁衍。这种惊天动地的泥土精神使诗人发出了"谁知盘中餐，粒粒皆辛苦"的感叹！

我们不忘记泥土，就意味着不忘记农村、不忘记农民、不忘记我们的衣食父母啊！

著名音乐家肖邦带着故乡的泥土奔走异国他乡，从来没感到孤独，因为他身后站立着一个民族。

我经常想，只要不忘记泥土，我们这个民族就有希望。

艾青在诗中写道："为什么我的眼里常含满泪水，因为我对这土地爱得深沉。"这，恰恰揭示了我——一个农民儿子的心境。祖国母亲，我和你一起在新中国的阳光下度过了七十个春秋。在漫长的岁月里，我一直保持着平原农民的本真，身上散发着泥土的味道。坦诚地讲，我愿化作泥土，和大地的心脏一起跳动；我愿泥土精神，永远在我血脉中流淌！

原载 2019 年 9 月 21 日《中国财经报》

兵屋

　　村里人称这座百年老屋为兵屋，因为这座老屋走出了三位军人，这三位军人都是共和国的军官，其中一位是副军级干部，另一位是正师级干部，还有一位是科级干部。在冀中平原滹沱河畔这个古老的村庄，从抗战开始，有当兵的人家总共有七八十户，而一家有三个当兵的，我们家是独一无二的，因此我很自豪，当然也很荣耀。

　　自从参军远离故乡，我像飘飞的风筝，无论飞得多么高多么远，总是被乡思的线牵着。这些年，我写了数十篇思乡的散文和几百首思乡诗，大都结集出版或在报刊上发表。我思念故乡的亲人，也思念我们家的老宅老屋。

　　这不，刚进入炎热的盛夏，我从北京又回到故乡，唯此才能了却共和国老兵的乡愁。

　　"霜寒染枫林，野旷鸣孤鸿，秋思暖冷月，乡情绕博陵（安平）"。

　　这是十年前我写的一首思乡诗，在朋友群广为传诵。这次回归，一踏上故土便抑制不住喷涌的诗情，很快写成了两首思乡的小诗：

老兵
身上戎装几十载

镜中鬓发已斑白

故乡旧时柳梢月

笑问客从何处来

归来

春风又渡滹沱河

归来心事对谁说

白云悠悠已飘远

唯见当年故乡月

这次回故乡，我打算待个把月，说啥也要再去看看我们家的百年老屋，在建军九十周年来临之际，让朋友们了解一下这座兵屋。

我们家原来前后两个宅院，总共有十五间瓦房，临街的前院有一个黑漆大梢门，梢门筒里停放着一辆木轮老牛车。后院有三间北屋、两间西屋和带过道门的三间东屋。我们家的老宅当初在村里是相当阔气的，奶奶告诉我，我曾祖父打造金银首饰积攒了一些银圆，修建了这座宅子。小时候，我记得我家梢门东侧有一棵大槐树，农闲时村里人在槐树下放皮影，招惹来不少大人和孩子观看。接连好几年，山东来的三位打铁匠在我家槐树下支起火炉和铁砧，从事打铁活计，叮当叮当的铁锤声，震落了满天的星星。儿时的我，经常爬到槐树上，采槐花槐豆，参军离开家乡五十多年了，梦中时常闻到槐花香。

奶奶、父亲、母亲都曾对我讲过叔叔参军打日本鬼子的故事。那是1940年，日军侵略的魔爪伸向冀中平原，杀光抢光烧光的"三光政策"肆虐疯狂，平原人民惨遭日本鬼子的蹂躏，抗日烈火遍地燃烧。当时，父亲担任本村青年抗日先锋队主任，组织和带领青年们挖地道、除汉奸、送军粮，烧日本鬼子的炮楼，袭击日本鬼子的运粮队。母亲担任本村妇救会主任，组织妇女们日夜做军衣军鞋，为抗日游击队烧水做饭，动员青年小伙们参加八路军，奔赴抗日前线。村里征兵开始了，父亲和叔叔兄弟俩互不相让，争着参加八路军。那天，奶奶正在大槐树下纺线儿，只见叔叔急匆匆地走来，他光着背，一边走一边穿粗布褂子，甩给奶奶一句话："娘，我当兵去了。"说完，撒开腿跑远了。叔叔先去了县游击大队，与日本鬼子打游击战，经常日行百里，练成了一双铁脚板儿。后来，叔叔跟随吕正操司令员在冀中平原反扫荡，在枪林弹雨中百炼成钢。

新中国成立之初，我刚刚懂事，那天，奶奶带着我参加村里举办的军烈属座谈会，几十张木桌都摆满了苹果、香蕉、花生和糖块，真让我解馋，农

村孩子怎么有这么大的口福？奶奶告诉我因为我们家是光荣军属。

是的，叔叔是军人，我渐渐长大了，才知道叔叔在北京军区工作，当过铁路军代表、科长、军事交通部部长。

我从后院西屋出生，四五岁便跟着奶奶睡在北屋东间的土炕上。炕头放着一架纺车，奶奶纺线时，我坐在奶奶旁边，她一边纺线，一边给我讲故事。

"你爹和你叔小时候跟着我也是睡在这间屋的土炕上，两个人闹得厉害，经常打架，你看那窗棂，被他俩打断了好几根。"奶奶絮絮叨叨地说，那隐藏的怨气尚未消散："窗棂子断开的那个洞，忽忽的北风吹进来，我呀，气不打一处来，真想狠狠揍他俩一顿，可是，手举起来又放下了，舍不得，那两个调皮鬼都是奶奶的心头肉呵。"

叔叔是这个老屋走出来的第一位军人，他给这个老屋留下的明显痕迹就是断裂的窗棂洞，小时候，我经常把小脑袋从窗棂洞伸出去，望着窗外的世界，思念着远方穿军装的叔叔。记得，我刚上小学的时候，叔叔坐着绿色的吉普车回到家乡，听说他是参加一个会议顺便回家看看，我出生后第一次见到叔叔，只见他长得英俊帅气，两只眼睛很明亮，皮肤白白净净的，那身可体的绿军装真叫人羡慕。叔叔和全家人合了个影，这张全家照一直挂在老屋东间的墙壁上。我经常望着这张合影，凝视着穿军装的叔叔那英俊威武的身影，反反复复地想，长大了，我也要当兵，像叔叔那样成为一名军官。

1964年冬季，正在深县一中读高中的我被批准参军了。父亲母亲甭提多高兴啦，母亲迈着小脚，颤颤簸簸地到五里外的黄城商店，挑选了一个搪瓷洗脸盆，盆里的图案精美雅致，绿叶粉荷，清波金鱼，简直美轮美奂。告别家乡那天，雪越下越大，母亲送我到村口，久久不肯离去，我远远望见母亲成了雪人。我明白，抗战时期担任妇救会主任的母亲动员并送走多少青年奔赴抗日战场，而今，她是把自己的儿子送往军营啊，作为军人的母亲，光荣而伟大。父亲骑着自行车，带我到四十里外的新兵集结地，我脱下母亲亲手给我做的衣服，换上了绿军装，父亲仔细打量了我一番，就要返回时竟呜呜哭了，原来，这个把脑袋别在裤腰带上与日本鬼子拼死较量的平原硬汉子也有儿女情长呀。我的散文《洗脸盆里的荷花》真实反映了母亲送我参军的情景，这篇文章刊登在《北京文学》上，获得第四届全国冰心散文奖，散文《父亲的自行车》记述了父亲送我参军的往事，发表于《散文百家》。而《雪人》和《那一刻，父亲呜呜哭了》两首诗，被多家报刊发表。

　　我是老屋走出的第二位军人，早已驾鹤西去的奶奶不会想到，一个儿时遗尿又在全村调皮出名的孩子，在部队成长为正师级干部。不知咋的，小时候我天天尿炕（遗尿），仁慈的奶奶每天将我尿湿的被褥搭在院子里的铁丝上晾晒，太阳落山时将晒干的被褥抱回老屋，晚上我钻进被窝里，暖和舒服，还能闻到太阳的味道。我参军的前一年，奶奶辞世了，她曾为我晾晒尿湿的被褥十个年头，可是我没给老人尽一点孝，这是我终生的遗憾。这些年来，每当回家走进老屋，我望着奶奶使用过的衣柜、桌橱、油漆筐箩、盛木炭的取暖铁盒子，还有那架纺车，一颗思念的心就要破碎，泪水溢出眼眶，奶奶，我对不起您呀！

　　奶奶，你没有见过你的孙子穿着崭新的绿军装是多么神气，您不知道您的孙子在军委总部是颇有名气的笔杆子，坚持写作，终于成为一位军旅诗人、散文作家和书法家。您也不知道，你孙子从战士成长为正师干部，扛了十五年大校军衔，从来没有为仕途给领导送过礼，保持着一身正气。奶奶，我没有给您丢脸。

　　秀滨弟是老屋走出的第三位军人，他参军实属不易，可以说费老鼻子劲啦。1972年村里征兵，刚刚高中毕业的他渴望应征入伍，可是，仅有的几个名额都被村干部占有了，无奈之下，他竟然扒火车跟随新兵跑出百里，最终被发现遣送回家。第二年，得知我的战友李树怀的初中老师在我县武装部当秘书，于是，便取得联系，请其关照，经体检和政审合格，被批准参军。他当战士干得很出色，几年后提拔为军分区政治部宣传干事。秀滨自幼酷爱书法，到部队后坚持临帖，参加书法函授培训，在书法比赛中屡屡获奖，当选为河北省硬笔书法协会副主席、省青少年书法协会主席和唐山市书画家协会主席。

　　去年清明节，我从北京回到家乡，秀滨弟从唐山风尘仆仆赶回来，我们兄弟四人在清明节那天一起给父母扫墓，之后，商定一起去看看多年未回的百年老屋。那天上午，天气很好，金灿灿的太阳当空照着，桃花喷火，杏花争艳，梨花如雪，平原上到处洋溢着泥土的芬芳和芳草的气息。

　　我怀着沉甸甸的心情来到生我养我的老宅，那棵粗壮高大的老槐树早已没了影儿，黑漆梢门不见了，前院八间瓦房片瓦没留下来，变成一块空地，后院也只剩下那三间北屋了，院墙上面长了稀稀疏疏的荒草，小风吹过来，墙头草在风中摇曳，院内不仅杂草丛生，还钻出了一棵棵洋槐，那是西邻家

的洋槐结籽被风吹过来落地生根发芽，眼前这老宅老屋闲置十几年了，整个村庄再也找不到如此荒凉沉寂的宅子了。扒拉开院内的洋槐和杂草，打开屋门上那锈迹斑驳的铁锁，我们走进百年老屋，奶奶和父母用过的家具依然摆放在老地方，使人一望便回忆起几十年前的岁月，那时我们是个九口之家，日子红火兴旺，如今人走屋空，破旧不堪，往日岁月一去不返了。万万没想到，这百年老屋的墙壁上还挂着一个相框，相框里有叔叔、我和秀滨弟三位军人的照片，各自穿着绿军装，给这座老屋带来了庄严神圣的色彩。兵屋，名副其实的兵屋呵！奶奶、父母都曾因为是光荣军属而自豪。

老屋——兵屋，这里是军人生命的摇篮，是军人灵魂停泊的港湾，屋外则是军人施展才华、报效祖国的广阔天地。

原载 2022 年 7 月《长城》

雪红

故乡民谣：八月十五云遮月，正月十五雪打灯。

参军远离故乡，我像飘飞的风筝，被乡思的线牵着。每年临近春节，乡愁云似的在心里弥漫着：乡愁是村边那口古井／井水像母亲的乳汁一样清醇；乡愁是门前那棵老槐树／至今犹记醉人的槐花香；乡愁是奶奶那架纺车／线儿牵着日月走；乡愁是父亲那把锄头／伴着汗水把泥土湿透；乡愁是母亲送我参军到村口／飘落的雪花把她变成了雪人……乡愁倘若能化作雨，如情似梦的乡思雨，必然洒落在故乡的土地上。

连续几日，家乡的朋友来电话，希望我回老家过年。原来，我思念故乡人，故乡人也惦记着我呀。真是"好雨知时节，当春乃发生"。思念的雨，能化作天空的彩虹。为了化解思念，就要跨过彩虹桥！

因为疫情，看来春节回老家是不可能了。纵然京城离家乡五百里之遥，我依稀闻到了家乡的年味。

几年前回家乡过春节，亲朋好友劝我在老家多住一些时日，等待正月十五观赏孔明灯。说来莫见笑，我还真没见过孔明灯呢。正月十五夜晚，我和爱人来到县城弟弟家的住宅，一起赏灯。站在高楼的阳台上，向窗外望去，只见苍茫的夜空，一盏又一盏的孔明灯，闪着莹莹的亮光，像长了翅膀似的，在夜空慢悠悠地飞。孔明灯下的县城，火树银花，流光溢彩，活脱脱地裸露出海市蜃楼般的神韵。这就是几千年前汉代刘邦设郡的古县城安平，通往世界的丝网之都，文学大师孙犁的故乡。我就是在这方土地上长大的农民的孩子，十八岁穿上绿军装，走进大山里的军营。半生戎马，久居京城，远方，是我梦的故乡，我总是用思念来丈量。"那记忆中的小河／是否还是金波荡漾；小船上的渔夫／双桨摇醒熟睡的太阳；河畔春天的土地／溢出泥土的芬芳；

父亲吆喝着老牛／犁出丰收的诗行；盛夏的夜晚／母亲和我躺在院子里的草席上；摇着蒲扇讲故事／迷醉了天上的星星和月亮……"

望着夜空的孔明灯，我想起小时候母亲用红萝卜为我制作的红灯笼。儿时的我，是个活泼好动的孩子，每年正月十五，我都要跑出家门，和小伙伴们一起闹花灯。村里的女孩子们也不例外，她们手里提的灯笼，可好看哩，就像她们那一张张红扑扑的俊俏的小脸蛋，花一样美。母亲最了解孩子们的心意，每年离正月十五还差好几天，母亲就提早做准备，她精心挑选两个硕大通红的红萝卜，为我和姐姐分别制作一盏小灯笼。那红萝卜是自家菜园种的，名叫灯笼红，屋里地上一大堆，任意挑。红萝卜的名字叫灯笼红，用它制作成红灯笼，名副其实，妙哉！记得，母亲为我和姐姐制作的红灯笼，寓意不同，各有情趣。细想起来，母亲曾经用红萝卜给我雕塑成古朴的小凉亭，透风的小红房子，给姐则雕塑成好看的小花篮和弯弯的月亮船，总之，母亲变着花样地为自己的孩子雕塑成各式各样的灯笼模具，然后放入猪油，用棉絮拧成灯捻儿，一经点亮，便是我们喜欢的灯笼红。母亲制作的灯笼红，宛如镶嵌在我生命链条上的红宝石，熠熠生辉，每当临近正月十五，就越发殷红亮丽。

我的童年时代，村里没有电灯，家家户户都用小油灯照明。乡村的夜晚，被黑暗笼罩着，只有萤火虫般的灯光在农家小院里闪烁。而正月十五的夜晚，村里每条小街，都能看到孩子们提着用红萝卜制作的小油灯窜来窜去，那一盏盏的灯笼红，不仅仅招惹大人孩子们喜爱，就连天上的月亮和星星都眼馋，羡慕人间清姿亮色的生活。灯笼红，深深留在我们的记忆里，点亮了我童年平淡得不能再平淡的岁月。

记得那年正月十五，不像往常一样"月上柳梢头，人约黄昏后"，天刚擦黑，就冷不丁飘起了雪花。乡村的孩子就是缺少娇气，个个皮得很。雪花飘飘的村街，亮起一盏又一盏灯笼红。我手提着母亲为我制作的灯笼红，与小伙伴们一起走在村街上。只见纷纷扬扬的雪花，宛若绒毛棉絮，又如碎银珍珠，从灰蒙蒙的天空飘洒下来。雪花扑打着那一盏盏红灯笼，纷纭交错，看那势头，说不清楚是雪花要扑灭闪亮的红灯，还是红灯要融化飘飞的雪花！我知道故乡有这样两句民谚：八月十五云遮月，正月十五雪打灯。不知道这种说法是否经过考证，有无科学性。管他呢！此刻，反正我知道天上有"云遮月"，人间有"雪打灯"。

雪花没有将我手提的灯笼扑灭，是我手提的灯笼映红了雪花。噢，雪红，雪红，洁白的雪花被灯笼映照成红色的花瓣，好似正在飘落的血红的腊梅花和粉红的秋海棠，这是我童年在乡村雪夜见到的最美的风景。明代唐寅的《元宵》诗写道："有灯无月不娱人，有月无灯不算春，春到人间人似玉，灯烧月下月如银。"茫茫雪夜，只见红灯，不见月亮，我不感到孤寂、乏味、惘然，也没有忧伤，心里充满了愉悦，也充满了温馨，因为有母亲亲手为我制作的灯笼红陪伴着我，让我产生无尽的遐想，觉得我那颗天真无邪的心，纯洁如玉！难道这是唐寅诗中说的"春到人间人似玉"吗？回到家，我告诉母亲：我手提着灯笼红，映红了漫天飞雪，也照亮了整个村庄。

母亲笑了笑，对我说：抗战时期，我提着灯笼红，跑遍了全村所有的地道。

噢，我恍然领悟，正是这小小的灯笼红，给冀中大平原带来无限的光明，平原的地下和地上，都留下了它的恩赐。我没有任何理由不深爱这乡村的灯笼红。

参军提干后，我在军委总部机关任职，上世纪70年代初，母亲从农村来北京探望久别的儿子，娘俩有说不完的话。母亲对我说：儿子，抗战时期，娘担任村妇救会主任，将一批又一批年轻力壮的小伙子送往前线，没承想，解放后又把你送去参军。看你身穿一身绿军装，红帽徽、红领章，好精神呵，娘打心眼儿里高兴。我对母亲说，娘，我还需要千锤百炼，才能成为合格的军人。

就是在母亲来部队探亲的日子，一天上午，有一位四十岁出头的妇女手提着两包点心来总部机关宿舍楼找我，她告诉我，她也姓乔，和我是一个村里的老乡，听说我母亲来北京探亲，特地来拜访。

我将这位陌生的老乡领进家，她一迈进门槛，就紧紧攥住母亲的手，感激地说：我所在的工厂派人到了咱们家乡，调查我是不是假党员，询问了好多人，都说不清，道不明，支支吾吾地说不知道，可能是因为我出身地主家庭，为我作证有顾虑吧。多亏了你这位当年的妇救会主任站出来为我作证，不然的话，造反派硬要把我作为假党员清除出党。母亲说：当年，是我们妇救会党小组经过讨论，上报党支书批准你入党的。你是百分百的真共产党员，怎么可能是假的哩！

听她俩聊了一会，我才知道，这位在北京某工厂工作的老乡，确实是河北省安平县张舍村人，出身地主家庭，抗战时期，她思想进步，加入本村妇

救会，后来成为一名光荣的共产党员。提到她父亲，我还真的很熟悉，是一位退休的中学老师，俺俩还一起在生产队里干过活呢。

我母亲问她：还记得不，平原反扫荡的紧要关头，为讨论你入党，咱们妇救会党小组会选择黑夜在坟地里召开，黑灯瞎火的，姐妹们提着灯笼红赶到了坟地。

老乡提高嗓门说：怎么会忘了呢，那个夜晚，是一盏小小的灯笼红，冲破黑暗，把我们姐妹引到约定的地点。

我对灯笼红产生了深深的敬意。是的，我见过各式各样的灯，豪华的，精致的，古朴的，典雅的，唯有母亲为我制作的灯笼红，让我铭心刻骨，辉映着我的灵魂，照耀着我人生的路。

如今，春节越来越近了，正月十五也为期不远，我这个共和国老兵、获得"光荣在党50年"证章的老党员，又想起儿时母亲为我制作的灯笼红。

写到这里，只见窗外飘起雪花，遥望远方，故乡是否下雪了呢？我多么想再次见到"雪打灯"那别样的风景！雪红，雪红，我情不自禁地呼喊起来……

原载 2022 年第 4 期《长城》

手里攥着太行山

作为共和国的老兵，我永远不会忘记在太行山度过的军旅生涯，为了共和国的安宁，我和战友们把青春留给了太行山。祖国母亲知道，军人的青春何等壮丽，何等灿烂！

——题记

我出生在冀中平原的滹沱河畔，作为平原农民之子，自然熟悉平原的坦荡辽阔，那褐色的黄土地无边无垠，一直延伸到遥远的天际。平原上见不到山，偶尔在地里捡到一颗小石子，我便珍藏起来，那小石子晶亮圆润，村里人称其为"老鸹枕头"，说是老鸹从大山里衔来的。我觉得那小石子是大山的精灵，凝聚着大山的生命、大山的灵魂、大山的性格。我手捧着小石子，仿佛听到大山的呼唤，真的想见到大山，我知道大山在老鹰的翅膀才能飞到的很远很远的地方。

参军的第二年，我从基层调到团政治处宣传股，团部机关坐落在太行山脚下的古城，而我们这个工建团施工的国防工地在几十里外的大山里，我隔三岔五去连队，因此与太行山有不解之缘，进山出山，鞋底子都是在太行山的山道上磨破的。

来自四面八方的共和国的军人，在国防工地挥洒汗水，把青春留在了太行山。我的战友，班长、排长、连长、营长、团长等几千名官兵为了祖国的安宁在太行山苦战，建设战略仓库。以储备充足的武器弹药，打击并消灭来犯之敌。

深山国防工地，四面青山耸立，山谷有一条潺潺流动的清溪，早晨，太阳在山顶梳妆，夜晚，月亮在小溪洗浴。工地上的大喇叭，每天播放着豪迈

147

歌曲。深山施工的大兵们，也喜欢烂漫的山花，爱听林间的鸟啼，但他们更喜欢火药爆破后大山里腾起的白雾，更喜欢听那叮当叮当的敲打钢钎的声音。

爆破声和钢钎声唤醒了沉寂的大山。山风呼啸，山林摇曳！站在工地上，我感觉到大山心脏的跳动，听到了大山的呼吸，巍巍太行山伸出臂膀，欢迎你们，共和国的大兵们，我是你们的好兄弟。

太行山与人民子弟兵情深意长。当年，朱德总司令领导抗日军民在太行山摆下数百里战场，山高林密，兵强马壮，谱写了抗日战争的胜利篇章，因此，太行山无愧为英雄的山。

抗战时期，我父亲担任本村青年抗日先锋队主任，母亲担任村妇救会主任，叔叔参加了八路军，冀中平原反扫荡载入了光荣史册。当年，平原和高山都是埋葬日本鬼子的战场啊！

当我穿上绿军装，从冀中平原踏进太行山的门槛，我深深感到一种从未有过的自豪感和使命感。

说起对太行山的记忆，有三件事让我刻骨铭心。

第一件事：给团长送绝密文件。

我曾写过一首小诗《三十里路电闪雷鸣》，对这件事有具体的记载：

三十里路电闪雷鸣

闪电，撕裂了天空
雷声，撼动了山峰
老天偏和我较劲
一路风雨不停
我披着遮风挡雨的雨衣
身上带着一份绝密文件
步行三十里山路
奔赴团长蹲点的凤凰岭

我是刚满二十岁的士兵
一身绿军装衬着火热的青春
霹雳闪电何所惧
狂风暴雨任穿行

> 跨过山洪咆哮的峡谷
> 翻过风雨交加的山顶
> 我自信，我骄傲
> 我是翱翔在风雨中的雄鹰

当我把文件送到团长手中，雨后的天空飞出了彩虹，群山仰头向我微笑，山花欲燃喷出火红，团长擦去我脸上的汗水，我看着团长脸上的笑容。小乔，辛苦了，你是咱们团的一个好兵。团长说。

第二件事，应军报之邀到连队采访写稿。记得那是1966年冬季，雪后初霁，总后勤部政治部宣传部新闻干事姜丙森给我打电话，说《解放军报》邀我们团一个连队写一篇学习毛主席最新指示的心得。接到任务后，我和同事张志忠骑自行车赶到大山深处的四连，指导员在窑洞里安排了一个座谈会，夜里九点多座谈会才结束。我们顾不得吃晚饭，抓紧时间写了一篇稿子，以四连指战员的名义发往北京，没想到，第二天的《解放军报》便发表了，题目是《毛主席的最新指示照得我们心红眼亮方向明》。这篇文章在全团引起广泛关注，我和同事张志忠因此成了崭露头角的"小秀才"。

第三件事是跟随团政治处主任到四连蹲点。我和几名战士同住一个窑洞，记得窑洞附近有几棵核桃树，树上果实累累，碧绿的叶子投下绿荫，遮住了窑洞的门窗。蹲点期间，我认识了四连的排长常登富，他刚二十岁出头，模样很英俊，说话慢条斯理的，给我的感觉很稳重。或许是我夸了他几句，引起政治处主任的注意，没多久，他就被任命为政治处书记，我们就可以频频见面了。后来，我俩先后被选调到总部机关工作，各自走上领导岗位。

如今，我和常登富都是年逾古稀的军休干部，屈指一算，我们离开太行山已经半个世纪了。共和国七十华诞前夕，我和常登富举杯小酌，共同回忆在太行山度过的军旅生涯，彼此都觉得比畅饮陈年老酒还回味悠长。常登富见我手里攥着两个文玩核桃，问我：从哪里买来的？我回答：是我一位朋友特意从太行山弄来的。他嘱咐我核桃不离手，紧紧攥着太行山。

我俩都会意地笑了。

原载《中国财经报》

白色的海鸥

我喜欢苍茫的大海，更喜欢白色的海鸥。在云雾缭绕的海天，那闪电般的海鸥凌空飞翔，翅膀剪开千层雾，俯瞰海上万重浪，是的，那海鸥很渺小，但是，大海永远匍匐在海鸥的翅膀之下。

我在东戴河海滨整整待了五天，每天，我在高高的阳台上眺望大海，我想看到的不是海浪，而是海鸥，因为海鸥已经把我的灵魂带走了，我想乘风飞上海空，去追赶那白色的海鸥。海鸥啊，你等一等，我来了！

不知道为什么，这次来东戴河，我竟然没见到海鸥的影子。心底的期盼变成了一场梦。于是，我拍了好多照片，把大海带回家，我相信，只要有海，我喜欢的海鸥就会飞来！

浪花，打湿了我的岁月

我是滹沱河边土生土长的农民的儿子。

自从穿上军装，离开了故乡，离开了你——滹沱河，你日夜在我心里流淌，那如泣如诉的流水声，仿佛是母亲的呼唤……

波光

朝含晨曦，流动一湾胭脂，那是你送给平原的一条红色的飘带吗？

暮溶夕阳，漂浮一河碎金，那是你送给平原的一条金色的项链吗？

平原的黎明和黄昏，因你而生动多彩！

河边捕鱼人，在波光中打捞着漫长而艰辛的岁月。波光里，有日出的壮美，也有日落的雄浑。

那粼粼闪动的波光，似母亲明亮的眼神，一直围绕着我。波光中有我童年的影子。

自从上游修建水库，河水断流，河道只剩下一股缓缓流动的污水，散发着刺鼻的味道。裸露的河床，风沙肆虐着昼夜。而河的上游，因有了那个明镜般的水库，呈现出前所未有的美丽风景。

滹沱河呵，母亲河，你被拦腰斩断，把幸福给了上游百万群众，把痛苦留给了自己和儿女。对这种大爱，我至今没有理解，总是心存忧怨。

这些年，我每次回家探亲，路过滹沱河，都要寻觅逝去的波光。聆听那萧萧的风声，似乎是母亲绵绵的絮语，开启着我受伤的心灵。我心灵的伤痕无法抚平了。我反反复复地想，逝去的波光还能重现吗？

那遥远而美丽的波光，常常浸湿我的梦。我相信，逝去的无法重现，不管现实多么美好，却永远不能替代逝去。

帆影

孩童时代，我经常站在河边，遥望河中的帆影。

近了，近了，一群白蝴蝶飞来了，飞到我眼前，

远了，远了，一片片白云飘走了，飘到了天边。

我曾看见，太阳在帆影里照镜子，月姑娘在帆影里巧梳妆，故乡大平原在帆影里孕育着希望……

童年的眸子充满好奇，那渐近渐远的帆影幻化出一个童话世界。

帆影，恰似我童年的憧憬，时而清晰，时而朦胧。其实，清晰和朦胧都不重要，重要的是纯真的心灵升起的憧憬总是那般美丽！

或许，那帆影寄予了平原人的理想和追求。所以让我一望而生仰慕之情。

不知何时，希望之帆在我心灵的天空升起，从此我不再消沉！

如今，由于河水干涸再也看不到渐近渐远的帆影了，取而代之的是桥上来来往往的汽车。

汽笛声声，送走了平原古老的年代，迎来了人们盼望已久的繁荣盛世。繁荣固然令人羡慕，而古朴却让人眷恋。

远离故乡数载，我许多的梦留给了帆影。

桨声

在我儿时的记忆里，故乡冀中大平原最动听的音乐，是滹沱河的桨声。

桨声像炕头上老奶奶的纺车声，

桨声像村边庄稼汉的辘轳声。

桨声震落了黎明的残星，

桨声摇碎了天边的新月……

我和捕鱼人在桨声里分享鱼满舱歌满船的喜悦。

在桨声里，我渐渐长大了。于是，我像祖辈那样摇动双桨，让生命之船在岁月的河流里飘荡，义无反顾地驶向理想的彼岸。

几十年过去了，我这个共和国的老兵手中还紧握着祖辈传下来的双桨，搏击奋进，一刻也不曾停歇。只要生命不息，手中的双桨就不会舍弃。

桨声，是母亲的叮咛，也是我生命的音符！

原载 2010 年 4 月 6 日《中国艺术报》

滹沱河上的帆

像一片片白色的羽毛，朝着太阳升起的地方飘去，与白云手挽手游弋在遥远的天际。

桨声，最先打破河岸的沉寂。

帆影，雾一样在河上弥漫着。

风起的日子，是滹沱河上的帆最得意的时光，哗啦哗啦的涛声为帆喝彩。

捕鱼人喜欢帆，是因为帆飞翔的翅膀给了他们生命的张力。

帆从来不语，心甘情愿地聆听风肆意地呼啸，风和帆结合在一起，就成了天空的主宰。

小时候我从窗口第一次望见滹沱河的帆，就注定我一生与帆共命运。朝出暮归，帆影里跳荡着金色的太阳也悬挂着皎洁的月亮，我在太阳和月亮的夹缝里打发着辛劳而平淡的日子。

只要河水流，帆就起飞。

冰封河面的寒冬，帆在渔家的小屋里做着甜美的梦，梦中与风紧紧拥抱，仿佛是一对久别的恋人。

春天来到大平原，滹沱河解冻了，点点白帆，把明亮的眼神投向河里飘浮的桃花。

帆，原来是风情万种的白马王子！

是的，十八岁那年，我应征入伍了，像风中的白帆，顺势飘远。流动的营盘，那是我心中的一片海，既然扬帆出海，我就没打算再回来！

滹沱河，我的母亲，你是否想念远方的帆？

第一次见毛主席

人生总会有几件第一次经历的事情，很难忘记，每每回味起来，就像陈年佳酿，溢出醉人的芳香。对我来说，最为激动而且终生难忘的一件事，是第一次见到毛主席。

也许有人说，见过毛主席的人，海去了。那些年，毛主席多次到农村、工厂、部队视察，走近群众，也曾多次出现在天安门城楼上，向百万群众招手示意，能见到毛主席，并不是什么稀罕新鲜的事儿。可是，你知道吗，我见到毛主席只有几步远，毛主席和中央领导还同我们合影留念呢。

那是一九六七年冬天，我从太行山下的工程团抽调到总后机关，参加一个会议的筹备工作，具体任务是搞宣传报道。当时，我刚满二十一岁，是一位充满朝气的青年战士。报道组的几位"小秀才"都在悄悄议论：

"听说了吗，会议期间，毛主席要接见会议代表呢，不知道咱们会议工作人员能不能见到毛主席。"

"这可是千载难逢的好机会，咱们得争取。"

"对，拼命争取，不让咱们去见毛主席，咱不干啦！"

"走，找领导去反映！"

说实在话，我们这几位在基层受过严格训练的战士，都有较高的政治觉悟和很强的纪律观念，各方面表现都相当不错。对我们来说，任何委屈都可以忍受，但是，不让我们见毛主席，说下天来我们也想不通呵！

像许许多多在新中国红旗下长大的人一样，我热爱毛主席，热爱共产党。从我懂事起，学会的第一首歌是《东方红》："东方红，太阳升，中国出了个毛泽东……"那深厚淳朴的感情和优美动听的旋律，在我心底激荡起永不平息的波澜，我坚信毛主席是世界上最了不起的伟人。过去，我只是在照片上见过毛主席，他那宽阔的前额、明亮的眼睛、慈祥的笑容，特别是下巴上那颗黑痣，深深留在我的脑海里。当时，和我同时抽调到总后机关的时永福在报纸上发表了一首歌颂毛主席的诗，在国内引起了强烈的反响。时永福是我的战友加诗友，他那首诗，我们报道组的几位战士都能熟练地背诵：

> 昆明湖的碧波富春江的水，
> 比不上韶山的清泉美，
> 毛主席就是那引泉人呵，
> 浇得满园花红叶也翠；
>
> 海底的珍珠深山的宝，
> 比不上井冈山顶青松好，
> 毛主席就是那育松人呵，
> 革命青松永不老；
>
> 十五的圆月满天的星，
> 比不上延安窑洞灯火明，
> 毛主席就是那掌灯人呵，
> 照得五湖四海红彤彤；
>
> 雨后的彩虹拂晓的霞，
> 比不上天安门前旗如画，
> 毛主席就是那擎旗人呵，
> 带领全国人民向前跨！

　　包括我在内的报道组的几位战士，一遍又一遍地朗诵这首诗，盼望见到毛主席。

　　报道组的领导是王宗仁同志，那时，他还不满三十岁，是总后政治部的新闻干事，也是崭露头角的青年作家。那阵子，宗仁几乎天天和我们一起写稿，他对我们几位年轻战士最了解，一再安慰我们："你们的心情我理解，我会积极反映你们的愿望和要求，你们几个可不能闹情绪呀！"

那天夜里，报道组的几位年轻人忙碌了一天，一个个酣然入梦了，突然，窗外传来汽车喇叭声。不知道是谁大声喊：

"会不会是毛主席接见会议代表？或许是瞒着我们几个，不让我们去。"

"快起来，不然，汽车走远了，咱们就赶不上了啦！"

我们几个年轻人呼啦啦翻身起床，急急忙忙穿上绿军装，连蹦带窜地跑到楼外，没发现会议代表的任何动静，我们又冒着冬夜的风寒跑到机关大院门口，还是不见会议代表们的影子，这才放心地返回宿舍楼。

记得，那天下午，王宗仁同志身穿绿军装，满脸带笑地来到报道组，告诉了我们一个特大喜讯："赶快准备一下，毛主席要接见会议代表，我们报道组的成员也去人民大会堂，等候毛主席接见！"

我们几位年轻人高兴得手舞足蹈，一颗颗激动的心快要跳出胸膛。

在人民大会堂的一个客厅里，我们静静等候着，等候盼望已久的时刻到来！厅内灯光明亮，人们的心情格外激动，一双双眼睛流露着期待和兴奋。突然，掌声响起，欢呼声如潮涌浪高。

毛主席来了，他迈着稳健的步伐走过来，离我只有几步远。我亲眼见到，毛主席身材魁梧，红光满面，神采奕奕，比我从照片上看到的更富有真实感和亲切感。我和大家一起喊着"毛主席"，我确信毛主席肯定听到了我们发自内心的喊声，他向我们微笑示意，那慈祥的微笑，深深印在我的脑海里……

接见完毕，毛主席和中央首长一起和会议代表们合影，谢天谢地，我们报道组几位年轻人也在其中，留下了最珍贵的纪念。

从人民大会堂回来，我连夜给身在遥远故乡的父母、老师、同学们写信，告诉他们"我见到毛主席了！"，那一夜，我怎么也睡不着，从来没有那样激动、那样兴奋、那样喜悦过！

原载 2013 年 10 月 29 日《中国文化报》

月牙湾赏月

　　从空中俯瞰，这片青山环抱的海滩就像一弯月牙，因此名曰月牙湾。初秋，我从千里之外来到长岛，参观的第一个景点便是月牙湾。

　　我们一行九人，六个大人、三个儿童，一起走进月牙湾。月牙湾毕竟不是寂寥的月宫，偌大的海湾，游客如云，人们尽情地享受海风的吹拂，聆听海浪的喧哗，观看海鸥在海天飞翔。而我，在细细品味月牙湾的意蕴。我明白，如果不读懂月牙湾的内涵，只是领略其表面的繁华，那岂不是枉此一行？

　　月牙湾，我理解你的期待。

　　我们一行九人，有一位是先天盲童，他在黑暗中度过了十个春秋，这次，是让这个冀中平原出生的孩子来听海。他叫乔子晨，是我弟弟的孙子，当然，我也是他爷爷。他习惯地称我为北京爷爷。我眼看着晨晨下海了，在月牙湾浅水区碧蓝的海水中，晨晨一边学游泳，一边听海浪的声音。海水的蓝色他看不见，海浪的喧嚣他能听到。等他上岸，我问："晨晨，你听到海的声音了吗？"他说："听到了，海在哭。"我又问："哭什么？"他说："那么多人来看海，但是爱海的人没几个，他们在污染海，海伤心地哭了。"哦，我明白了，盲童看不见海，却了解海，因为他听到了大海心脏的跳动，听到了大海悲伤的诉说。我想，也许黑暗的背后是光明，处在黑暗中的盲人可能更容易看清这个世界。

　　在月牙湾，我们给晨晨买了一个小礼物——海螺，晨晨很喜欢，真像得到宝贝似的，爱不释手，他把小海螺系在脖子上，时而用小嘴吹一吹，那呜呜的海螺声分明是大海的声音，对，是大海在哭泣！大海告诉我们：人类要爱护海洋，正是爱护自己，污染海洋，也是践踏自己的生命。

　　听着海螺声我突然醒悟了，为什么蓬莱海港在旅游旺季对进入长岛的车

辆每天控制在一千辆以内。是的，昨天我们从早晨六点半出发，经过八个钟头的长途奔波，驱车六百六十公里，下午三点多赶到蓬莱港，本想带车进长岛，但因进岛车辆已满一千台，我们不得不在蓬莱过夜，等第二天一早再带车进长岛。说实话，对此我心里怨气十足，是海螺声把我从梦中唤醒，控制进岛车辆是一项重要的环保举措呀！

晌午，我们从月牙湾游玩回来，仿佛意犹未尽，我提出晚上再去月牙湾赏月，大家欣然同意。聪明的晨晨对我说："爷爷，白天我在月牙湾听到了大海的声音，晚上我要去月牙湾听月亮的声音。"我说："好，白天观海，晚上赏月，这才叫浪漫呢！"

俗话说得好：大二小三，月亮露边儿。今天是农历七月初二，晚上，当我们来到月牙湾，我发现苍茫的海天出现了一弯银色的月牙，那么晶莹，那么沉静，那么玲珑，那小小的银钩却勾住了我的灵魂。我明知自己走进了月牙湾，却感觉仿佛走进了月宫里，夜色朦胧，月光温柔，哗啦哗啦的海浪声不知疲倦地讲述着月夜美丽的故事。

晨晨对我说："爷爷，我看不到月亮，可是我听到了月亮和大海对话。"我问："他们在说什么？"晨晨告诉我："月亮和大海都已感知到人类开始注重环保，不然的话，污染了海洋，再污染月亮，人类就会自取灭亡。"

我惊愕了，月牙湾的月亮，你从天空刚露出牙尖儿，就给人类带来了及时的警示和长远的福音。

夜幕低垂，海风抚琴，海浪有节奏地拍打着海岸，月牙湾像一位醉美人静卧在两座山峦之间，天幕上那一枚银色的月牙儿把淡淡的月色洒向月牙湾，海天两枚月牙相映成趣，这是来长岛旅游的人难得一见的奇妙景观。我站在夜幕下的月牙湾，望着天上那一弯月牙儿，觉得自己整个身心包括灵魂都融入淡蓝的月色中了，仿佛进入了海天合一、人天合一、心月合一的奇妙境界。

月牙湾上空的一弯新月，银钩似的，新芽似的，纤细而玲珑，洁白而娇美，像一句空灵绝妙的禅诗让人回味悠长。此刻，我想起唐代张若虚的《春江花月夜》。这首诗热情赞美了海上明月，我深知，没有月牙，哪来明月！如果说海上明月是一位天生丽质的绝佳美女，那么，这月牙湾上空的月牙儿就是一位天真漂亮的女孩。

望着月牙湾上空的月牙儿，浮想联翩的我想起了儿时家乡的柳梢月，想起了参军后在军营里多次见到的中秋月，也想起了不同心境眼中的冷月、香月和醉月。总之，在我人生漫长的旅途中，月亮总是陪伴着我，我每次赏月都有一种亲切感和新鲜感。今晚，在月牙湾望着天上的月牙儿，我第一次意识到自己原本就是一位追月人。

在我的想象中，天上的月牙儿就像一位美丽文静的少女，她用带有几分羞涩的眼神望着人间，那淡淡的月光饱含着浓浓的爱意，她爱这个蓝色星球上的人，每个月当她从夜空露面的时候，总是含情脉脉地不肯离去。月姑娘呵，你是否在寻找自己的心上人？此时此刻，我耳畔响起了邓丽君唱的《绿岛小夜曲》："这绿岛像一只船，在月夜里摇呀摇，姑娘哟你也在我心坎里飘呀飘……这绿岛已是这样沉静，姑娘哟你为什么还是默默无语？"是的，月牙湾海浪声声，似乎有千言万语要向天上的月牙倾诉，而天上的月牙儿却默然不语，只是望着月牙湾微笑。长岛有声的月牙湾与夜空无声的月牙儿对峙相望，也像是两颗心紧紧贴在一起。如果说白天海天一色，夜晚，应该说海天共眠吧。

夜幕下的大海渐渐进入了梦乡，涛声是大海梦中的呓语。天上的月牙儿也想入寝了，悄悄从夜色里隐去，先前那淡淡的月光已经融进大海。多年前我曾写过一首诗——《海月恋》，把大海和月亮喻为一对情人："大海遥望着月亮，越过岁月沧桑，把古老的梦幻，化作万顷海浪，月亮啊月亮，你听见了吗，大海日月在歌唱。月亮窥视着大海，穿过夜色茫茫，把思念的月华，洒在苍茫的大海上。大海啊大海，你看见了吗，月亮那秀丽的脸庞。海知明月心，爱恋那娇美的月光，月知大海情，爱恋那澎湃的海浪。海浪啊海浪，月光啊月光，把彼此的爱恋，洒满天空，融进海洋。"

长岛的月牙湾，夜空的月牙儿，明年我还来与你们见面，你们就像金钥匙，能帮我解开大海甚至宇宙的奥秘。

原载《中国财经报》

走进鲁班故里

有一首儿歌《小放牛》，深深留在我儿时的记忆里：

赵州石桥什么人修，

玉石栏杆什么人留，

什么人骑驴桥上走，

什么人推车压了一趟沟，

赵州桥鲁班爷爷修，

玉石栏杆圣人留，

张果老骑驴桥上走，

柴王爷推车压了一趟沟。

半个世纪过去了，《小放牛》这首儿歌在我脑海里依然那么清晰。

坐落在河北赵县的赵州石桥，堪称建桥史上的奇迹，早已名闻遐迩。几十年前，我作为军委总部机关一位年轻干部，奉命前往赵县办理一件公事，有幸参观瞻仰了赵州石桥，儿时记忆里的那首歌，再次在我心里激荡。赵州石桥像一条美丽的彩虹，凌空飞架于河水之上，桥面上那道清晰的车痕，引发我无尽的奇思妙想，赵州石桥究竟是一个神奇的传说，还是一个永恒不变的事实？我真想了解赵州石桥的真实故事。

当我漫步在赵州石桥上，心中的疑惑如浮云般散去，作为燕赵之士，我激动，我骄傲，情不自禁地展开双臂，拥抱华北平原上了不起的奇迹！

我仰慕神奇的赵州石桥！

我钦佩工匠祖师鲁班！

鲁班（公元前 507 年—公元前 444 年），春秋时期鲁国人，姬姓，公输氏，名班，人称公输盘、公输般、班输，尊称公输子，又称鲁盘或者鲁般，惯称"鲁班"。鲁班的名字实际上已经成为古代劳动人民智慧的象征。2400 多年来，人们把古代劳动人民的集体创造和发明集鲁班于一身。因此，有关鲁班的故事，实际上反映了中国古代劳动人民的智慧和创造。鲁班的名字实际上已经成为古代劳动人民智慧的象征。据古籍记载和民间传说，鲁班有多项发明创造，木工工具中的锯子、曲尺、墨斗，古代兵器中的云梯、钩强以及农业机具中的石磨、打井等等，都是鲁班的发明创造，意义非凡。这位天才的巨匠，让人高山仰止。

几年前，我曾来到鲁班故里——滕州，怀着敬仰的心情参观了位于山东滕州龙泉广场的鲁班纪念馆，该馆占地 15.2 亩，规模建筑面积 1 万平方米，馆内设有祭拜大厅、航天厅、木器厅、石器馆、鲁班庙会、今日班门等展区，同时建设了以石磨、磨盘、碌碡、石槽等数千件石器垒成的石磨山和碌碡山，是全国建筑体量最大、功能最全的纪念鲁班的专门场馆。我漫步在鲁班纪念馆，一件件展出的实物，把我的思绪引到 2400 年前，我对鲁班这位天才的百工祖师佩服得五体投地，同时惊叹当时的鲁国何以会出现如此的奇人。

今年九月，我又来到了鲁班故里滕州，而且住进鲁班大饭店。

滕州金源集团举办笔会，邀请了六位书画家，我是其中之一。从北京出发之前，我从网上了解了一下滕州，又情不自禁地回忆起那次去滕州的情景。鲁班纪念馆和墨子纪念馆历历在目，荆河穿州而过，微山湖碧波荡漾，红荷景区如情似梦……

作为书法爱好者，我一直追求诗书合璧，临行前我就写好了三首小诗，到滕州后，金源集团的董事长和总经理与六位书画家共进晚餐，我即兴朗诵了自己写的几首小诗：

"赵州石桥美名留，工匠祖师鲁班修，燕赵之士今来访，鲁班故乡是滕州。"

"微山湖上红荷艳，万朵红霞浮水面，小船乘月天上去，欲接嫦娥把家还。"

"笔扫滕州云，诗激荆河浪，金源迎远客，纸上风云荡。"

我朗诵完这几首小诗，问滕州的几位朋友：当年，鲁班是如何从滕州到河北赵县？那时交通不便，路途遥远，鲁班是步行还是坐轿，是骑马还是骑驴？大家不得而知。

我说，不必考究当年鲁班是如何到河北赵县的，反正赵州石桥是鲁班爷

修的，山东人和河北人早已结缘，这是不争的事实。

一番话，使滕州人和我这个河北人感情更近了，真有亲如一家的感觉。

笔会开始之前，我们六位书画家参观了金源集团的书画展厅，上百幅绘画和书法作品，不乏名家之作，特别是共和国将军的作品，很引人注目。我仔细观看了展厅的书画作品，其中不少精品佳作出自鲁班故里滕州的书画家之手。滕州人杰地灵，两千年前的"百工祖师"鲁班和"科学巨匠"墨子均出生此地。而今，拥有 170 万人口的滕州，更是人才荟萃，诸业兴旺，作为全国第二大县级市、文化名城和旅游胜地，早已为世人瞩目。

值得一提的是，应邀前来滕州参加笔会的六位书画家，其中三位是滕州人，画家张正春毕业于南开大学艺术系，是范曾的学生；画家孙开桐是北京市石景山区美协主席，其书画作品享誉全国；年轻的书法家韩国强是北京大学青年才俊，他的书法作品古朴苍劲，犹如"小荷才露尖尖角"，却已闻名京城。

笔会开始了，六位书画家每人一张书案，各显其能。来自北京的画家孙开桐画的是荷花，张正春画的是山水，韩国强书写的"福满金源"几个大字彰显出他深厚的书法功力。

我心里想着鲁班，书写每一幅作品都力求精致，不论是榜书、行书还是草书，都是认认真真地书写，不敢敷衍。当我写完草书作品司空曙的《江村即事》，在场的金源集团的朋友拍手称赞，恳请我把这首诗公公正正地写在纸上，他说将这幅作品在当晚的"金源之夜"大型演出会上展示。

晚上，在金源集团董事长的陪同下我们观看了"金源之夜"的大型演出，刘大成和金美儿应邀参加了本次演出，主持人特地安排展示我们六位书画家的作品。没想到一个意外发生了，金源集团的工作人员不小心将我那幅草书作品扯成了两截，展示时由两个人各持半截，使整幅作品无法展示全貌，演出结束后，这次笔会的召集人向我深表歉意。

我很喜欢司空曙的《江村即事》，这首诗清新雅致、空灵绝妙，坦诚地讲，这首诗我用草书写过几十遍了，来到鲁班故里，很想亮一下自己的绝活，没想到却发生了意外。请欣赏一下《江村即事》这首诗吧："钓罢归来不系船，江村月落正堪眠。纵然一夜风吹去，只在芦花浅水边。"多美的一首诗呀，把我们带进宁静的江村月夜，晚风轻拂，芦花摇曳，渔民枕着月色进入了梦乡，而小船静静地停留在芦花浅水边。

　　是的，我得意的一幅书法作品因意外没能完美地展示在众人面前，我知道《菜根谭》一书中有这样一段话："人解读有字书，不解读无字书；知弹有弦琴，不知弹无弦琴。以迹用不以神用，何以得琴书之佳趣？"如果读者不能完整地欣赏一幅书法作品，又如何领略书法作品的神韵，如何准确地评判书法作品的艺术水准？我又转念一想，在鲁班的故里，我试图展示一下自己，这岂不是班门弄斧么，虽然我研习书法多年，也只能说有一点雕虫小技，不足挂齿。在鲁班大饭店，站在鲁班画像前，我感到汗颜……

原载《中国财经报》

五 友谊彩虹

雨中的那香海

祖国的名山大川、江河湖海，可以说风景各异，我虽不能尽览其美，各赏独秀，但这些年也去了不少名胜之地，被泰山、秦岭、太行、昆仑的巍峨雄奇，黄河、长江的汹涌澎湃，黄海、渤海、东海、南海的浩瀚深邃所吸引。初秋，我和亲友结伴来到了位于海滨的荣成市，领略这里的海上风光。

海风，吹走了一路风尘，细雨，打湿了我的思念。那香海，我来啦！如果把荣成喻为一位风姿绰约的女神，那么，那香海就是系在她腰间的一块碧玉。

雨，秋天的小雨，淅沥沥淅沥沥地下个不停，朦胧了改革开放中崛起的海滨城市荣成，也朦胧了闻名世界的风景区那香海。我心里很清楚，今天，是日本将核污水排放入海的第三天。站在海边，望着苍苍茫茫的大海，我想说，那香海，祖国母亲的孩子，"有没有一扇窗，能不让你绝望"，"有没有一种爱，能不让你受伤"？我们如何应对日本将核污水排放入海，我为世界的海洋担忧，最放心不下的自然是祖国的领海。

我打着雨伞，在海岸大道上漫步，我发现，尽管细雨飘洒，海滩依然是一个喧闹的世界。那一顶顶粉红色、橘黄色、橄榄绿帐篷，把海滩装点得五彩斑斓。大人和小孩手拉着手，在浅水区踩浪嬉戏。海风轻轻吹，一排排海浪涌到海岸，在喧嚣声里变成跳跃的雪浪花。那些身强力壮的小伙子，乘着快艇在海上疾驰，在碧蓝的海面犁出一条条银色的弧线。

让我最羡慕的，是海滩上那几位驾驶越野车的妙龄少女，瞧，她们开着越野车在海滩上奔跑追逐，谁也不甘心落后，海风撩起她们披肩的长发，把她们开心的笑声传遍了那香海。这些年轻女子，如此浪漫，如此潇洒，如此欢欣，从她们身上折射出新时代清姿亮色的生活。雨中的那香海，像极了带着几分羞色的少女，"犹抱琵琶半遮面"，我真想掀开她那朦胧的面纱，看清她美丽的容颜。那香海因风景迷人而被誉为"海上明珠"，倍受人们青睐的松林听涛、花街寻芳、蓝桥弄影、渔港飞虹、月泊云崖，还有，瑶台琴韵、琼阁笙歌、渔舟唱晚，虽不是蓬莱而疑似蓬莱的人间仙境让我心驰神往。但我更喜欢雨中的那香海，觉得这飘飘洒洒的雨，给那香海增添了几许妩媚，几许神韵，有一种朦胧的美、神秘的美、奇特的美，真让人销魂！

雨，还在下，那香海风景区的楼群、松林、小岛、沙滩和海港的渔船，都浸润在烟雨蒙蒙的雨雾中，若隐若现，如诗如画，美不胜收。而香海每一滴海水都充满诗意和浪漫，每一朵浪花都是时代的颂歌。海岸上，餐饮服务小馆随处可见。我买了一杯咖啡，在附近的一个小亭里坐下来避雨歇息。真是太巧了，坐在我对面的两个年轻人，一男一女，听口音，可以认定他俩是来自冀中平原滹沱河边的故乡人。聊了几句，才知道他俩是一对夫妻，男的姓赵，在县城开办了一个丝网公司；女的姓刘，在一所中学任教。七八年前他们在威海买了房子，每年夏天来威海避暑。

小赵老乡问我：乔老，去过天尽头了吗？

我说：前天上午去过了。

小赵说：我们每年夏天来荣成，有两个景点必看，一个是天尽头，一个是那香海。

小刘老师补充道：天尽头有一种古典美，相传姜太公、秦始皇、汉武帝都到过此地，留下了许多传奇故事。那香海则有一种现代美，在改革开放中展现出绝妙的美景，无愧于"海上明珠""人间仙境"。

我说：我喜欢天尽头的日出，那是世间最早的日出，被誉为"中国第一太阳"。我也喜欢那香海，可以说是"中国第一香海"，那香气来自海岸花儿的芬芳。

小赵感叹：可惜今天是个雨天，好多景物看不清楚。

我回道：苏东坡诗云，"人生看得几清明"。这颇有禅意的诗句，道出了世间万事万物很难看得清清楚楚，又何必较真呢！这雨中的那香海，朦朦胧胧，才能启发游客的想象，想象她那无限的美。

小刘老师很伤心地告诉我：也许，这是他们最后一次游览那香海了。因为，他们相信，日本排放在太平洋的核污水，或早或晚会污染这里的海。他们决定卖掉房子，不再来海边，这不是杞人忧天，是被逼无奈！如果无法应对，逃避无疑是最好的选择。

小赵问我：来到海边，品尝海鲜了吗？以后可不能随意吃海鲜了，因为日本排放的核污水，会对世界海洋所有的生物产生影响。

我说，今天中午，我们结队来海边的老少八口一起，来了个海鲜会餐。早晨在海鲜市场买了鲍鱼、大虾、螃蟹、生蚝等海货，总共才花了三百元，请饭店加工，人家不要加工费，我们一家老小美餐一顿。也许，这是最后一次吃海鲜，因为日本排放的核污水，像魔爪一样正在伸向我们的海域。

那香海，你看见吗，你听见了吗？我们和世界人民一起，愤怒谴责日本大逆不道的罪恶行径，保护海洋的纯净，维护海洋生物的安全。遥望雨中的那香海，烟雨蒙蒙，怒涛狂吼，雨雾中，我看清了日本政客的狰狞面目。

那香海的雨，不仅洗涤着我的灵魂，也清醒了我的头脑，我知道如何做一个真正的中国人。

原载 2023 年《同心刊》

北京的这个秋天

北京的秋天在哪里？在香山红叶题写的诗笺里，还是在未明湖澄碧的浪花里？在古长城吹来的秋风里，还是在秋海棠初绽的花朵里？不，北京的秋天在暴雨袭过的灾区里。

门头沟，暴雨洪水卷走了秋天的风景，房屋一片狼藉，庄稼被水吞没，许多汽车在洪水中漂流，而山头依然绽放着黎明的朝霞。门头沟的一切都可以被洪水摧毁，而秋天却在洪水中坦然微笑。秋风，依然是那样芬芳！

古城涿州，在暴雨和洪涝中几乎遭受灭顶之灾，而那里的人民表现出顾大局而牺牲自我的坦荡胸怀。房屋倒塌了，汽车冲走了，庄稼淹没了，而秋天依然来临了。这是个破碎的秋天，它告诉市民要坚强，明年的秋天无限美好。

旅游胜地野三坡也被暴雨和洪涝变得一片垃圾满地，往日的兴盛繁华变成了一片凄凉。而秋风徐徐吹来，告诉世人，山沟里的秋天是不会被摧毁的，正如那山坡上的野草野花，经得住风吹雨打，每年都向这里的人们报告春天的信息。春是这样，秋亦如此，野三坡的秋天仍然美丽。

我爱北京的秋，也深爱这被暴雨和洪水袭击过的秋，她向我们透露出生命的倔强和浓郁的芳香！

远方的蔚蓝

入夏，我又想起远方的海。我不知道自己为什么心驰神往，如醉如痴地迷恋着大海，是大海无边无际、碧波万顷的壮观，或者潮起潮落、云起云飞的苍茫，还是翻腾喧嚣、变幻无穷的神奇？不是，都不是。我所迷恋的是大海呈现的蔚蓝，那美到极致的蔚蓝，赏心悦目，让我痴迷，让我陶醉，也让我产生无尽的想象……

是的，我是穿过几十年军装的共和国老兵，懂得"青出于蓝"，对蓝色情有独钟。我曾做过奇特的梦，梦中，我变成了一只蓝鸟，飞向万里海天，聆听大海心脏的跳动。我还梦见自己变成了一朵浪花，流入蓝色的大海，亲吻大海的灵魂。

大海啊大海，你呈现的那一片蔚蓝，已经深深嵌在我心上，成为我追求的最纯净的生活底色。

指尖上的太阳

早在读中学时，我从伟人毛泽东的一首诗词中就领略过秦皇岛雨中的风景，海上滔天的白浪，消逝的打鱼船，还有秦皇魏武登临的碣石，宛如一幅巨大的山水画卷在萧瑟秋风中徐徐展开，深深留在我的潜意识里。那海市蜃楼般的绿岛、碧波连天的海湾，让我心驰神往。参军来到北京，一直没有机会去秦皇岛，只有放飞一颗心，去亲吻北戴河海域的雪浪花。机会终于盼来了。盛夏，我携妻带子，同301医院十几位专家一起到北戴河休假。晚上枕着涛声入眠，白天踏着涛声观海，尽览海上风光。然而，最有兴味雅趣的莫过于观赏海上日出了。

北戴河的早晨凉爽而静谧。天朦胧，海惺忪，湿润的海风拨动黎明的琴弦，海浪有节奏地拍打着沙滩，奏响黎明的乐章。为了观看海上日出，我和妻子、儿子趁黎明之前赶到海边，等待那个令人向往甚至痴迷的时刻。长长的海岸上，等待日出的游客影影绰绰。哦，盛夏的黎明，怎么有这么多的人走近你，这秦皇岛宁静的海湾，这北戴河诱人的海？

平原上长大的我，对于地平线上红日喷薄而出的景象再熟悉不过了。参军后，我有机会在高山、海岸和飞机上看日出，一次次领略未曾见过的奇观。诚然，在不同的地域和环境观日出，其景象和感觉迥然不同，但有一点毋庸置疑，日出总是给人间带来光明和温暖。所以历代文人墨客、中外名家雅士对日出讴歌赞美，留下不少佳作。汉代的《郊祀歌》有《日出入》篇，慨叹日出入无穷，人命却短暂，愿乘六龙成仙上天。《淮南子·冥览训》记载，鲁阳公与韩激战，时至黄昏，鲁阳公挥戈使太阳退三舍（一舍三十里）。唐代大诗人李白反其意写出了《日出入行》，认为日月运行，四时变化是自然规律。"日出东方隈，似从地底来。历天又复入西海，六龙所舍安在哉？……鲁阳何德？驻景挥戈？逆道违天，矫诬实多。吾将囊括大块，浩然与溟涬同科。"

等待海上日出，对于来自天南海北的游客的确是一种奢侈的等待。日出的一瞬间，以其蓬勃、鲜活、新奇、壮观，留在人们的视野里镜头里和心海里。游客们各自怀揣秦皇岛上的太阳踏上归程，于是，世界各地便拥有这里的碧海红日了。因此可以说，渤海湾是太阳湾，北戴河是太阳河，秦皇岛是太阳岛呵！

我站在海岸，遥望东方，远处两只海鸟凌空飞翔，鸣叫着掠过海面，啄破了大海的梦。只见海天连接处露出了一抹微红，渐渐地，那一抹微红拓展成玫瑰花的花瓣、鸡冠花的花冠，继而，由深红变成了鲜红、艳红、火红，简直红得刺眼了。

海滩沸腾了！我身边的一对年轻夫妇激动地呼喊着、跳跃着。

"老公，快看呀，太阳从海里升起来了，像出生的孩子。"

"太阳是孩子？那，母亲是谁？"

"海，无边无际、深不可测的海。"

"海是母亲，父亲哩？"

"山，巍峨耸立、高不可攀的山。"

"哦，我明白了，海连着山，山连着海，海和山相依相伴，太阳是他们

的骄子。"

"老公，咱们来北戴河度蜜月，这里的海和山有蜜月吗？"

"依我看，他们比蜜月还美哩！海和山相亲相爱，每天都过着甜蜜的日子。他们生下两个孩子，男孩是太阳，应取名甜日；女孩是月亮，应称为蜜月。"

呵，甜日，蜜月，多么浪漫，多么美妙！

小两口的绵绵絮语，使我联想到高山、大海、太阳、月亮的和谐之美，妻子也被这蜜月中的心语打动了，瞧她那眼神，流动的全是羡慕。

"妈，爸，你们看，太阳在洗澡呢。"刚满十岁的儿子阳阳，用手指着从海里钻出来的红彤彤、湿漉漉、水淋淋的太阳，大声喊着，逗得身边那一对年轻夫妇偷偷地乐。

"乖孩子，你长大了，不用妈妈给你洗澡了。"妻抚摸着儿子的头说。

"可是，太阳是永远长不大的孩子，他每天早晨在大海母亲的怀抱里洗澡。让母亲洗澡，那是人生最幸福最快乐的事情。"话到此，我蓦地想起早已辞世、远在天堂的母亲，也许，她老人家也在眺望海上日出吧。

此刻，太阳像一个巨大的火球离开了海面，缓缓地上升，方才笼罩在海空的暗云一下子变成了五彩云锦，仿佛是给初升的太阳准备的彩衣。红日和朝霞斗艳，碧海与长天争蓝，橘红色的阳光在海面上铺开一条宽阔的大道，犹如玛瑙、琥珀、珪璋镶嵌的海路，色彩斑斓，闪闪烁烁。我想，那是太阳眷恋大海投下的万缕情思吧。

"阳阳，快，举起右手，伸出食指，爸爸给你拍一张照片。"

"干吗让我伸出食指呀？"

"指尖顶太阳，这样的照片实在难得，象征着天人合一，你年纪小，不懂这个大道理。"

"我知道乔阳这个名字是爸爸起的，你给我起名时咋想的，是让我像初升的太阳吗？"

我点了点头，举起相机，对准镜头，当儿子的指尖顶住红色乒乓球般的太阳那一瞬，我迅速按动了相机的快门。于是，一张梦寐以求的艺术照便定格在镜头里。此时，我不禁想起诗人郭璞"愧无鲁阳德，回日向三舍"的一声长叹，以及"驻景挥戈"之悲壮气势。日月运行终古不息，四时运转皆循自然，谁也无法改变这自然规律。如今，我借助小小的相机，却将太阳定位在指尖上，成为永久的留念。

金灿灿的太阳高悬在北戴河的海空，秦皇岛的万物都浸润在金色的阳光里。每一个楼顶，每一扇窗户，每一张白帆，每一朵浪花，每一株花蕾，每一片草叶，甚至每一个海贝，每一个蟹壳，都隐藏着一个小太阳。而我，偏偏钟情于儿子指尖上的太阳，那是我的至诚至爱，能引发我无限的遐想。

从初次到北戴河观海上日出，至今整整 20 个年头，光阴荏苒却似弹指一挥间。我和妻子一直珍藏着指尖上的太阳那张照片，每当翻开影集，总是凝目良久，浮想联翩。今天是儿子 30 岁生日，我和妻子又翻开影集，同儿子、儿媳一起观看那张不寻常的照片。

儿子说："爸妈，这张照片你们珍藏多年，太阳在我的指尖上，我在你们的心尖上。"

儿媳说："你正处在事业的风口浪尖，虽初露锋芒，但要继续努力打拼，才不辜负父母对你的厚望。"

我说："儿子，照片上的你能用手指顶起太阳，相信你没有克服不了的困难。"

妻说："太阳在儿子的指尖上，相信你一生不会缺少光明和温暖。"

美好的希冀与祝福，一如阳光般亮丽而清馨。愿我亲爱的朋友们，都拥有一枚希望的太阳！

情寄鼓浪屿

　　蓝蓝的大海河，我多次扑进你的怀抱，但我至今还不认识你……

——题记

1. 梦海

大海啊，你是我一个蓝色的梦！

那望不到边的海面，像绸缎一样蓝，有时水平如镜，有时风起浪涌，多变的情绪一如诗人的个性。

海蓝得像天空，天蓝得像大海。梦中的海鸥，是从云中飞来，还是在海中游戏？

带着咸味的海风吹来，海面腾起排排雪浪，哗哗的海浪声，使我仿佛听到大海心脏的跳动。不，那是大海在唱歌。我知道大海在唱什么，因为我是大海的知音。

我把心给了大海，大海知情，那美丽的雪浪花常常打湿我的梦啊！

2. 海泳

这次去鼓浪屿，准备二月十日出发，十五日返回北京。正值早春，只能观海，不能游海呀！

我不禁想起在北戴河、青岛、兴城海滨畅游。海浪不时涌来，浪峰把我轻轻地托起，我像一片漂浮的落叶；当海水将我吞没，我在海中潜游，感觉自己变成了快活的小鱼儿；在海面仰游，仿佛在大海摇篮里酣睡的婴儿。

大海啊，给了我母亲般的温馨。海水吻遍我全身，我在大海的怀抱里，变成了一朵小小的浪花……

3. 海上弧线

厦门被誉为鹭岛，与鼓浪屿一江之隔。鹭江，碧蓝的鹭江，宛若系在两岛中间的一条翡翠项链。

清晨，从我下榻的厦门鹭友嘉酒店的窗口望去，云雾笼罩的鼓浪屿，多么像一位"犹抱琵琶半遮面"的少女呀！绿树掩映着一幢幢白墙红瓦的小楼，昭示出一种雅致和神奇。

游艇穿梭般在海湾疾驶，海面留下一条条白色的弧线。我想，那弧线不就是我的诗吗？在朋友的心海里闪出一道亮光，尔后稍纵即逝，不知道能否留下一点朦胧的回忆？

4. 瞻仰郑成功雕像

轮渡离开厦门码头，在碧波荡漾的大海上环绕鼓浪屿航行。眼前的鼓浪屿，已不是过去那个古老荒漠的小岛，她以海上花园的独特风貌映入我眼帘：碧波环绕，绿树叠翠，别墅成群，小楼雅致，海滨游人如云，日光岩巍然高耸……而最引人注目的是屹立在鼓浪屿海滨岩石上的郑成功的雕像。

瞧，这位民族英雄一身戎装，巍然屹立在巨石之上，眼睛眺望着大海。他在想什么呢？三百多年前，他率领两万五千名官兵收复了被荷兰侵占的台湾。而今，台独分子气焰嚣张，宝岛台湾尚未回归祖国呀！我仿佛看到郑成功的眼睛里喷射着怒火，胸中激情澎湃，如波涛汹涌的大海！

我望着郑成功的雕像，思绪一如万里海天云起云飞……

5. 眺望日光岩

日光岩为鼓浪屿的最高峰，位于鼓浪屿中部偏南的龙头山、旗尾山。龙头山隔鹭江海峡与厦门的虎头山遥相对峙，构成龙虎守江镇海之势。

我踏上鼓浪屿，眺望日光岩，只见岩顶像一柄利剑刺破云天。日光岩呀，"上有浩浩之天风，下有泱泱之大海"，犹如一位巨人见证着鼓浪屿的历史沧桑。

我相信，假如日光岩有知，它会高度赞赏改革开放的今天，而且会信心百倍地展望鼓浪屿美好的明天！

6. 鼓浪屿的榕树

走进鼓浪屿，那一棵棵高大挺拔的榕树引起我极大的兴趣和关注。我站在一棵生长了四百一十七年的榕树下，望着它那粗壮高大的树干、绿叶繁茂的树冠，感叹不已。经历了四百多年的风风雨雨，这棵榕树不仅没有衰老，而是愈发旺盛！

你看它那繁茂的绿叶，简直苍翠欲滴了。是的，树是有生命的，而榕树顽强的生命，是天风海涛锻造出来的。鼓浪屿的每一个棵榕树，都是一个神话、一个奇迹呀！

我站在榕树下，照了一张相，相片上，我和榕树的生命融合在一起了。我觉得，我变成了鼓浪屿的一棵榕树。

7. 夜幕笼罩下的鼓浪屿

当夜幕降临之时，鼓浪屿恰似一位身穿彩衣的美女，进入甜美的梦乡。那灿烂的灯火闪闪烁烁，仿佛是镶嵌在她服饰上的珍珠和钻石，那环绕小岛的美丽彩灯，是一条系在她颈上的项链。

岛上幢幢小楼的窗口，飘出动听的钢琴、小提琴和古筝的琴声弦音，伴随着晚风和涛声，使鼓浪屿变成了海上仙境。如果你到鼓浪屿，千万别忘了欣赏小岛这迷人的夜色啊！

8. 水上莲花

来到鹭岛，天一直阴着，直到第三日，天才放晴。太阳一出来，给我一

阵惊喜。在鹭友嘉酒店二十八层，从窗口眺望，阳光下的鼓浪屿像碧波簇拥的一朵青莲。此刻，我忽然想起在普陀寺山石上镌刻的两句诗：

> 水上莲花心上佛
>
> 山间明月指间弹

呵，佛在心上，禅在指间，能悟出其中意，也不枉费此行。

9. 鼓浪屿，我为你唱首歌

今天再次踏上鼓浪屿，恰逢一个浪漫的日子——情人节！阳光下，鼓浪屿天仙般美丽动人，碧蓝的大海拥抱着小岛，海风拨动琴弦，海浪弹响古筝，海鸥唱着眷恋的歌……

我徜徉在鹿礁路上，看见一对对年轻的情侣怀抱鲜花走来走去，他们大概是让大海作证，证明他们情深似海吧！

海边礁石上站着一只白色的海鸟，望着海岸的行人久久不肯离去，那只海鸟不就是我吗？明天我就要离开鼓浪屿，我真想唱首歌，让我的歌声和海风、海浪融汇在一起，永远留给鼓浪屿——我有缘结识的天仙女！

10. 再看你一眼吧，鼓浪屿

这几天，像寻梦一样，走进朝思暮想、魂牵梦绕的鼓浪屿。岛上那雅致的小楼、弯曲的小巷、风景名胜、花园别墅，还有那喧闹的海滨、棕榈榕树、岩石海浪，都清晰地留在我的记忆里。

鼓浪屿，你是一幅优美的画，你是一首多情的诗，你是一支动听的歌啊！辽阔的蓝天当纸，浩瀚的大海为墨，也写不尽对你的痴爱和眷恋！

当我乘坐快艇离开鼓浪屿的时候，温柔的海风亲吻着我的脸，白色的海鸥追逐着鸣叫，疾驶的快艇在海面上留下跳跃的雪浪花。那雪浪花是我写给鼓浪屿的诗呀！

我在快艇上扭回头，默默地说：鼓浪屿，让我再看你一眼吧，你的美，将永远留在我的记忆里！

日照的月亮

1

日照，这座海滨小城被誉为太阳的故乡，都说那里的太阳永不坠落。我宁愿相信这是真的。

为了追寻不落的太阳，我和春天一起来到日照。我惊异地发现，日照的月亮比太阳更纯净、更美丽。

是因为不落的太阳的折射，使日照的月亮粲然明照，光映清辉？还是因为碧蓝的海水的浸洗，使日照的月亮纤尘不染，冰清玉洁？

莫非我和月亮有缘吗？为什么第一次见到海上明月，竟然一望而生仰慕之情。在日照短暂停留的日子里，我每天傍晚来到海边，与月亮约会，仿佛回到了年轻的岁月，品尝着初恋的甜蜜。

2

日照海湾的黄昏凉爽而静谧。

暮霭熔金，远山含黛，温柔的海风亲吻我的脸，海面上腾起一簇簇雪浪花，那是在欢迎一位穿了几十年戎装已经身心疲惫的共和国老兵吗？

也许，只有军人没有赏月的闲情逸致吧。如今，作为一名军队退休干部，清闲安逸的生活竟然使我产生了赏月的雅兴。

我伫立海岸，等待月亮出海。莫笑我痴，我人生第一次追寻和等待海上明月。知道月亮美的价值吗？我至今才明白，不爱月亮的人，他的感情世界无疑有一块空白。

观赏海上明月，是我多年的期盼。如今，我在海边等待，人生的际遇莫过于一次美的等待。

3

月亮在海里洗了一个澡，然后水淋淋、湿漉漉地钻出了海面，像一朵白莲在我眼前绽放。我望见，海中有月，月中有海，月亮和大海交融在一起，于是，海空变得如此和谐。

月亮像一把钥匙，开启了大海的心灵。大海像一块碧玉，托起了月亮这颗珍珠，海风抚琴，奏响了一曲海月恋歌。

月亮像一盏银灯高悬在夜空，我想走进她，又唯恐把她撞碎，因为没有她，这个世界会变得更加黑暗。

只因为看了一眼海上明月，我的心一万年也不缺少光明。

4

月华如练，把我的魂牵走了，只剩一个空壳儿。我躺在海滩上，疲惫地进入梦乡。梦中，月亮微笑着向我走来，我迎上去，当我用双手抚摸月亮时，月亮哭了。

枕着海入眠，这确实是一件浪漫的事。海浪打湿了我的梦，月亮悄悄地为我抹去脸上的泪痕。

我知海月心，海月知我情。

5

海天万里，看不到尽头。海雾迷蒙，给我心头平添几许惆怅。

海风呜咽，断断续续倾吐着心事。

海鸥唱着凄婉的歌，撞击着我的心灵。

我一颗颤抖的心扑向海上明月。月亮啊月亮，请你睁开眼睛，展开双臂，我来了。

追月的路，从来没有想象的那么遥远。

月亮啊，梦中的仙子，送你一片镜儿海，明净澄碧，愿你有海一样宽阔的心胸，海一样澎湃的激情。月亮啊，心中的美神，你是大海的女儿，而我，只是一只海鸥，我把心中的歌献给你，但愿能引起你的共鸣。

6

月亮为什么沉默不语？莫非你有羞涩难言的心事，深深埋藏在心底。

海风啊，请你吹开月亮心灵的一扇门吧，我想解读月亮的心事。

从小到大，听人们讲述过许多关于月亮的故事，每一个故事都是一个美丽的童话。

如今，我伴随着月亮走进童话世界，我感觉置身于童话中的故事并不美丽，更多的是凄婉孤寂和忧伤，即使这样，我也不愿走出与月亮相伴的童话世界。

7

生平第一次见到这么美丽的海上月色。

皎美的月光照亮了海湾每一个角落。

海滩上，汪起无数片海水，每一汪海水都有一个小月亮。而我心中，只有一个月亮，那是我永恒不变的美神。

月亮走我也走，我拼命追赶着月亮。月亮离我多么远，我的思念和爱恋就多么远。

近，固然很美，其实，远比近更美！

8

月亮高悬在天空，听海浪吟诗、海风抚琴、海上巨轮汽笛长鸣。你遥望海上日出、天边落霞，还有消逝的帆影……

你可望见了我，一个执着的追月人？我仰望着你，珍惜这美好的一刻。我把握今天，相信明天胜过今天。

月亮啊，你应该明白，人的情感可以超越时空和年轮。

世界上最美的是海上明月。一首《春江花月夜》堪称诗中的诗，成了千古绝唱。

我爱娇美的月亮，尤其爱这日照的月亮，她让我心醉，让我神往。

我把心交给了你，把梦交给了你，天论你走到哪里，我都要和你一起翱翔在苍茫的天宇。

9

我发现，月亮是从太阳的背后钻出来，绽开迷人的笑靥。她不愿和太阳媲美，总是在暗夜里悄然露面。

世上许多美不易让人发现。"银碗盛雪"雪无痕、"明月藏鹭"鹭无影。真正的美有时是看不到的。

大白天，谁见不到太阳呢？夜晚，如果你不经意，怎么能见到月亮呢？

月亮悄然无声地把光明洒满人间，但是，有多少人留意看一看她那美丽的倩影呢？哪怕是望上一眼！

我不远千里来到日照，观赏海上明月，不为别的，只是为了见证美的价值。

10

海滩很静，静得只能听见大海的呼吸，那富有节奏的海浪声告诉我，大海并没有安睡。

大海也在望月吗？

此刻，我想起了十年前写的一首小诗——《海月恋》：

大海遥望着月亮，
越过岁月沧桑，
把古老的梦幻，
化作万顷海浪。
月亮啊月亮，
你听见了吗，
大海日夜在歌唱！
月亮窥视着大海，
穿过夜色苍苍，
把思恋的月华，
洒在苍茫的大海上；
大海啊大海，
你看见了吗，
月亮那秀丽的脸庞。
海知明月心，
爱恋那皎美的月光，
月知大海情，
爱恋那澎湃的海浪。
海浪啊海浪，
月光啊月光，
把彼此的思恋，
洒满天空，融进海洋……

11

我如醉如痴地望着天上的明月，感觉整个身心融进银色的月光里。

月光里的我依然是那么渺小，小得宛如一滴海水。

我知道，一滴海水胜过我一生得到的阳光和月光。

海风徐徐，送来阵阵芳香，是花香、茶香，还是芳草香？

月儿望着我笑，笑得很神秘，也很甜蜜。我忽然明白了，原来，日照的月亮是香月！那是春花、春茶、春草把她熏染的吧。

卡伦海滩掠影

我和妻子、儿子、儿媳同机飞抵泰国的普吉岛，一家四口人下榻的是普吉岛卡伦梅沙酒店。这家四星级酒店依山傍海，与海滩只有一路之隔，站在酒店门口便可清楚地看见那长长的卡伦海滩和蓝蓝的安达曼海。

走，下海游泳去。我们身穿泳衣，头顶着中午火辣辣的太阳，来到了卡伦海滩。遍布海滩的太阳伞宛若春花绽放，伞下躺椅上是来自世界各地的游客，男男女女，老老少少，共同分享这海滩的乐趣。海滩上的沙洁白、松软、柔润，难怪吸引了那么多孩子在海滩上玩耍。

瞧，那两个大约三岁的金发女孩，模样何其相似，肯定是一对双胞胎。她们的小脸蛋白皙透着微红，眼睛像海水一样碧蓝。一个手握蓝色的小铲，爸爸看着她在海滩上挖坑；一个手提粉色的小桶，妈妈拉着她的手去取海水。哗啦啦，一桶海水倒进海滩上的小坑里，两个女孩高兴地跳起来。哦，她们是要造一个海呵！我惊叹她们的想象和气魄！这两个女孩天真无邪的心，像海一样澄碧纯净。我多么想走进孩子们心中那一片海，窥探她们憧憬的蔚蓝世界。

"你快来看，那个男孩用沙子修建了一座城堡。"妻子用手指了指海滩上隆起的一座新城。那是沙子堆成的几幢楼房，广场上矗立着一座金字塔，四周有城墙包围着。我简直不能相信，这位神奇的建筑师竟是一个四岁的男孩。他的头发是金黄色的，眼睛像蓝宝石，雪白的皮肤在阳光映照下微露红晕。我不知道这个四岁的男孩是否听大人们讲述过印度洋的地震海啸，他精心修建的城堡是为普吉岛劫后建造的家园吗？他用沙子堆成的金字塔是纪念亡灵的无字碑吗？那四周的城墙是用来抵御凶猛的海啸吗？

看着沙滩上的孩子们无忧无虑地尽情玩耍，我仿佛又回到了童年时代，没有忧愁，没有悲伤，没有痛苦，天真，自由，爽快，那是多么令人眷恋的美好境界呵。莫笑我痴，我这个戎马半生的共和国老兵，此时竟变成了一个傻乎乎的孩子，对海滩上的一切都感到新奇有趣。置身于孩子们中间，我想，只要没有地震海啸，再深的海水也不会淹没孩子们在海滩上留下的足印。

手拉着手，我和妻子下海了。这就是印度洋的安达曼海吗？海水碧蓝，

清澈，温暖，柔润。我们细心体验着海的温情、海的博大、海的辽阔，把整个身心都浸润在蔚蓝的海水里，的的确确有一种回归大自然的感觉。其实，人原本就是海中细小的生命进化而成的，大海无疑是人类生命最原始的摇篮。人类不应该忘记大海的恩宠，所以，来自世界各地的游客都如醉如痴地拥抱大海，像婴儿扑进母亲的怀抱。妻子从来没学过游泳，她紧攥着我的两只手，惊恐地站在没胸的海水里，不敢挪动一步。

"老伴，我来教你游泳。"

"唉，年过半百的人啦，早过了学游泳的年龄。"

"人衰老的主要标志不是年龄和身体，而是心态。谢冰心老人说过，人生九十是少年。照此说来，我们不过是婴儿。你攥紧我的手，趴下身子，用两只脚蹬水，别害怕，试一试。"

这时，儿子儿媳也游过来保驾。

妻子匍匐在海水里，用两只脚蹬水，扑腾腾，扑腾腾，海面绽开一簇簇浪花。

初试成功，妻子第一次享受海泳的乐趣。她惬意地笑了，笑得像婴儿般天真。我会永远记住她在安达曼海这么开心的微笑。

大海知情，起伏的海浪簇拥着我们，依偎着我们，亲吻着我们，海水深含着对我们的厚爱；海风抚琴，海鸟欢唱，仿佛为我们祝福。远山无语，却见证了一个和谐家庭；大海亦无语，却是我们最好的知音。我们陶醉在安达曼海宽广温馨的怀抱里，感受从未有过的悠然和畅快。

妻子回到海滩，坐在太阳伞下观看我和儿子、儿媳游泳。儿子、儿媳自幼学会了蛙泳，此刻趁机在海中一展身手。在故乡冀中平原的清水塘里泡大的我，最拿手的游式是仰泳，不仅游出很远，而且可以静静地躺在水面上一待就是一个钟头。说好了，此番来普吉岛，妻子要亲眼目睹我在安达曼海施展一下自己的"绝技"。

顺着海风，挟着海浪，我在大海里开始仰游。我觉得，苍茫的大海像蔚蓝的天空，而我像一片漂浮的落叶，浑身感到轻松爽快，这种舒适感在陆地上是不可能体验到的。毕竟年逾六旬，仰游了半个时辰，我的双臂有点痛，于是，我躺在海面上漂浮，为防止身体下沉，我用两只手轻轻拂动海水，此时我感觉大海就像一张温床，平软而舒适。天上火辣辣的太阳当空照着，有几片薄纱似的白云点缀在湛蓝的天空。或许是我常年在室内伏案写作，难得清闲晒太阳，此刻心生几分贪婪，巴不得把这些年丢失的阳光全部捡回来。我安安静静地躺在海面上，任阳光流水般倾泻而下，洒遍我的全身。

"爸，你来看，我在海底摸到了一只寄居蟹。"儿子游到我身边说。

我站在齐肩深的海水里，接过寄居蟹，仔细观看。小家伙躲在橄榄般大的虎斑螺中，先伸出毛茸茸的爪儿，然后露出头来，两只黑米粒般的眼睛闪着黝黝的光泽。

"走，让你妈瞧瞧。"我和儿子奔向海滩。没料到，一只小小的寄居蟹却引起海滩上许多游客的好奇和雅兴，纷纷围上来观看。

我对儿子说："把这只寄居蟹带回北京，看到它，就想起安达曼海，想起印度洋的地震海啸。"

妻子不同意，她说："寄居蟹离开海，会死掉的。"

儿子思考了片刻，最后作出决定，将寄居蟹送给了海滩上修建城堡的小男孩。

那个小男孩手捧着寄居蟹观看了很久，然后小心翼翼地把它送回了大海，他是让寄居蟹和海啸中几千个亡灵作伴吗？

大海猝然欢腾起来，浪花在阳光下闪烁，像孩子们脸上绽开的笑容。

卡伦海滩沸腾了！没有伤痕，没有悲痛，也没有余悸，沉浸在欢乐中的人们似乎忘却了昨日的劫难，浓浓的海趣在海滩上蔓延开去。安达曼海那如泣如诉的海浪声，仿佛向游客们倾诉着绵绵不尽意味悠长的心语……

我像一个好奇的追梦人，在卡伦海滩寻觅着那场灾难的影子。

醉卧皇帝岛

一大早，我和妻子、儿子、儿媳乘快艇离开普吉岛，向皇帝岛进发。普吉岛被誉为泰国的"珍珠"、印度洋的"金银岛"，而皇帝岛则是世界十大浮潜胜地之一，较之普吉岛别有情趣。

快艇像一支离弦的箭在海上疾飞。墨绿的大海，风急浪涌，快艇颠簸得很厉害，坐在快艇上，整个身子被颠得快要散架了，没办法，只好强忍着。可是，当我看到快艇上的二十多位游客，一个个若无其事，那么悠然自得，谈笑风生，真的自惭形秽，觉得自己过于娇气了。

妻子拉了我一下，说："你看，那雪浪花，真美！"

我转过身来，望着快艇后面的那一片海，两道银光闪烁，那是快艇犁开

的一簇簇雪浪花，翻腾跳跃着，追随着快艇，银链般伸展飘荡。

快艇在海上航行了四十分钟，终于在皇帝岛的海湾码头停了下来。走下快艇，跨过舟桥，来到皇帝岛海滩，我被海滩上的银沙吸引住了。那厚厚的、软软的、润润的银沙，在阳光的照射下熠熠生辉，恰似洁白的雪、筛过的银。海湾里，来自世界各地的游客正在追波逐浪，不少游客浮潜于清澈的海水里，与鱼儿嬉戏。在海滩上，幸遇七八位来自北京的游客，倍感亲切。他们说，这皇帝岛的海滩太美了，来一百次也不烦。

时至中午，我和妻子、儿子、儿媳到邻近海滩的一家山间饭店就餐。登上山坡，儿子喊了一声："看，巨蜥！"我顺着儿子手指的方向看去，只见山间树丛中有三只巨蜥正在争食，追逐着，撕咬着，好不热闹。

真没想到，我们来到皇帝岛，寄居的寓所竟是海边椰林深处的小木屋。别看这小木屋外观简陋，屋内却生活设施齐全，整洁干净，应该说是一个幽静舒适的住所，没什么可挑剔的。轻风习习吹来，花儿的芬芳透过窗口在小屋里弥漫着，让人醉意朦胧。此时，如入仙境，我真正感受到什么是心旷神怡，我想，即使世上的神仙皇帝也难得如此舒心清静吧。

清晨，我的梦被小鸟啄破了，醒来的时候，我听到椰林里那些不知名的鸟儿在欢叫，真好听，心想，这偌大的椰林不就是一个"音乐王国"吗？林中那些鸟儿们，既可瞭望大海，又能闻到花香，自由自在，没有一点忧愁和烦恼，世人如果像鸟儿那样悠闲自得该多好呀！

太阳升起老高了，我们穿上泳衣，带上浮潜用具，沿着椰林中的小路来到海边。海岸有五棵高大粗壮的雨伞树，浓密的树荫遮蔽着炙人的阳光，每棵树下都摆放着躺椅，供游客躺着休息，也可坐着观海。

我和妻子都未曾在海中浮潜过，比到过马尔代夫潜海观鱼的儿子、儿媳，对浮潜更感到新奇，简直有点跃跃欲试了。

任何一种尝试都可能带来成功的喜悦，因此我从来不拒绝尝试，哪怕是潜在着可以预知的风险。

还是儿子想得周到，他不仅为我和妻子准备好了浮潜用具，多次教我们演练，嘱咐我们如何用嘴吸气呼气，还特地为我们租了救生衣。我和妻子"全副武装"，手拉手下海了。这里的海水竟然清澈得像碧玉一样透明，可以清清楚楚地看到海底那大大小小的鹅卵石，那蓝色、红色、褐色和黄黑条纹的小鱼儿穿梭般游弋，真让人目不暇接。我渐渐走到齐肩深的海水处开始浮潜，刹那间，好大一群鱼忽地围过来，对我这位远方的来客亲热得不得了，莫非我的前世曾经是鱼们的同类？我顿时心生一种奇异的想法，能抓住一条鱼儿吗？我用手抓呀，抓呀，可那些鱼们真是贼精、贼精，动作敏捷，我怎么也捉不住。哦，一条一尺多长的大鱼游过来了，它仿佛向我说了一声"您好"，然后一摆尾，闪电般地消失了。我羡慕海中鱼们的生活，它们拥有真正的自由，这是人类不可企及的。

"爸，你来看，妈被鱼咬了一口。"儿子走到我跟前说。

"怎么可能呢，我来看看。"我托起妻子的一只手，仔细观看，发现她的手背有一个红红的血印。我告诉妻子，那不是鱼咬的，是鱼亲了一口。

"去你的。"妻子向我身上撩了一把海水，然后"扑哧"笑了。

海风，带着湿润和咸味的海风，轻轻亲吻着我们的脸。海浪，饱含温柔和深情的海浪，缠绵地簇拥着我们。我、妻子、儿子、儿媳，都醉入这片蓝蓝的海。

我想记住这座美丽的岛，这片美丽的海。浮潜结束，我打算在海边拣几颗小石子带回北京，放在书桌上，这样，每天都可以看到皇帝岛的剪影，听到大海的涛声。正当我在浅水处弯腰拣石子时，一排海浪涌来，将我拍倒，跌在鹅卵石上。我用力挣扎，怎么也爬不起来。这时，正在海岸休息的一位来自欧美的游客，迅速跑了过来，几乎同时，妻子也赶到了，他们将我拉了起来。妻子嗔怪我，不该贪心捡石子，这明摆着是一种惩罚。我无言以对。可不是么，皇帝岛上的小路是用鹅卵石铺的，饭店和小别墅的底墙也是用鹅卵石砌的，在这小岛上，鹅卵石是有大用场的。而我，想把鹅卵石作为欣赏的玩物，皇帝岛能答应吗？大海能同意吗？想到这儿，我甘心受惩罚。

今日，恰巧是儿子的生日。妻子和儿媳在皇帝岛一家酒店安排了丰盛的晚餐。

夜幕低垂，晚风送爽，附近传来有节奏的海浪声。我和妻子、儿媳举杯为儿子祝贺生日。儿子从来没有这样高兴，着实有点受宠若惊了，那神气的样子简直就像"小皇帝"。餐罢，我们一家四口在酒店里玩扑克，直到深夜。

皇帝岛枕着涛声早已进入了梦乡，梦中，也许会听到我们开心的笑声吧。

原载 2022 年 7 月《神剑》

义门，这扇门永远开着

义门是村名，那是一个坐落在冀中平原滹沱河畔的古老村庄。我在本县后张庄中学读书时，班里有一位名叫门志辉的同学，听说他就是义门村的。初识，我和门志辉便成了好朋友。我俩同龄，刚满十四岁，又都是班里的小个子，白天同桌听课，晚上通铺共眠，彼此的感觉，用家乡话说就是"真得"（得，děi，满意之意）。

我读初中时，正值三年困难时期。冀中平原的农民，家家户户受着饥饿的煎熬。中学的伙食，一日三餐"瓜菜代"，我们这些正在发育的孩子，吃得孬不怕，怕的是吃不饱肚子。因为挨饿的滋味实在不好受。寒冷的冬天，每日晚自习，坐在教室里，肚子饿得咕噜咕噜直叫唤，下课后回到集体宿舍，钻进被窝，久久不能入眠，因为肚子里空空的，没食，饿得挺难受哩。躺在我身边的门志辉发现我翻来覆去睡不着，猜得出来是饥饿与我较劲，便把一块硬邦邦的东西塞进我的被窝，我闻了闻，好香呀，是玉米饼子。那时的我，顾不得什么"君子不食嗟来之食"，狼吞虎咽，将半拉玉米饼子填进肚子里。我明白，那半拉玉米饼子来自义门村，是门志辉在本校读高中的姐姐回家带来的。义门在何方？我知道那个村子属油子公社管辖，紧挨着滹沱河，虽然我没去过义门，但那半拉玉米饼子启示我，义门就是仁义之门。义门人，有一颗善良的爱心，这是世间的瑰宝。

1963 年，我初中毕业了，幸运地考入省重点深县高中，此后一直没机会与门志辉见面。特别是我从深县高中应征入伍后，远离家乡，与老同学门志辉天各一方，杳无音信。说实在的，自从我参军提干后，再也不为温饱担忧了，进了大城市，也曾品尝过山珍海味，但对我来说，天下美食，都比不上当年那半拉玉米饼子吃着香。

　　记得我参军后的第八个年头，从北京回到家乡探亲，与母亲唠嗑时，老人家竟意外地对我提起老同学门志辉。

　　那是盛夏的一天傍晚，倾盆大雨袭击了冀中平原。母亲站在家门口，发现濛濛雨雾中有一辆老牛车在村街上艰难行进，车上装载的是红薯秧子，赶车人是一位二十多岁的庄稼汉。

　　"喂，到俺家避避雨吧。"母亲对赶车人喊道。

　　"大娘，谢谢你了。"赶车人无奈，只好答应了。

　　母亲拉开黑漆梢门，赶车人吆喝着，老牛车驶进我家的梢门筒子。

　　母亲让我父亲从生产队里弄来草料，喂那头老牛。她忙活着烧火做饭，为陌生的赶车人准备了可口的饭菜。

　　吃罢晚饭，母亲把干净的被褥铺在土炕上，对赶车人说："孩子，别走啦，在这土炕上睡一夜，明儿个再赶路。甭嫌俺家的土炕简陋，当年，八路军、游击队都在这土炕上睡过。孩子他叔，俺家的老大、老三，都睡过这土炕，如今，他们都在部队当兵，孩子他叔还是一位部长哩。"

　　"你当兵的儿子叫什么名字。"赶车人问。

　　"老大乔秀清，老三乔秀滨。"母亲说。

　　"哦，乔秀清，那是我初中的同班同学呀！"

　　"真的？"

　　"真的。我是义门村人，名叫门志辉，读中学时，我和乔秀清是特别要好的朋友。"

　　是巧合，还是缘分？这个村子几百户人家，门志辉却幸运地遇到了我的父母。

　　听完母亲讲述的这个真实的经历，我告诉了母亲那半拉玉米饼的往事。母亲对我说："门志辉是义门村人，义门人真是有情有义呀！"

　　时光在不经意间悄然流逝，屈指一算，我参军远离家乡整整50年。这么多年过去了，许多往事已淡忘，但我始终没忘记义门村的门志辉，没忘记他送给我的半拉玉米饼子。好友之间，绝非经常见面才感情深厚，能在心灵深处留下烙印，即使远在天边，多年不见，心里总是惦着。这正如一首小诗所云："别人有一片草原，容不下一个我，你只用一棵草，就拴住了我，这棵草叫永远。别人有一座宫殿，留不下一个你，我只看了你一眼，就拴住了你，这一眼叫永远。"

今天早晨，我收到朋友发来的一条微信："在衡水安平县油子乡有一个叫义门的地方，这里有一位善人——韩广庆。"2015年12月1日，北方已经颇冷，但在义门，大家的心却是暖暖的。因为韩广庆自费买了一百多件棉衣，在义门村党支部书记门永金的陪同下一起送到了村里每个需要帮助的人手中。谈起为啥这么多年始终如一地为村民做善事，韩广庆说："其实这算不上什么善事，我只是在应着我的心做了一些力所能及的事。现在政策好了，日子也好起来了，自然而然地发自内心就想帮帮那些需要帮助的人。我希望我身边的每一个人都过得好。"

自然而然地做好事，希望身边的每一个人都过得好。多么朴实无华、多么情感真挚的话语呀！这是义门人的肺腑之言。

读着这条微信，我的心飞到冀中平原的滹沱河畔，飞到那个古老的村庄义门。一缕乡愁，恰似陈年老酒，令人回味无穷。门志辉，我的老同学，多年没见，你现在近况如何？我因为结识你而幸运，也因为你生活在义门而自豪。因为，在我的记忆里，义门是仁义之门，这扇门永远开着。

原载 2016 年 2 月《中国财经报》、《中国文化报》

义门秋雨

　　参军离开故乡，我像滹沱河的帆，朝迎日出，暮送晚霞，随着岁月的风飘远。而他，一直在我远航的帆影里浮现，成为我抹不掉的记忆。他就是我初中的同班同学门志辉。

　　仲秋时节，我从京城返回故乡，筹备出版第四本书——散文集《滹河芦花》。天擦黑时，我赶到县城一家饭馆，家乡几位朋友在餐厅等候为我接风洗尘。朋友告诉我，晚宴是企业家曹郡学执意安排的，他说前些年陪父亲到北京解放军总医院看病，当时我在院政治部任职，他曾找我咨询有关事宜，特设宴报答。这实在是太客气了，令我汗颜。席间聊天，我听说曹郡学是义门村人，便问：

　　"义门村有一个人叫门志辉，认识不？"

　　"当然认识啦，人家辈分大，我管他叫叔呢。"

　　"他比我小一岁，今年七十六，还健在吧？"

　　"健在，身子骨结实着哩。他为人厚道，实在，三个女儿一个儿子，人丁兴旺。儿女们各自成家了，都在县城上班，他和老伴在村里鼓捣着十几亩地，小日子过得不错。"

　　"门志辉是我的同学，也是我的恩人。我们一起上初中，正赶上三年困难时期，天天吃的瓜菜代，那也填不饱肚子。冬天，上完晚自习回宿舍，钻进被窝里，又冷又饿，肚子咕噜咕噜老叫唤。蓦地，睡在我身边的门志辉将一个硬邦邦的东西塞进我被窝里，黑灯瞎火看不清，我用鼻子闻了闻，好香啊，玉米面饼子！我没吱声，狼吞虎咽地将玉米面饼子干掉了。门志辉暗夜多少次给我被窝里塞吃的，我记不清了。我只记得他是义门村人，义门，就是仁义之门；义门人，义薄云天！"

曹郡学见我当面夸义门人，自然很欣慰，他和我约定，改日去义门村与门志辉见面。屈指一算，我与门志辉分别整整六十年了。悠悠岁月，许多往事如风吹疏林，风过而不留声，亦如雁渡秋湖，雁去而不留影。而老同学门志辉与我不仅是同窗好友，而且是患难之交，我怎么会忘记他呢。军号声声，金戈铁马，几十年的戎马生活没有淡化我对门志辉的惦念和牵挂，正如欧阳修词作《玉楼春·别后不知君远近》所云："别后不知君远近，触目凄凉多少闷，渐行渐远渐无书，水阔鱼沉何处问。夜深风竹敲秋韵，万叶千声皆是恨，故欹单枕梦中寻，梦又不成灯又烬。"

这天上午，我的好友、诗人企业家李海燕，开车拉着我和老伴，还有初中同班同学边道京（安平中学原教导处主任），向义门进发，曹郡学在滹沱河边等候。雨后的冀中平原，满眼葱绿，田野里的苞谷日渐成熟，白嘴山药支架遍地，上面爬满了藤蔓。小燕子衔着秋天的芬芳凌空飞翔。日夜奔流无歇的滹沱河，满载着故乡的秋韵流到遥远的地方。

我们来到滹沱河一座渡桥旁，只见桥西边宽阔的河面，碧波荡漾，浪花里许多故事在我脑海里翻腾着。桥下涵洞的流水像瀑布似的飞泻喷涌，涛声哗然，惊醒了河畔沉睡的村庄。渡桥旁边的打鱼人，把渔网抛到河里，提上来打开一看，几条手指般的小鱼蹦跶着，招惹人们观看。片刻，打鱼人将捕捞的小鱼又放回河里。我懂得打鱼人打捞的不是鱼，而是一种兴趣，一种风景。

曹郡学的车停在桥那边等候，他料定我会在渡桥边观看滹沱河的风景，因为那是我参军后日夜思念流淌在心里的母亲河，也是许多革命先烈与日寇浴血奋战光荣献身的英雄的河。

我在渡桥边停留了一会儿，观景听涛，然后带着深深的眷恋，跟随曹郡学的车，沿着河堤直奔义门村。

那位站在村街柏油路旁迎候的老人，我猜想一定是老同学门志辉。只见他个子矮小，头发花白了，布满皱纹的脸，挂着慈祥的微笑。他走过来紧紧握住我的手：

"是乔秀清吧？我是门志辉。"

"没错。咱俩还是小个子，只是变老了。"

"这是咱们的家，到屋里坐坐。"

"志辉，我给你带来了一本书，《洗脸盆里的荷花》，这是我的散文集，里面有一篇文章'义门，这扇门永远开着'，写的是咱俩的故事，你抽空看看。"

"好，我一定看，一定！"

走进门志辉家，我的心被强烈地震撼，眼前这个农家小院真是太漂亮了！七间并排的白瓷砖房子，美观典雅，那一畦畦菜地，种的是茄子、豆角、辣椒、丝瓜、白菜等等，透出浓浓的绿意。菜地边缘还种植了果树，红色的石榴开口笑着，圆鼓鼓的核桃缀满枝头。院子一隅，有一棵高大的白果树，随风摇曳的绿叶，筛下斑斑驳驳的阳光，宛如碎金飘落。陪同我来义门的几位朋友被小院的风景迷住了，在院子里转来转去，我和门志辉在屋里聊天。

门志辉给我讲述了一个真实的故事。那年盛夏，义门村生产队派门志辉赶着牛车到几十里外的张舍村购买红薯秧，事情办妥刚要返回，没料到遇上一场大雨。门志辉赶着牛车顶风冒雨行进，到了张舍村东街，有一位农妇站在自家门口，呼喊赶车人到她家的梢门筒里避避雨。农妇让丈夫去生产队的牲口屋取一些草料喂那头牛，她急忙烧火做饭。等门志辉吃罢晚饭，农妇在一间屋的土炕上铺上干干净净的被褥，对门志辉说，孩子，早点睡，明儿个再赶路。甭嫌俺家的土炕简陋，当年，八路军、游击队都在这土炕上睡过。泪水涌出门志辉的眼眶，他觉得眼前这位慈祥的大娘，打着灯笼也难找到。翌日清晨，一声声公鸡的打鸣声，唤醒了沉睡的太阳，阳光从贴着窗花的玻璃射进来，把房间照亮了。门志辉发现，墙壁上挂着的镜框，里面有一张照片他觉得有点面熟，于是问大伯大娘，那个穿军装戴眼镜的是谁。大娘说，那是俺大儿子乔秀清，他在北京当兵。门志辉说，哦，乔秀清，那是我初中的同班同学呀！

听着门志辉侃侃而谈，我想起早已驾鹤西去的父母，两个抗战初期的老党员，一个是村里的青年抗日先锋队主任，一个村妇救会主任，他们带领群众与日寇生死决战，让晚辈肃然起敬！

真是机缘巧合，自从门志辉在家避雨，认识了我的父母，他便成了我家常客，经常到我家看望二老。

将近中午，曹郡学早已安排好了，就在远近闻名颇具特色的义门饭店就餐。重情重义的曹郡学带来了两瓶珍藏多年的好酒，还请来义门村的老支书，举杯祝贺我与门志辉久别重逢。席间，大家对义门饭店那几道彰显家乡风味的拿手好菜赞不绝口。义门村的老支书对我说，这些年，曹郡学对建设美丽乡村作出了很多贡献，给村里捐款修路，建学校，做了不少善事，村口那两块巨石，是义门的村标，都是曹郡学捐款建造的，成了俺们村的一道景观。

老支书的一席话，使大家对好善乐施的企业家曹郡学不能不敬重和钦佩！

吃罢午饭，我们一起来到义门村口观看巨石村标。赫然出现在我面前的两块杏黄色的巨石，正面刻着"义门村"三个大字，背面刻的是"义门秋雨"和诠释的文字：

> 义门秋雨是安平古八景之一。在城东北二十里有义门村。元朝义门人李恭让以孝行闻名乡里。时秋季大旱，惟义门雨足，人以为和气所感。清陈宗石（安平知县）有诗咏之：百亩农家忧旱魃，一朝秋雨答天心。当年孝义高千古，留得芳名说到今。

此时此刻，天空冷不丁地下起了小雨，柔柔的，润润的，爽爽的。哦，义门秋雨！真是天解人意啊，冥冥之中，我竟然相信老天有心，就是清朝知县陈宗石诗中说的"天心"。若不然，晴朗的天空，没有一丝云彩，怎么突然下起了小雨呢？这是天雨、秋雨、喜雨，还是孝义之雨、仁爱之雨？如情似梦的义门秋雨，点点滴滴，滋润着我的心灵，洗涤着我的灵魂，渗入我的血脉。我这个年过七旬的共和国老兵，从来没有像今天这样神清气爽、精神焕发，我感觉我还很年轻！

原载 2023 年《家乡》

透过太白山的奇特风光

　　就任何一位画家而言，出生地域对其人品及作品都会有与生俱来的影响。画家侯炳茂出生在太白山脚下，他创作的大量山水画，描绘了太白山的奇特风光，而正是这些作品昭示出侯炳茂情系太白，有值得敬佩的人格魅力、文化内涵和艺术造诣，无愧太白山之骄子。

　　太白山乃秦岭山脉主峰，又是长江和黄河两大水系分水岭，山势险峻，奇峰林立，怪石嶙峋，千姿百态。山上树木茂盛，丰富的植物资源为野生动物提供了充足食物，太白山是著名道教文化圣地，自唐、宋以来，许多文人墨客登临挥毫，留下脍炙人口的诗文。李白、杜甫、韩愈、苏轼等名人学士也曾登临太白山，吟诗作画。"太白泼墨山"传说为李白作诗之处。李白《登太白峰》诗曰："西上太白峰，夕阳穷登攀。太白与我语，为我开天关。"杜甫则有"犹瞻太白雪，喜遇武则天"之比喻。

　　坐落在太白山脚下、渭河之畔的凤翔县桂花村，是侯炳茂的出生地。孩童时代的他，推门就能望见太白山的层峦叠嶂，抬头便可看到山顶上的如银雪冠，真可谓"山巅常有雪不消，盛夏视之犹然"。"六月雪"是太白山的奇景之一，侯炳茂每当与朋友们谈起自己的家乡，此乃津津乐道的一个话题，令人心驰神往。在侯炳茂的记忆里，太白山是一幅气象万千又美轮美奂的天然画卷。他爱太白山，那里的一山一水、一草一木，都让他铭记于心，动之以情。是的，那是 1951 年正月十六，刚满 14 岁的侯炳茂被批准参军，告别太白山，奔赴抗美援朝战争前线。6 年之后，当他身着军装、戴着立功勋章回家探亲，太白山敞开胸怀拥抱从炮火硝烟中走来的光荣的志愿军战士。

　　从抗美援朝胜利归来，直到光荣退休，侯炳茂这位共和国老兵，半个多世纪以来一直对太白山魂牵梦萦，他多次回家乡走进太白山，寻找儿时失落

的梦想。16年前，他拜师学艺，研习书画，渴望用手中的笔尽情描绘太白山多姿多彩的风景，以展示给世人，让人们领略太白山的神奇和美妙。去年，他在家乡停留了一个多月，走遍了太白山的山山岭岭、沟沟壑壑，拍了上百幅照片，作为他创作的参考。他暗下决心，创作山水画，必画太白山。

他爱高山之巅傲然挺立的太白松。侯炳茂对松树情有独钟。小时候，他背着小背篓装进水罐，跟随村里的老百姓上太白山拜神求雨，登上神仙台，望着四周苍苍郁郁的松林，听着阵阵松涛，如临神仙之境。他亲眼看见当年在凤翔县任职的苏东坡在神仙台为百姓求雨所留下的印迹。少年的心被苍松翠柏点燃了激情，从此他深深爱上了太白松。他迷惑不解的是，那些高大粗壮的太白松，或耸立积雪山巅刺破云天，或昂首悬崖峭壁迎风斗雨，或摇曳溪畔壑旁绿荫如盖，他觉得连绵起伏的太白山简直就是松的世界。求雨下山归来，他的水罐里装满了天池清澈的湖水，背篓里装着深山里采摘的松枝和松塔，自此与松树结缘，始终保持着一颗翠绿的童心。太白山寺庙颇多，炎帝庙、姜太公庙、诸葛亮庙，都留下了侯炳茂童年的足迹。年幼时的他，对历史、文化典故知之甚少，但他对寺庙内外的千年松柏兴趣极浓，他反复地想过，为什么太白山的松柏万古长青？他似乎有所领悟，松柏有旺盛的生命力。特别是在朝鲜前线的3年，他基本上是在松林的防空洞里度过的。他亲眼目睹松树被敌人的飞机大炮轰炸而燃烧，焦枯的枝叶剥落后又生出新枝，彰显出松树生命的倔强。这些年，侯炳茂每次创作山水画，都要画松，他把自己的思想感情融入画中，用松树的精神和品格激励自己，达到人松合一的境界。如今，侯炳茂已年满八十六，身体尚佳，精神矍铄。人们都翘起拇指夸他是一棵不老松。

他爱风雨之中默然坚守的太白石。太白山层峦叠嶂，怪石嶙峋，冰川奇石闻名遐迩。第四纪冰川遗迹中的角峰、刃脊、槽谷、石海、石河、石环、石玫瑰让人叹为观止。侯炳茂将太白石视为瑰宝。他认为那些奇形怪状、大大小小的太白石都有生命、有灵魂、懂人性，是宇宙的精灵。小时候他随同母亲到周公庙烧香拜佛，祈求平安。慈祥的母亲是个小脚女人，走路颠颠簸簸，翻山越岭走到周公庙实属不易，他听母亲说周公庙有个山洞，山洞里有一块大石头，谁能摸到大青石一生平安幸福。这当然是母子俩共同的期盼。那天，因游人甚多，他们没有走进山洞，自然连大青石的影子也没看到。但大青石没有忘记少年侯炳茂的心愿，默默等待了半个多世纪。去年，当共和国老兵、画家侯炳茂写生走进太白山对面北山周公庙，谒访大青石，以了却夙愿。就在他触摸到大青石的一刹那，他感觉与太白山融为一体，整个身心都化作一块普普通通的石头。其实，了解侯炳茂的人都知道，几十年的军旅生涯，他已经铸造成石头一样的性格，沉默、坚韧、刚强。60 岁之后，他开始研习书法，临池不辍，永不言弃，靠自己的不懈努力，获得全军书法大赛优秀奖，加入中国书协。在绘画方面，他下苦功临摹古代画家的作品，从花鸟入手，然后研习山水画，后来又拜师学艺，研习油画。作品陆续见诸于报端。更值得钦佩的是，他年逾古稀才开始学习写散文，十余年来，在《解放军报》《中国文化报》《中国财经报》《中国艺术报》《散文百家》等报刊发表了 30 余篇散文，并获得全国冰心散文奖。他每天早起床，或看书，或练字，或作画，或写作，笔耕不辍。这正是太白石精神的生动写照。这让我想到寓意颇深的一段话："忽然想到石头，想做一块石头，就那么沉默地深陷泥土，什么话也不谈，让说话的人去说，让云去说，让风去说，让雨去说。……一块石头，心渐渐凝固，把火包在里面，谁要去激情人生谁去，谁要去涉水渡河谁去，做一块石头多好！这个冬天我只捂热自己。"

他爱广阔蓝天犹然飘漾的太白云。太白山的平安云海是一道著名景观，千峰竞秀，云海茫茫，万壑藏云，如纱似练。从山顶上望去，峰峦叠嶂，峡谷深幽，云雾翻腾，变化无穷，峰如海岛，岭似飞舟。

在侯炳茂创造的山水画卷中，云是不可或缺的内容。为了把云画得美妙生动，多彩多姿，撩人心弦，他多次登临太白山，观云写生。他把身心融于自然，"云兴而悠然共逝，雨滴而冷然俱清，鸟啼而欣然有会，花落而潇然自得"。他从清人龚自珍的诗句"照人胆似秦时月，送我情如岭上云"领悟到做人的真谛。尤其是作为一名画家，如果没有云的情怀、云的浪漫、云的温柔、云的散淡，那的确是一大缺憾。他笔下的太白山，云雾缭绕，相依相伴，因了云的衬托，太白山才显得丰厚、充实、生动、神秘，观之回味无穷。作为侯炳茂的挚友，我实实在在感到他分明就是一朵云，漂浮蓝天，俯瞰大地；故交新朋，情意缠绵；乐善好施，悠然远逝。由此我确信，人品重于作品。作为一名画家，只有人格修养达到很高的境界，才能创作出质量高端的作品。否则，只在技艺上下功夫，势必停滞于凡俗，更谈不上超越了。

请记住共和国老兵、大器晚成的画家侯炳茂，他就是：

郁郁葱葱的太白松，坚坚实实的太白石，飘飘漾漾的太白云。

原载《侯炳茂先生画集》

依依幽思随梦飞

昨夜做了一个梦，梦见与老战友武普定在医院的梧桐树下对话。

我说：普定，如果重来一遭，你还是院办主任，我还是政治部副主任，咱们会比先前干得更好。

普定笑了笑说：那是肯定的，我们都有了经验，哪些事情做得好，哪些事情做得不好，以往的经历把我们变得越来越聪明了。

我说：对。不知道是哪一位先贤说过，如果让每一人重来一次，这个世界会增加好多个将军。

普定说：咱俩都扛了多年大校军衔，没当上将军，这不能说我们能力差、不优秀。有好多将军不是进了监狱吗？我们比那些将军要好一万倍！

我对普定说：我也算得上一位军旅诗人，出版了一本诗集《彩雪》，另有六百多首诗未结集出版，朋友们认为我的"六十抒怀"写得最好：半生戎马志未酬，报国随时可断头，虎啸龙吟笔作剑，不是将军也风流。

普定哈哈大笑，说：你是才子风流。

我说，鄙人不够才子，更欠风流。

梧桐树宽大的叶子摇下碎银似的阳光，也摇醒了我的梦。我知道，普定携夫人胡敏正在威海消夏，不知道我的梦，是否能飞到遥远的海边？

此刻，我听到了哗啦哗啦的海浪声……

卖布料的香港女孩

　　瞧她那副稚嫩的模样，我断定她最多十六岁，一头黑发浓密发亮，后脑勺扎起一条蓬松飘逸的"马尾辫"。她那白皙泛着淡淡红润的脸蛋，像雨水洗过的荷花，而那双闪着聪慧稚气的眼睛，明亮有神，没想到在深圳中英街会遇上这么漂亮的女孩。

　　这位卖布料的女孩人长得好看，她手里的布料也着实吸引人的眼球，至少有五六个人围着女孩想买她的布料。

　　这是三十多年前我到广州参加军队院校改革经验交流会，趁机到深圳一游，想买几块布料带回北京，在中英街亲眼见到这一幕。

　　我们同行的几位军人是有备而来深圳的，每个人都用人民币兑换了港币，都想在中英街买几块布料带回家，当时香港的布料颇有名气，买到手做成衣服那是一种时尚。我挑选了三块布料，每块布料大概五十元港币，我身上没零钱，付给女孩二百元港币，正等待女孩退给我五十元港币，突然，中英街响起哨音，英国警察走过来，中英街两侧的群众迅速后退，那时香港尚未回归，大陆和香港分明是两个世界。

　　卖布料的香港女孩没来得及退给我五十元港币便消逝在我的视野里，我站在中英街的大陆一侧，遥望香港，寻觅那个女孩的身影，对面是影影绰绰的一片，人头攒动，那女孩像大海里的浪花一朵，怎么能找见呢！"算了吧，那女孩找不到了，五十元港币权当是打水漂了。"同事劝我别等了，回去吧。"再等一会儿，那卖布料的女孩可能会来的。"我心里还抱有希望，眼盯着对面不肯离去。

　　过了片刻，在中英街巡逻的英国警察走了，对面香港卖布料的好多商贩又潮水般涌来，我发现了那个女孩，她向我频频招手，我感觉她的手挽起一

阵春风，牵来一片彩云，而我在春风里彩云下期待着人世间最珍贵的真诚。

"叔叔，对不起，让你久等了。"女孩气喘吁吁地说，她额头上的热汗珠像珍珠般往下坠落。

"没关系，我觉得你是一个信得过的女孩，肯定会过来的。"我向女孩投去信任的目光。

"叔叔，给你，这是五十元港币，你数一数吧。"

我还用数吗？多年来，我一向认为英国管辖的香港是一个尔虞我诈的世界，那里的人灵魂肮脏，打着灯笼也找不到几个好人，而我眼前这个卖布料的女孩正是生活在香港，莫非她是一株出淤泥而不染的青莲？仔细一想，我觉得世界任何一个有人群的地方，既有好人，也有坏人。纵然是一片粪土，也能绽出芬芳的花朵，同理，即使是美丽的花园，也有残枝败叶。

诚然，逝者如斯夫！不经意间，三十年时光如流水般悄然逝去了，而今香港也早已回归，当年在中英街卖布料的女孩自然步入了中年。她现在怎么样呢，生活过得好吗？我相信她过去、现在和将来的日子不会差，因为她是个好人，有一颗善心。善心如红日朗月，在人生道路上，任何时候都会灿然明照，辉映着清姿亮色的生活。

友谊如跨海彩虹

陈天照与我相识近三十年了。我俩曾在同一家军队医院工作，彼此交往甚密，他是我家常客，我俩一起谈古论今，心无芥蒂。后来，天照到另一家军队医院担任科主任，他勇于开拓，在学科建设和技术创新上取得引人注目的成绩，可谓风生水起。然而好景不长，发展道路上遇到种种障碍，他只好急流勇退，最后选择了跨海东渡，到日本行医，靠传统医学的真本事，开辟一片属于自己的生活天地。在日本东京，天照的中医诊所无疑是一颗耀眼的明珠。

岁月的风，从海上吹过来又吹过去，却始终吹不断战友的情谊。我和天照虽身处异地，相距遥远，但在军旅生涯中结下的深厚友谊，如跨海彩虹，把两端紧紧连接在一起。彩虹桥上留下我俩兄弟般的真情厚谊。

可以说，书画是我和天照的共同爱好。多年来，我俩在微信上相互品读书画作品。天照喜欢我的草书，赞赏有加；我则钟情于他的绘画，认定他是奇才。观赏天照那一幅幅精妙绝伦而又超凡脱俗的画作，你会洞察到作者非凡的功力，真乃天资聪慧之人。

天照准备出版画集，让我题写书名，我欣然接受，挥笔写下"天照墨趣"四个字，就算是给读者开启艺术之门吧。

在回忆中发掘美好

恰逢抗美援朝战争胜利 70 周年，志愿军老兵侯炳茂的散文集《流动的马灯》出版了。这些真实故事如同美丽的金达莱，生动鲜活地展现在读者面前。

我与侯炳茂是在十多年前军休所组织的一场活动中认识的。那是个阳光灿烂的春日，他走到我面前自我介绍：我叫侯炳茂，今年 74 岁，参加过抗美援朝战争；我肚子里有好多"三八线"上的故事，可是我不会写，我拜你为师，你教我写作好不好？我感觉到他态度诚恳，就对他说，我比你小 10 岁，怎敢当你老师，咱们以后就做好朋友吧。

那次活动后的一天，老侯来我家串门，给我讲起了自己的经历：他 14 岁参军到抗美援朝战争前线，年龄小，个子矮，体重只有 70 斤，志愿军的军装穿在身上又肥又大。从 1951 年入朝作战到 1953 年胜利回国，他和野战救护所的战友们一道，在炮火硝烟中度过了难忘的岁月，许多往事历历在目，他很想把那些感人的故事写下来，让更多的人知道。我便建议他先把自己印象最深刻的人和事写成千字左右的纪实散文。

老侯说："那就先写我护理过的一位被敌机炸伤的女文工团员吧。她长得很漂亮，像盛开的金达莱，又有一副金嗓子，唱歌很好听。"我突发灵感，对老侯说："你写吧，题目就叫《会唱歌的金达莱》。"

几天后，老侯带着初稿来到我家。他说，这是他第一次写散文，感觉手中的笔很沉重，写起来很费力。随后，我和老侯一起逐字逐句地推敲、修改了三四遍。稿子发出后很快在报纸上刊发。这篇处女作的发表，激发了他的写作兴致。10 年的光阴里，老侯隔三岔五来到我家，拿着他写的初稿让我提意见。由于都是自己亲历的人和事，老侯的散文生动感人，对我而言，每次阅读都是一次心灵的震撼与思想上的提高。

　　那年，我们一起去上海参加一个创作活动，晚上住在滴水湖宾馆。此时，老侯正酝酿着写志愿军第 19 兵团文工团团长陈同和的故事。连续几个晚上，老侯断断续续地给我讲述陈同和的故事。陈同和与文工团员刘敬霜在防空洞举办完婚礼，100 天后，在率团慰问演出途中遭遇敌机轰炸光荣牺牲了。战友们来到陈团长新婚时的防空洞前，只有紫藤花依旧盛开着……

　　被陈同和团长的故事深深感动着，我竟长夜难眠。翌日一大早，我便对老侯说，咱们一起来写陈团长的防空洞婚礼吧。老侯将初稿写好后，我们又一起推敲修改了好几遍。这篇叫《防空洞前的紫藤花》的散文结尾写道："防空洞附近，紫藤花依旧盛开着，因炮火硝烟的熏烤，花色并不俏丽，但透出生命的倔强，而那紫色藤蔓，恰似铁骨铮铮。这大山深处的紫藤花，不畏环境恶劣，不与百花争艳，在孤独寂寞中守候着春天。"

　　人到暮年应该活得轻松安逸，老侯却把暮年当青年，把晚途当征途。他从年逾古稀踏上崎岖的文学之路，10 年里艰难行进，阅读着、思考着、写作着，这种执着追求和拼搏精神让许多熟悉他的人折服。近 10 年是侯炳茂老人从古稀之年步入耄耋之年的 10 年，也是他文学创作从起步到收获的 10 年，一篇篇散文佳作陆续见诸报端并获奖。散文《巴金在三八线上》和《朝鲜前线她给巴金当向导》，被位于上海的巴金文学馆收藏。

　　阅读《流动的马灯》，读者不仅能了解到战争的残酷和志愿军官兵的英勇顽强，更重要的是，能发现战争中隐藏的真善美。诺贝尔文学奖得主克劳德·西蒙说过："生活不仅充满了喧嚣和愤怒，它也有蝴蝶、花朵、艺术品。"是的，抗美援朝战争前线炮火纷飞，硝烟弥漫，而春天如期而至，美丽的金达莱、道拉基、野樱桃等各色山花烂漫绽放，志愿军官兵用鲜血和生命谱写着一曲曲撼人心灵的乐章。老侯在回忆中发掘美，在写作中创造美，给人们提供"灵魂的食物"。

　　老侯说，抗美援朝的故事没讲完，他想一个一个地写出来，希望更多的人了解那场战争中的动人故事……

原载 2023 年 8 月 5 日《解放军报》

献给祖国的金达莱

　　这是我最近应邀参加的一次不寻常的盛会。7 月 23 日，由中国散文学会主办、北京五棵松军休所协办的纪念中国人民志愿军抗美援朝胜利 70 周年、祖国不会忘记、向英雄老兵致敬——侯炳茂抗美援朝题材散文集《流行的马灯》分享会在北京举行。中国散文学会会长叶梅，名誉会长、散文界泰斗周明、石英、吴泰昌、王宗仁，彭德怀元帅、宋时轮将军的亲属张峰、宋佰一以及军旅军史散文作家和有关媒体 100 余人参加活动。分享会由中国散文学会常务副会长红孩主持。会议内容丰富多彩，有不少亮点，使侯老晚年的文化之旅达到了巅峰。

　　常言道：十年磨一剑！志愿军老战士侯炳茂用十多年时间写成的抗美援朝系列散文，恰好在抗美援朝战争胜利 70 周年之际结集出版了。作为指导侯老写作的"文学老师"和亲密战友，我感到由衷地高兴。这本抗美援题材的散文集，是 86 岁的志愿军老兵饱含深情和寄托，献给祖国的礼物，与其说是一本书，不如说是散发着清香的金达莱。

　　金达莱是朝鲜的国花。侯老清楚地记得，战争岁月的三八线，即使有敌人的飞机大炮狂轰滥炸，每当春天来临，金达莱依然如期绽放，烂漫了异国的山野，真是好看极了。金达莱曾经遭到美国为首的西方列强的践踏和蹂躏，由于中国人民志愿军用生命呵护和鲜血浇灌，开得更加绚丽多姿，生机勃勃。翻看侯老的散文集，你会感受到战地金达莱，在炮火硝烟的恶劣环境中透露出生命的倔强，绽放出一道别样的风景。

　　说起来，我与侯老有十多年的交情了。初次相识，他对我说：我 14 岁参军随即参加抗美援朝，一生最美的年华是在三八线度过的，我和战友们一起经受住了生死考验，许多战斗英雄和牺牲的烈士铭记于心，那金达莱盛开的地方是我灵魂停泊的港湾。我心里装着好多抗美援朝的故事，像潮水在心里翻腾着，澎湃着，激荡着，想喷发出来。可是我长期从医，不会写散文，听说你是散文作家，我想拜你为师，请你指导我写抗美援的故事。我觉得这是一种责任和义务，答应尽己所能，指导他写作，但愿给他的作品增添几瓣心香，滋润读者的心灵。

没过几日，侯老登门拜访，手里提着一袋厚厚的资料，一边让我阅览，一边讲他在朝鲜前线野战医院的人和事。他说有一位被敌机炸伤的女文工团员，住进野战医院，由他护理。这位女伤员和他是同龄人，刚满14岁，不仅模样俊俏，像金达莱一样美丽，而且有天生的好嗓子，唱歌特别好听。我对侯老说，就写她，题目就叫"会唱歌的金达莱"，你写初稿，我帮你修改。那时，已年过七旬的侯老第一次写散文，其艰难可想而知，初稿不够理想。我和他一起切磋，修改了好几遍才定稿。侯老这篇处女作先后被《中国文化报》《解放军报》刊登，可谓初战告捷，一炮走红！侯老心头的喜悦油然而生，我劝他坚持写下去，就写抗美援朝的故事，别的不要写，叫做"只在此山中，云深不知处"。

《会唱歌的金达莱》既是侯老的处女作，也是他的散文集《流动的马灯》的开篇。细心的读者不难发现，侯老在多篇散文里描写战地金达莱，那是他的精神寄托、美好象征，也是当年牺牲的烈士们英魂的化身。

有一首歌的歌词表达了侯老的心情："金达莱盛开的地方永不相忘，当年你雄赳赳气昂昂跨过鸭绿江，驱虎豹打豺狼血洒疆场，祖国的丰碑上有你的军功章。"

侯老作为抗美援朝战争的亲历者、见证者，他写的战地故事真实可信，生动感人，可以说比金达莱花还美。诚然，侯老的散文作品，没有上甘岭、松骨峰、长津湖悲壮惨烈的场面，没有黄继光、邱少云、杨根思等战斗英雄的壮举，但是，侯老的作品向我们展示了野战救护所医护人员的群体形象，他们冒着炮火和敌机轰炸抢救伤员，表现出不怕牺牲、勇于奉献的英雄主义精神。

记得五年前侯老和我一起到上海参加书法活动，我俩住在滴水湖宾馆，当时侯老正酝酿一篇散文，想写志愿军一位文工团团长和女文工团员在防空洞里的婚礼，这位文工团团长婚后一百天就牺牲了。连续几天，侯老每天晚上对我讲述这位"百日新郎"的故事，深深打动了我，做梦都想到牺牲的文

工团团长，竟然泪花打梦。侯老和我一起反复切磋这个故事怎么写，从题目、开头、细节、结尾，仔细琢磨。那天一大早，我对侯老说，快拿笔和纸来，我帮你想好了一个很美的开头和意味深长的结尾。我口述，侯老写在纸上，我俩又斟酌一番，这篇散文便是后来发表在《解放军报》的《防空洞前紫藤花开》。

散文《战争让女人忘记羞涩》，写的是志愿军女兵解宝贤与朝鲜孤儿的故事。题目是时任《中国文化报》文艺部主任红孩定的。侯老写出的初稿基础不错，我在细节描写和语言提炼上又进一步加工修改。当写到志愿军女兵解开衣扣，把乳头塞进哭叫的孤儿嘴巴里，一边哄着孩子，一边思索着，给孩子起了个名字叫永生，想让孩子结结实实的，我对侯老说：朝鲜孤儿的名字永生是从志愿军女兵的"心头上掉下来的"。侯老满意地说，妙，这句话太形象了。这篇散文在《中国文化报》发表后，红孩对我说这是魏巍散文《谁是最可爱的人》的姊妹篇，虽有点过誉，但足见他给予了充分肯定。

在写作实践中，侯老体会到散文的开头和结尾非常重要。他多次对我说，散文《凤凰山下的爱情》，开头和结尾，漂亮，耐人寻味，所以，这篇文章《解放军报》和《中国国防报》同时刊登。开头是："凤凰山真是太美了！如果把丹东这座城市喻为鸭绿江边一位楚楚动人的淑女，那么，凤凰山就是她腰间一块玲珑剔透的碧玉。"接下来是叙述两个志愿军战士胜利归来、恋爱结婚的故事。结尾是："岁月的风，把凤凰山上的云一次次吹走，又一次次吹来，却始终没有吹走我对凤凰山刻骨铭心的记忆。凤凰山神奇，灵秀，美丽，但比凤凰山更美的，是从抗美援朝战场归来的志愿军官兵的爱情故事。"

侯老的散文作品像一朵朵盛开的金达莱，给异彩纷呈的散文百花园增添了几许春色。不少人在关注这位行走在文学小路上的老人。他被《解放军报》长征副刊特聘为专栏作家，是中国散文学会会员、全国冰心散文奖获得者，如今又有散文集《流动的马灯》逢时问世，可喜可贺！

我深知，侯老写作的初衷，就是让一代又一代的中国人，永远不要忘记在朝鲜战场英勇献身的战斗英雄和革命烈士，传承抗美援朝精神。侯老的散文集，是特别珍贵的教材，它所折射出的伟大的抗美援朝精神，是威力无穷的强大思想武器，是中华儿女心中永不凋谢的金达莱。

故乡是一棵大树
——王彦博散文集《故乡如歌》序言

　　这是一个令人欣喜的好消息，像一缕春风，带着泥土的芬芳，从冀中平原滹沱河畔吹过来。文学大师孙犁故乡——河北省安平县的"文学荷花淀"里，又一朵荷花含苞欲放：县文联主席王彦博的散文集《故乡如歌》即将出版。"小荷才露尖尖角，早有蜻蜓立上头"，作为乡友和文友与彦博相交多年的我，就像一只闻到荷香飞来的蜻蜓，落在荷尖上享受第一抹阳光和荷苞里氤氲而出的芳香。彦博通过微信，将这本散文集的目录和若干文章发给我，嘱咐我为他即将出版的新书作序。我答应下来，并认真阅读彦博发来的诸篇散文。

　　其实，彦博近几年在报刊上发表的散文凡是微信转发的我都看过，品读时总觉得是在欣赏一幅幅淳朴自然、鲜活生动的乡村风景画，那颇具特色的冀中平原农村风貌、传统习俗、农民形象、乡间轶事，在彦博笔下浑然天成，栩栩如生，让人不得不佩服作者深厚的文学功力。

　　"故乡的形象在我的记忆中是一棵大树，生生不息的发展旋律，是她的躯干，演绎在这块热土上的一个个珍闻轶事，是她的绿叶，而由村里人凝聪聚慧形成的'高房电台'、'牌坊日报'、'棉花照灯'等永烙心底的村艺雅俗，则是这棵枝繁叶茂大树中的'经典'叶脉。时过岁往，这棵大树仍在脑海中立地参天……"我很赞同彦博对故乡的真情寄语。品味彦博充满乡土气息的散文，我觉得他确实是把故乡作为一棵大树，胸怀滹沱赤子之心，用满腔热血和迸发的才思细致地描绘这棵大树。他所描绘的故乡是怎样一棵大树呢？

　　岁月不老的大树。这棵大树经历了几千年的风霜雪雨，巍然挺立在冀中平原，伴随着滹沱河哗啦哗啦的流水声，朝迎日出，暮送晚霞，鲜活的生命每一天都是新的。从汉代刘邦设博陵郡至今，安平县已有两千多年的历史，这棵古老的大树历经岁月沧桑，一直保持着旺盛的生命力。久远的年代暂且不论，抗日战争、解放战争、抗美援朝，特别是社会主义建设和改革开放的新时期，安平人民做出了重要贡献。而今，跨进新时代的安平已成为全国丝网基地和世界丝网之都。彦博的散文作品，能引领我们走到这棵历史悠久、生生不息的大树下，聆听一个又一个真实而生动的故事。当年汉王刘秀在滹沱河边遇险被圣姑郝氏女解救的传说、李大钊派弓仲韬回家乡播火种创建中国第一个农村党支部的历程、被毛泽东主席誉为"五亿农民的方向"的南王庄三户贫农办社的事迹、文学大师孙犁与家乡安平县孙遥城村父老乡亲的故事，等等，都在彦博这些年的散文创作中有具体描述和生动体现。他所描绘的故乡这棵不老大树，苍翠了那一片辽阔的天空，庇护着那一方广袤的大地。我参军远离故乡，但我像飘飞的风筝，无论飞得多高多远，都被乡思的线牵着。我和彦博是同一棵大树上的两片树叶，曾经沐浴同一片蓝天的阳光，吮吸同一方土地的乳液，有完全相同的一棵大树的根脉。自然，树叶对树和根的情意也是一样的纯厚。彦博撰写的人物专访《樵夫情深寄故园》，道出了我这个远方游子对故乡的眷恋，多年来，我和彦博一样，坚持文学创作，用手中的笔不停地描绘故乡这棵大树。"今夜曲中闻折柳，何人不起故园情"。此刻，当我在微信上阅读彦博特地发给我的散文佳作，依稀看到远方的故乡这棵大树，树枝摇曳，绿叶婆娑，仿佛有无数的手抚摸我的灵魂。我巴不得一下子飞回故乡，紧紧搂住那棵朝思暮想的大树，抚慰树上的每一片绿叶。

枝繁叶茂的大树。世世代代的故乡人民用勤劳和智慧创造历史，谱写了骄人华章。彦博对故乡的赞美和讴歌，没有用过多的精力去写杰出人物和重要事件，而是把目光和笔触集中在平常人、平常事上。在彦博看来，"平，非无波，不与波争流谓平；常，非凡俗，不与奇夺异谓常。"伟大寓于平凡！这是人所共知的至理名言。能把平常人、平常事中的真善美写得生动感人，确实不易。这次入选《故乡如歌》的诸篇散文，有不少是写父老乡亲的，众多的人物形象活灵活现，呼之欲出，乡土气息扑面而来。这应该说是彦博散文创作所选择的一条正确道路，作品中的人是熟悉的故乡人，叙述的事是身边发生的事。那人，那事，都是从故乡泥土里冒出来，带着浓浓的泥土味儿。看得出来，彦博的散文风格，是对安平籍著名作家、文学泰斗孙犁为代表的白洋淀文学风格的传承。写自己朝夕相处的亲人，发掘他们精神境界、道德品格层面蕴藏的瑰宝，用人性的烛光点亮这个世界，是不少散文名家的成功之路。彦博正是这样一位出类拔萃的散文作家。请读一读选入《故乡如歌》的散文《祖母家规百年新》《父亲记事》《母爱殊深》《二哥从戎在高原》《哑哥巧艺》《拉小提琴的四哥》《二嫂珍情》《妯娌亲和家永兴》，这些散文佳作折射出高洁纯净的人格光辉。让我倍感兴味的是彦博记述的村里几位独具个性的农民：《背老三篇的大脉先生》《一把手王新东》《大脚儿三》《嘎子四儿》《文盲秀才王士正》《"傻"叔王开来》《冒失鬼儿李运章》等等，这些纪实散文，向我们讲述了见所未见、闻所未闻的个性化农民的趣事，给人印象颇深，回味悠长。原来，彦博倾心描绘的故乡这棵枝叶茂盛的大树是一棵普普通通的树，树枝随风摇摆，给人们传送着岁月的流音和泥土的芳香。

倾注真情的大树。观看彦博描绘的故乡这棵大树，"一枝一叶总关情"。我一向认为，好的散文是作者用真情写出来的。最能打动读者的不是巧妙的构思、离奇的故事、华丽的辞藻，而是从内心跃然纸上的真情。彦博的散文，无论是写人、写景、叙事，纯朴自然，情真意切，虽说是娓娓道来，却时而让人怦然心动，感动不已。他在缅怀祖母的散文中写道："也许是血缘牵结，尽管祖母去世时，我刚十岁，并且是祖母之后第三代人中最小的一个，但历经几十年的时空转换，梦中还常常闪烁着祖母的形象，记得她老人家见到我时总会说：小儿，奶奶给你留着好吃的呢……"这朴实无华的记述，字字句句饱含深情，感人肺腑。他提及幼时乡村的"影墙"："每每近之，无不心潮起伏，有时泪水还在不觉间滴落衣襟。就是这面普通的墙壁，满足了我少年厚望电影消费的文化饥渴，承载了我青春萌发的朦胧爱意，记录了我迈入人生征途时的激情和偶有成功后谦以养德的心灵跳跃。"好一个王彦博，他在写作时特别动情，真情如泉水从心底喷涌而出，水花四溅，打湿了他走过的文学道路，也滋润了他描绘的故乡这棵大树。

魂牵梦萦的大树。彦博身为县文联主席，又拥有中国散文学会、中华诗词学会、河北省作家协会、评论家协会等会员头衔，是本县文化名人和擎旗手，他怀着赤子心、养育恩、报答情，尽情赞美和讴歌自己的故乡。他所描绘的故乡这棵大树，勾魂夺魄，每一片叶子都展示着对故乡的爱、故乡的情。他先前出版的散文集《岁月风华》《岁月当歌》，用浓墨重彩描绘了故乡这棵大树的躯干和树枝，而这次结集出版的散文集《故乡如歌》，则是绿荫如盖的树冠，每一片绿叶都奏响恋乡曲，随着微风吹开人们的心扉。彦博对家

乡的文友多次讲过我是一位恋乡的军旅诗人和散文作家，他对我的两本散文集、一本诗集进行了认真研读，告诉文友们：我的散文和诗歌百分之九十以上是"讴歌故乡、赞美桑梓"。在他的热情举荐下，我被县委县政府授予"孙犁故里文学大使"的称号；我的散文集《洗脸盆里的荷花》出版后，他在家乡的两所中学分别为我主持了文学讲座暨新书推介会；在他的精心策划和组织下，由县委宣传部、县融媒体中心、县文联和朗诵学会，以"共和国老兵的家乡情"为主题，举办了我的诗文朗诵会；他还组织文艺骨干，将我记述复转军人为群众做好事的散文《太阳的能量》和走访美丽乡村的散文《故乡花海》编排成情景剧，在文艺舞台演出，引起良好反响。我明白，彦博的所作所为，没有任何私情，完全出自对家乡的一片赤诚！

彦博，我的好朋友，你画了好大一棵树，大树下那浓浓的绿荫里，有我这个共和国老兵被乡思牵去的灵魂……

附录文评

深山里的灯笼花

王宗仁

　　忘掉一个人很容易，要记住一个人却很难。当然，今天记住了，明天忘掉了，说不定过些日子又想起来了，这样的人在我脑海里倒是不少。

　　我始终记住了一个人：乔秀清。

　　算起来，我们交往已有 25 年了。当初相识他还是个十七八岁的小青年。那时，他写作刚刚起步，动笔很用心力，总是反复推敲，有时写巴掌大的一篇小报道都憋得一头汗。今天，当他把自己的一本散文《柳笛》拿来要我作序的时候，那些潜于脑海里的大大小小的事情，随着他这一篇篇优美的散文浮现于眼前……

　　那是"文革"开始不久，总后勤部政治部从基层单位抽调了 7 名各方面表现相当不错的战士到机关，成立了一个报道组。乔秀清便在其中。当时由我具体带领着他们干事。他们都是从连队来的，浑身溅满生活激浪，给我们机关带来了生机勃勃的热流。乔秀清同志总是很少言谈，只晓得埋头写作，腼腆显得内秀。远不止此，在同龄人中他表现得出乎意料地成熟、老练。有这么一件事至今我想起来心头就发热，大概是那年春节的前夕，我和他们之中的一位小姚同志因为分配写稿任务发生了矛盾，小姚是个争强好胜的角色，他一口咬定我有偏心眼，亏待了他，便义愤填膺地起来造我的反。我怎么解释都无济于事。在我的忍耐达到极限以后，便对他大发雷霆。没想，我来硬的，他蹦得更高了。我俩便吵了起来。一直坐在旁边"观战"的乔秀清这时便出来调解，他先数落小姚几句，认为他不该斤斤计较分到的写作任务，转过来说我不该发火。之后他和我俩一起学习当时颇为流传的那段"我们都是来自五湖四海"的语录，一场争吵方告休战。我如果没记错的话，他当时才 18 岁，这样一个小娃娃竟"教训"总部的一个干事，而且如此妥帖地平息了一场"大战"，了不得啊！

　　秀清同志原先在总后机关做政工研究工作，后来调到解放军总医院政治部担任领导职务。他不管到哪里，我们之间的联系一直未断。回想起来，正是文学创作这个共同的爱好使我们之间的感情日益深厚。我们见面的机会并不是很多，特别是他到了总医院后，常常是三月半年也难得见一回面，我们主要是通过作品见面的。我几乎每隔一段时间都会看到他发表的散文，每次读到他的作品，我都有一种抑制不住的喜悦感，为他在创作上的不断进步而高兴。记不清是哪一年了，我几乎是接连不断地在《人民日报》《北京日报》《体育报》《青海湖》等报刊上读到他写的反映青藏高原生活的散文，读后很是振奋。这个秀清，什么时候到了世界屋脊，而且拣来那么美的《昆合柳篇》《戈壁五彩石》《昆合杨柳色》《七月，远山在落雪》……我以极大的兴趣读了这些散文，被文中那盎然跳荡的诗意所激动。后来，我才知道他是随一个工作组到高原搞调查研究的，他是在紧张的工作之余面对雪山、戈壁、冰河，寻求着生活中的美。秀清的创作全是这样，没有人给他创作的任务，更不可能有谁给他专门的时间去写作，他全是在工作的"夹缝"里激发灵感，记录生活的真善美。无疑，这样创作的人是很苦的，唯其辛苦他得到的甘甜也就浓烈些。

秀清是在冀中平原的泥土里长大的农民的儿子。他爱故乡那一马平川连空气都溢满芬芳的大平原，那是他生命的摇篮。参军远离故乡，他"像飘飞的风筝，一直被乡思的线牵着"。于是，一篇篇记录故乡风土人情的散文，如《古井》《石碾》《葡萄河》《雪打灯》等，像泉水一样从他的笔端流出。这与其说是文学作品，倒不如说是游子对故乡的爱恋之心！看得出，秀清对故乡的爱，是那么深厚，那么真挚，那么纯朴。而他的带有浓厚乡土气息的散文，不正是一缕缕爱的心香吗！

我想到了灯笼花。

那年，我去小五台山游玩，在深山里的流泉边看到了这种小花，她长得极美，但很雅朴，五个花瓣像五个酒杯并成一圈，静静地盛着山中清新的空气、清冽的流泉声。我爱上了这在山外任何地方都看不到的野花。

我问一位樵夫："为何不把这花栽到山外，供在花园里，或者阳台上，让更多的人欣赏？"

樵夫答："这花的脾气好生古怪，它就恋这大山，其外的啥地方，都不落根。"

"带些山土回去。"

"哈哈！土好说，可这山泉呢？难道也可以带走吗？"

我无言以对。

乔秀清的笔名也叫樵夫。我总觉得这话是秀清对我讲的。

诗是诗人灵魂的爆发

王宗仁

这是乔秀清的第二本作品集了。每次读他的诗文，不管是早些年的还是新发表的，我都很强烈地感到他的生活经验很充实，从而使我想到，他在工作中或工作之余一定是个很热情、很坦率、很认真的人。就使我想到了茅公于1949年在为又新的散文集《军中归讯》所作序中的那段话："生活经验之获得，通常也有两种方式：一种是为求充实而有意地去体验的，另一种是为了工作而生活经验丰富了的。"

我们当然不能轻率断定这两种方式何种更合理，但事实告诉我们，从工作中所得的生活经验往往比那刻意以求之者对自己更加受用些。我在这里把"经验"理解为生活，理解为经历。很难想象，一个作家、诗人没有丰富的生活底蕴垫底，如何去完成创作上的喷发？这一点乔秀清是令人羡慕的。他从20来岁接触文学创作，如今近30年了，他一直没有脱离过火热的生活第一线。这几十年间，政治工作的艰辛以及这种艰辛之后的乐趣他品尝过；我国伟大的改革开放浪潮给部队带来的可喜巨变和巨变中出现的阵痛他经历过；群众的疾苦和呼声他能看到、听到……这些不仅为他的本职工作提供了科学的依据，同时也使他的文学创作有了源头和动力。用茅公的话讲便是"为了工作而生活经验自然丰富了的"。这就是他这本诗集《彩雪》洋溢着浓郁的生活气息的根本原因所在。

使我尤其赞赏与感动的是，乔秀清作为担任相当重要职务的领导干部，能在业余时间将雅兴延伸到文学创作领地，这实在是难能可贵。一个干部尤其是一个政工干部，特别是一个担任领导职务的政工干部，如果他不懂文艺，那是不称职的，最低限度讲，他在工作中由于是文艺的外行而要闹出许多笑话的。所以我认为，我们的政工干部为了使自己的工作做得更有说服力，为了提高政治工作的质量，不妨把文艺作为加强自身素质的一门基本科目来学习它。

乔秀清这些从生活深井里挖掘出来的诗，真诚，朴实，新颖，含蓄，充满了新鲜活泼的生命，充满了蓬勃而欢乐的朝气。

墨西哥诗人奥克塔维奥·帕斯说过："诗是无法解释的，但并非不可理解。"在诗坛上一度被那些朦胧得读不懂的诗充斥着的时候，我们读秀清这些来自生活的牧歌，格外亲切。

他写护士的微笑：

> 用微笑开始一天的生活，
> 用微笑结束一天的繁忙。
> ……
> 微笑，是一种素质。
> 微笑，也是一种奉献！

他写病愈即将出院士兵的情怀：

> 战士的梦，被黎明早飞的小鸟衔走了／醒来，彩色的晨曦泻进病房／轻抚着他那年轻英俊的脸颊／这是太阳发出的问候……／他康复了，像高原上一株被风雪摧残的红柳／在春天里舒展了绿叶。

他写一位军人的后代在产房诞生：

> 黄昏，楼群挂起了夜幕／晚风鼓起轻捷的翅膀／……年轻的妈妈听到第一声婴啼／像喝了一杯浓浓的葡萄酒，醉了／医生捧着军人的后代／像捧着一个小月亮／她愿娇美的月光／洒在孩子爸爸执行任务的千里运输线上。

他写护士用轮椅推着一位残疾军官：

> 雨后，西边的天空绽开了鸡冠花似的晚霞／一位年近花甲的老护士／推着轮椅从外科楼走出来／轮椅上坐着一位截了下肢的年轻军官／护士无言／军官不语／只有晚风轻轻地吹／轮椅沙沙地响／……晚霞没有消失／给人们留下了美的永恒／小路弯弯／仿

佛没有尽头……

诗人对生活的这些独到、细腻、静谧的描写，把读者引进一个无尽的艺术长廊和思辨的思想境界。诗意的深蕴与多义，绝对不是一眼看穿、一语道破的。好诗经得住咀嚼玩味，在回味中领会诗句的多层含义。

诗是灵魂的圣水、精神的花蕊、救渡的天梯，它永远引导人们"上升"。然而，今天那些犹如患了阳痿似的诗随时可见。这些诗和它的作者们拒绝言志——主要是无可言之志；我们的诗已经失去了太多的应有功能——但愿它不要丧失一切应有的功能。我在读秀清的《彩雪》这本激情洋溢的诗集时，脑海中总要时不时冒出这个常识性问题：诗歌是什么？张洪波先生的回答是绝妙的好。他说：

> "诗是人生的一种奔跑，这种奔跑应该是自由的，痛快的，是无法被指点的，是来自诗人灵魂深处的一种爆发行为。"
>
> "诗人的这种行为应该使人惊愕，但同时也能使人醒悟，这便是奔跑者本身的感染力。这种奔跑绝不应是那种让人看着都喘不上气来的奔跑，它应该是艰难当中含有无穷意味和魅力的，它给予读者的刺激和感触应是独特的。"

我推荐秀清的诗歌，相信读者是会喜欢它的。

古井是温情的母亲

王宗仁

最初读乔秀清的散文《古井》，大概在上世纪80年代，距今已有20余年了。但是这篇精巧作品留给我的那种朴实、浑厚、清纯、澄明的境界，至今犹存。好的散文表达作者美的情操、美的情趣、美的境界、美的理想，还有美的节奏和旋律。文章写到好处的时候，"悠然心会，妙处难与君说"。《古井》就是这样一篇散文。

秀清对故乡冀中平原爱得深厚、执着、痴迷。他总是用自己的理性和智慧努力地探索和理解这一方独特的水土，这才有了《古井》。我认为他太钟爱冀中平原了——特别是那条葡萄河，谁要想走进冀中平原上的葡萄河，就听听这位痴迷故乡的儿子的诉说吧！作家选择哪种题材写作，与其说是一种偶然，不如说是必然。

说起来，《古井》所反映的事情是司空见惯的日常生活。但是由于作者对美好生活的追求渗透于情感的深处，用诗的语言升华了平凡生活，给读者留下的便是有滋有味的韵味：

> "每日里，从微熹初露到暮色降临，到古井边取水的人，从我家门前络绎不绝地闪过，桶儿、筲儿发出的吱悠吱悠、叮儿当儿的响声，像一支支快乐而优雅的乡间小曲，不时传进我的耳朵。我家门前的路面总是湿漉漉的，像刚落下一场金色的雨。"

这口无从考证修于何年何月的古井，就是这样用它清凉可口、淳美得像乳汁一样的水养育着大半个村子的父老乡亲。作者称古井为温情的母亲，一点也不过分。

《古井》这篇散文的支撑点是写了那一对年过六旬的革命老人。村里人长年给他俩挑水，他们家总是缸满水足。俩老人将大半生的年华献给革命，井水无私地滋润老人的心田，村人又不计任何报酬地帮着老人。这一切都是

应该的。在这里，作者十分精当地将古井拟人化了，也把平平凡凡的一对老人自然化了。其中蕴藉着"天人合一"的哲理内涵。

在读《古井》时，我不由得想起了一句古诗："草色遥看近却无。"春来了，人们感知到了春的绿意。但是那绿在近处是无论如何看不到的。那么，近处的"绿"是飘到了云上，还是渗入地下？不，它就在那些枯黄萎谢的旧草之下。不知何时渗出的一抹儿的绿，一毫米，甚至更微。可那就是从寒冬里爆出绿的力量，就是强劲的生命之源！"草花遥看近却无"，站在远处的小坡上看，遍地都是不可遏制的力量。

读了《古井》，不知为什么我想到了这句古诗。

此文写于本世纪初

"樵夫"情深系故园

王彦博

"我们村东头有一口古井，井里的水清凉可口，村里的人都在这儿取水。古井像一位温情的母亲，用她的甜美的乳汁哺育她的儿女……"这是近日回到故乡学校时，听到孩子们朗读的小学五年级语文教材中《古井》一文的开头一段。这篇文章的作者，就是解放军总医院原政治部副主任，散文、诗歌、书法三栖且均有建树，笔名"樵夫"的安平籍大校乔秀清。

初见乔先生时，见他鼻架眼镜，文质彬彬，但说话却是极其直率。那是2001年的春末一日，我与县里几位领导进京办事，傍晚，邀集在京的部分同乡，向他们汇报"家"况，没想到乔秀清一见面就冲出一句："家乡的事，谁不管就不是安平人，我第一个报名，打前锋！"说完便立即用手机联系，落实有关内容……后来，我在《衡水日报》上读到过他的多篇散文，如《丑姐》《滹沱河，故乡的河》等，并都剪报留存。他文章的字里行间，全是细腻、情深意浓的"家乡恋"。

后来，乔先生送给我他的两本书，一为散文集《柳笛》，一为诗集《彩雪》。随着读书的深入，才得知他1946年出生于安平农家，1965年从戎后先后担任后勤通讯社编辑、干事、解放军总医院政治部副主任及医技部政委，并且是中国散文协会会员和中国散文诗学会员、北京市书法家协会会员。1966年初，解放军总后勤部政治部从基层单位抽调了7名"各方面表现都好"的战士到机关组成报道组，乔秀清幸运地入选后，常常因为"写巴掌大的一篇小报道都憋得一头汗"。后来，他虽然数度到戈壁滩挖掘"五彩石"，入昆仑山"倚天抽剑"，领略在流火七月的漫天飞雪，创作了大量的诗歌散文，多次在《人民日报》《解放军报》《北京日报》《体育报》《中国散文》等十多种报刊上发表，但他"爱明媚的阳光，爱皎美的月光，爱大自然四季变化的风景，更爱故乡大平原广阔坦荡、多彩多姿、如诗如画的神韵"。从总后勤部调解放军总医院到2001年退休，他在干好本职工作的同时，以极大的热情、浓郁的乡思和优美的文字抒发了久恋不移的"家乡情结"。

在乔秀清眼中，故乡是一首永远流动在心底的诗，村里的石碾、古井、树木、房屋都是孕育自己的摇篮，滹沱河、乡韵、原野、果园都是梦中的主角儿，每每思之，常常在怆然泪下中，吐出汩汩如潮的心底之音：石碾在上世纪五六十年代的北方农村乃常见之物，千家万户的农民都用它碾米、磨面。作者把每天一大早"咕噜噜，咕噜噜"的推碾子声看作是"古朴的、雅淡的、优美的旋律和村里农民奏响的第一乐章"，它"虽然质朴无华，却有一种服务百姓的潜在的美，每一声碾过，又像一支古老而又动听的歌……"《古井》是他于1983年秋发表的思乡散文，也是编辑从"两麻袋来稿中偶选"的，见报于《人民日报》时，恰巧与文学大师巴金的一篇文论同版，翌年春被全国教育委员会以该文"真实叙述了村庄的古井，表达了作者浓郁的乡情"为由，选入了小学五年级语文课本。抒情散文《泥土》是乔先生多次获奖的千字小品文，就在这"狭小"的文字空间里，他却直抒胸臆："故乡的泥土是褐色的、松软的、湿润的，然而又是淳厚的、温情的、芬芳的，我是多么地爱着泥土，多么地爱着我的生活之源。""我是农民的儿子，无论走到哪里，我都要带着故乡的泥土味，任何时候都不会丢弃大平原最珍贵的馈赠……"

在着力于散文创作的同时，秀清先生始终发力于诗颂故土的积极实践，诗集《彩雪》便是佐证。他在散体诗《故乡，我的大平原》中写道："故乡，我的大平原，在那里，我无需躲藏，一切都清晰坦荡。本初的我，在那里放声歌唱，稚嫩的脚步，踩着坚实的土壤，故乡啊，故乡，我梦中常去的地方，在那里，我无需躲藏。"

"一个人不管他官做多大，钱有多少，如果连家乡故土都记不住，没有乌鸦反哺、羊羔跪乳的报恩意识，那就不要和他交往，因为这样的人不是一个正常的人！"这是在采访乔秀清时，他时常挂在嘴边的口头禅。为成就自己散文、诗歌、书法三栖全能的目标，自2001年退休后，他闭门谢客，钻入斗室开始学练书法艺术，上下求索。作为潇洒浪漫、激情洋溢的诗人和散文作家，他具有深厚的文化底蕴，加之几十年军旅生涯中，有机会涉足高山大海、戈壁荒漠，广学博览，为学习书法奠定了基础。几年过去，不管春夏秋冬，他均以"临战姿态"苦研"二王"碑帖，探究欧赵诸体，尤对张旭、怀素、孙过庭的草书艺术"陷入弥深"，逐渐形成了自己雄奇潇洒、大气磅礴、刚柔相济、跌宕灵秀、神采飞扬的书法风格。他还借助和利用自己多年从事诗词创作的优势，追求诗书合璧，总是"自己写诗，自己书写，诗达情意，书表真情"，被京城文化圈誉号"博陵三狂"。

前不久，乔秀清又一次回到家乡，在与友人荡舟衡水湖、畅饮老白干的欢娱中，诗情昂奋，书兴迸溢，为家乡留下了一幅意境高雅、龙飞凤舞的狂草精品。

　　《衡水湖·衡水酒》：衡水湖上芦花飞，托住夕阳不下坠。莲藕摇醒鲤鱼梦，渔舟唱晚不忍归。翠湖玉液琥珀杯，天下美酒出衡水。月宫吴刚望人间，欲知今宵几人醉。

《彩虹桥·彩虹门》读后琐记

乔树宗

在宅家避疫的特殊时期，乘兴赏读了秀清的新作《彩虹桥·彩虹门》。其间浓郁醇厚的乡土气息，绘声绘色的物象描绘，精到传神的抒情笔触，更勾起了我对故乡的眷恋，对烂漫童年的怀念。读着它，别有一番滋味在心头，别有一种久违的特殊亲切感。从艺术审美角度看，这篇新作有如下特点：

首先，论其谋篇，浑然一体。全章以彩虹门、彩虹桥象征自己的文学探索之路。全文五次涉笔"彩虹"，情景交融，天衣无缝，所谓"文散意不散"也。其次，选材精到，详略得当。比如到古镇书店探望父亲不止一次，"街边的书店，店里的父亲，若是多日不见，心里便空落落的"，"其言简而要"，略写要言不烦。之下则以细腻之笔，详述了初次探望的情景，"其事详而博"，详写精雕细刻，颇见功力。再次，夹叙夹议，虚实结合。比如，在生动陈述父母送"我"参军的场景后，自然转入"母爱如海，父爱如山"的抒情，给人以心灵的共振和感情的共鸣。最后，时空交错，聚焦中心。文如看山不喜平，此作时而顺序，时而倒叙，时而插叙，但衔接无痕，流转自然，有总有分，层次井然，真实再现了作者登攀文学高峰的足迹。比如班主任临别赠诗、为小学生辅导作文等情节，以插叙手法增加了文章的婉曲美。"在文学的园地里，我是一棵花色并不俏丽的苦菜花"，与前文读《苦菜花》之事，遥相呼应，灰蛇伏线自见巧思。重回故乡再访小镇一段，以倒叙手法呼应题记，从容收尾余味不尽。

通过赏读秀清的几本专著，我欣慰地感到，他的散文已经形成了自己独到的风格：含蓄蕴藉，平实散澹，朴实无华，平中见奇，淡而有味，如诗如画，雅有孙犁大家之风。应当说，他为我们乔家增光多多，我为他感到自豪。

读着他的作品，更加怀念我们在一起的童年时代。去年十月我回张舍一次，漫步已非旧貌的街巷，自有一种恍如隔世的沧桑感。但愿今后能有一个机会，促膝长谈重温往昔，我焦急热切地盼望着。今天是五一节，随便谈了一点读后零散印象，姑妄言之未必切中肯綮。顺颂节日愉快，阖家安康！